Lisa Straßberger (Hg.)

Zerstören

Lisa Straßberger (Hg.)

Zerstören

Die besten Beiträge beim SCIVIAS-Literaturpreis 2023

HERDER

FREIBURG · BASEL · WIEN

MIX
Papier | Fördert gute Waldnutzung
FSC® C014496

www.herder.de

Umschlaggestaltung: Verlag Herder
Umschlagmotiv: © Grafissimo / GettyImages

Satz: Daniel Förster, Belgern
Herstellung: GGP media GmbH

Printed in Germany

ISBN Print: 978-3-451-03411-4
ISBN E-Book (EPUB): 978-3-451-83038-9

Inhalt

Vorwort

Liebe Leserin, lieber Leser,

eigentlich wollten wir diesmal Texte zum Thema »wohnen« anregen. Unter dem bestürzenden Eindruck des Angriffskriegs gegen die Ukraine haben wir diese Überlegungen abgebrochen. Die vorsätzliche Gewalt gegen Menschen und ihr Lebensumfeld stieß uns auf das Stichwort »zerstören«. Dort siedeln sich auch Erfahrungen mit Machtmissbrauch und der hemmungslosen Ausbeutung der Natur an. Die über 320 eingereichten Texte zum 3. SCIVIAS-Literaturpreis des Bistums Limburg handeln von den Folgen der Verletzungen, die wir uns gegenseitig zufügen. Davon, wie lange sie schmerzen. Wie Verlust, Schuld, Orientierungslosigkeit und Scham die nächste Generation prägen. Sie bezeugen den mühsamen, notwendigen Prozess, Worte für das Geschehene zu finden. Wer war beteiligt? Wieso konnte man sich nicht entziehen? Nur schemenhaft tauchen die Verursachenden auf. Es sieht so aus, als verlöre die Liebe ihre Kraft. Versuche, als Familie zusammenzuleben, sich zu helfen, Geflüchtete aufzunehmen, erinnern an frisch angesätes Gras in der Sommerhitze, zu schwach, zu ausgesetzt. Eine Überforderung.

Wer will das lesen?

Hier sind die schönsten Beiträge aus dem aktuellen Literaturwettbewerb als Anthologie versammelt. Schön, weil sie mit vielschichtigen Figuren und dem Mut der Erzählenden Sprachkunstwerke aus der Erfahrung des Zerstörens machen. Wir sehen Einschlüsse erinnerter Verletzungen, transparent und abgeschliffen, wie Bernsteine im abgerissenen Tang.

Ich danke allen Autorinnen und Autoren, die uns mit ihren Beiträgen bereichert haben. Ich danke dem Bistum Limburg, das diesen katholischen Literaturpreis ermöglicht und finanziert, vertreten durch Prof. Dr. Joachim Valentin, Direktor der Katholischen Akademie Rabanus Maurus im Haus am Dom, Frankfurt, und Johannes Oberbandscheid, Leiter der Katholischen Erwachsenenbildung im Bistum Limburg. Durch diese Kooperation von KEB und Akademie konnte der SCIVIAS-Literaturpreis im zweijährigen Rhythmus jetzt bereits zum dritten Mal ausgeschrieben werden.

SCIVIAS – kenne die Wege, das Motto für den Preis führt als roter Faden zurück zu den Einsichten der Heiligen Hildegard von Bingen. Mein Dank gebührt der Äbtissin von Rupertsberg und Eibingen, Katharina Drouvé OSB, die seit Januar 2023 die Abtei St. Hildegard leitet. Neu im Amt, unterstützt sie als Schirmherrin mit großem Wohlwollen diesen katholischen Literaturpreis.

Dr. Friederike Lanz, Dr. Stefan Scholz und Prof. Dr. Valentin haben mit mir die Durchsicht aller eingesandten Beiträge übernommen, die von meiner Assistentin Birgitta Reichmann mit großem Engagement verwaltet wurden. Dafür herzlichen Dank! In der Jury trafen sich die Autorin Carolin Callies, die Autoren Paul-Henry Campbell und Robert Prosser, meine Kollegin bei der Organisation dieses Preises Dr. Friederike Lanz, Studienleiterin für kulturelle Bildung bei der Katholischen Erwachsenenbildung, und ich, Studienleiterin für Literatur bei der Katholischen Akademie. Es war ein an literarischer Qualität orientierter, konstruktiver und kritischer Austausch. Dafür danke ich sehr!

Aus der vorgelegten Auswahl haben wir die Siegerin des Wettbewerbs, Sarah Roguschke mit ihrem Text »Die Anfänge« bestimmt und den zweiten Preis an Cornelia Manikowsky für den Text »dass er auf dem Balkon stand« vergeben. Robert Prosser hat die Laudationes verfasst. Der Förderpreis wurde nicht vergeben, stattdessen eine Schreibwerkstatt mit Robert Prosser ausgeschrieben.

Vielleicht kommt Ihnen beim Lesen dieser Geschichten der bekannte Bibelvers »Alles hat seine Stunde« in den Sinn, »eine Zeit zum Lieben/und eine Zeit zum Hassen/eine Zeit für den Krieg/und eine Zeit für den Frieden (Koh 3,8). Vers 15 wagt unter dem Eindruck von Unausweichlichkeit und Ohnmacht einen Funken Hoffnung. »Was auch immer geschehen ist, war schon vorher da, und was geschehen soll, ist schon geschehen und Gott wird das Verjagte wieder suchen.« Unter diesen Vorzeichen haben wir Menschen, aus der Sicht Kohelets, doch einen Spielraum: »So habe ich eingesehen: Es gibt kein Glück, es sei denn, der Mensch kann durch sein Tun Freude gewinnen. Das ist sein Anteil.« (Koh 3,22)

Ich wünsche Ihnen Freude an diesem Buch!

Dr. Lisa Straßberger

Laudatio zu »Die Anfänge« von Sarah Roguschke

Robert Prosser

Wieder und wieder hebt diese Geschichte neu an, um aus einer rasant sich zersetzenden Welt Sinn zu machen. Die Sinnsuche geht fehl, läuft in die Irre, gibt aber nicht auf. Suchend, tastend, fordernd, ebenso erschütternd wie augenzwinkernd bleibt sie in Bewegung. Nach einer nicht näher beschriebenen Tragödie haben sämtliche Regeln und Gewissheiten ihre bisherige Bedeutung verloren. Der Einbruch des Horrors wird in eine ebenso rätselhafte wie faszinierende Erzählung gebannt, einen Fötus begräbt man »pragmatisch« und es häufen sich Hinweise, dass die Dystopie, in die wir Lesende gestürzt werden, zu einer Zeit begonnen hat, die wir selbst gut kennen, allzu gut, nämlich im tatsächlichen Jetzt, unter Umständen, die bekannt sind, aber durch die stilistische Finesse der Autorin einen manchmal schleichenden, manchmal abrupten Dreh ins beunruhigend Surreale erfahren. Es ist ein unheimlicher Text, gerade weil er im Ambivalenten verbleibt und sich ähnlich dem erzählenden Ich immer weiter abschält, ohne zu einem Kern vordringen zu müssen. Satz für Satz wird mehr preisgegeben, von Málaga beispielsweise, der düsteren Kulisse. In der verzweifelten Illusion von Sicherheit krallen sich die Geschlechter weiterhin an ihre althergebrachten Rollen, die im dystopischen Kontext noch künstlicher wirken, noch überholter, als sie es ohnehin sind. Sarah Roguschke zeichnet ein entlarvender Blick aus, der sich besonders auf die moderne westliche Lebensweise konzentriert und anhand der zur Schau gestellten Oberflächlichkeit beweist, dass auch ohne Katastrophe die titelgebenden Anfänge notwendig sind. Die Hoffnung eines Neubeginns, die der Titel verspricht, wird im Verlauf der Lektüre, im Ein- und Abtauchen in den Text, immer wieder gebrochen. Das erzeugt eine große Lust am Lesen, an den Sprachbildern, die kein Wagnis scheuen, und den erzählerischen Wendungen. Und dann eine letzte Volte dieses an Sprüngen so reichen Textes: Es scheint die Möglichkeit einer Begegnung, einer Art von Aussöhnung zu existieren. Trotz Flucht und Aufbruch, inmitten der Suche und des notwendigen Loslassens. Die Erzählung löst die Bewegung, von der sie handelt, auch formal ein und erzeugt vom ersten bis zum letzten Wort ein Flirren, eine Schwebe. Gab es die Katastrophe überhaupt? Oder ist sie nur eine Vorstellung, ebenso wahnhaft wie wahrhaftig, an einer Meeresküste ausgedacht? Die Anfänge, das ist nicht zuletzt eine Erzählung über menschliche Beziehungen, über die Unmöglichkeit, zu einem gegenseitigen Verständnis und zu einer Übereinkunft zu gelangen. Was bleibt, ist die Sprache und ihr Irrlichtern, und der Versuch, sie in eine gedichtartige Form zu bannen, wie in einen Zauberspruch. Vielleicht beginnt derart ein echter Neubeginn: Dass jemand zu sprechen, zu beschwören beginnt. Und sei es mithilfe eines Rätsels.

Die Anfänge

Sarah Roguschke

AUSGEZEICHNET MIT DEM SCIVIAS-LITERATURPREIS 2023

Jeder Anfang ist das Warten auf ein neues Ende, das Dazwischen ein Hinauszögern, Zeit totschlagen im Transit.

Und jedes Ende beginnt mit einem hysterischen Lachen, mit einer kleinen, fast unmerklichen Verschiebung, die uns gedankenverloren stolpern lässt.

Wie du neulich deinen toten Fötus pragmatisch begraben hast, wir beide vor diesem Waldhaus stehend, als würden wir wie Kinder spielerisch dramatisch einen toten Vogel beerdigen, fasziniert vom morbiden Charme einer solchen Situation, dem Pathos, der Dunkelheit.

Stumm standen wir vor der aufgehäuften Erde, jedes als Kind verinnerlichte Gebet hätte deplatziert gewirkt in diesen Zeiten und trotzdem flüsterte ich lautlos den 23. Psalm vor mich hin, für alle Fälle, weil Gebete sich wie eine Besiegelung anfühlen, irgendwie magisch.

Deine Beine zitterten, zerbrechlich wirktest du, als würdest du all das nicht verarbeiten können.

Im Supermarkt gab es nur noch Toastbrot, gefrorenes Gemüse, das langsam vor sich hin auftaute, britische Chips und teuren Wein. Die Kassiererin stand mit einem Wischer im Gang und schrubbte paralysiert auf der Stelle herum, während im Hintergrund Madonna lief und wir nach dem provisorischen Begräbnis nach noch vorhandenen Snacks suchten.

»Das Kleine war weise genug, um sich selbst vorzeitig aus dem Spiel zu nehmen«, sagtest du schließlich nachdenklich, während wir zeitgleich, beide im seltsamen Schockzustand, in die fettige Chipstüte griffen, im welk vertrockneten Garten hinterm Haus hockend. Wer würde all das noch wollen, bestätigte ich dich gedanklich, antworte jedoch nicht.

Wir sind abgeklärt genug, das Thema nicht weiter zu erörtern, in all den Trümmern nicht weiterzugraben, unsere Kraft nicht zu vergeuden. Der Ursprung des Fötus, die Verwüstung deines Uterus, der Mond so nah und voller Bissspuren, der sich irgendwann erschöpft an die Erde lehnen würde wie ein Trost suchender Fremder. Dieses Kind wäre wohl eine verwirrende Kombination aus vererbten Traumata und Resilienz geworden, aus kopierten Klischees aus Filmen und TikTok-Videos und übernommenen Dogmen und Gesten von nahen Verwandten, alles weitergereicht wie eine kostbare, aber hässliche Brosche.

An jenem Tag roch es nach Schnee im Frühling und ranziger Milch, Pollen und Staub verharrten um uns herum; die verletzliche Leere nach einem Großbrand, ein Vakuum.

Alles wucherte und zersetzte sich und gärte, breitete sich aus wie Pilzkulturen, Bakterien in einer Wunde, Schimmel auf Milch, Fliegen, die Obst umschwirren, sich räkelnde Maden im Fleisch und Würmer in Äpfeln, sie tropften aus den Mülltonnen; eine finstere Eroberung, wie sich alles vermehrte und ausbreitete, ehe es sich selbst verschlang.

Und am Anfang der Geschichte sitzt eine Frau im kränklich gelben Nebel auf ihren Knien und erzählt sich in Gedanken, was gewesen sein wird. Es sind dumpfe Gewissheiten, die in mir waren, noch bevor ich da war, und sie wurden beiseitegedrängt von hysterischer Nacktheit mit halbfremden Menschen und Cocktailorgien bei Sonnenuntergängen und Ozean-Sentimentalität, von narzisstischem Kaffeeklatsch in hochpreisigen Cafés teurer Städte wie Paris, Wien, London und San Francisco, während überall Uhren ticken in verschiedenen Zeitzonen und in mir, aber die Gewissheiten waren immer da und jetzt schwitze ich, zerfließe wie ein Dalí-Objekt, wie harter Schnee auf Asphalt nach einem langen Winter, alles fällt auseinander wie etwas Erzwungenes, das nie zusammenpasste.

Stück für Stück dringe ich zum Kern vor, Zwiebelhautschichten rollen sich ab, mit der Hoffnung, dass ich irgendwann bei der letztem Matrjoschka landen würde. Dass es da ein Ende gäbe.

Wehende Trauerweiden im Zeitraffer im Silberlicht wie Puppenhaare und die ahnungslose Maus vor dem offenen Maul der Schlange hinter ihr. Gedanken, schwarz gezeichnet wie Abbildungen in altertümlichen Zauberbüchern. Lauernd schaute ich um jede Ecke, wie ein Soldat durch Gräben robbte ich mich in den Schlaf.

Zunächst hockten die Menschen passiv in ihren Esszimmern an großen Fensterfronten vor ihren Speisen, ohne zu essen, sie saßen ihre Zeit ab, bis die Frauen wieder wortlos abräumten. Sie schauten ältere Filme, die sie geliebt haben, wie »Fight Club«, »Wie ein einziger Tag« oder »Lost in Translation«. Aus einigen Häusern dröhnten Songs von Alanis Morissette und Eminem, man sieht die Menschen ungehemmt durch die Räume tanzen mit wilden Armbewegungen, wodurch sie Stehlampen umstießen, sie verfingen sich in Vorhängen wie panische Vögel oder Motten, ehe sie erschöpft auf dem Teppich lagen und an die Decke starrten. Sie ließen sich in Pools auf Luftmatratzen treiben, wenn sie einen hatten, unter einem Himmel in den Farben überreifer Bananen, sie gingen schweigend Gassi mit ihren Hunden, die ihre schwerfälligen Herrchen und Frauchen hinter sich herzogen, die Tiere kannten den Weg. Manche hockten allein in Büschen, ohne sich zu erinnern, wie sie dahin gekommen sind. Niemand erzählte sich noch etwas, sie zogen sich zurück wie Schildkröten in ihre Panzer, es fielen Vorhänge wie nach einer aufwändigen Oper.

Die Ampeln mahnten dauerrot zum Stillstand und es standen Kolonnen von Autos davor, ohne zu hupen, zu protestieren oder weiterzufahren. Wir funktionierten, ohne es wie sonst mit Konversation auszuschmücken. Niemand wollte mehr etwas über die Befindlichkeiten anderer wissen, sich über den Regen beklagen, höflich nach dem Nachwuchs der Nachbarn fragen oder einen frischen Pflaumenkuchen vorbeibringen. Das Lächeln, das flüchtige Zuhören, sich auf einen Aperol Spritz verabreden; all das ewig Einstudierte fiel ab von den Menschen wie eine uralte Tapete oder die Kruste auf einer Wunde.

Als niemand mehr die Ruhe aushielt, wurden alle plötzlich wieder sehr beschäftigt und suchten sich zittrig vor Anspannung Bespaßung, die Wecker klingelten früh, alle machten Pläne und hakten bucket lists ab, sie tranken ihre Kaffee-Vorräte und Energy-Drinks, sie suchten den Himmel nach Zeichen ab. Ich denke oft an das, was mir früher unheimlich war: rote Türen, Straßenlaternenlicht, ausgestopfte Hirschköpfe in Kneipen, und nun muss ich nur vor die Tür gehen, um beunruhigt zu sein.

Jetzt, Málaga, allein, ohne dich;

niemand spricht es aus, aber die Zeit drängt, die Preise fallen, sind beinahe nur noch symbolisch. Dass der Flieger abhebt, voll mit Menschen mit Sonnenbrillen im Haar und Nackenkissen, scheint surreal. Dankbar und euphorisch bestellen die Passagiere um mich herum das, was man im Flugzeug trinkt, Tomatensaft oder etwas Alkoholisches, man kauft Toblerone und Jil Sander Sun im Angebot bei den distanziert freundlichen Stewardessen. Irgendwie irritierend unversehrt und einfoliert sind die Parfums, alle starren seltsam gerührt auf die Schachteln wie auf gesunde Neugeborene. Wir lächeln einander bemüht arglos zu. Wir warten immer noch darauf, auf Brigadoon zu stoßen, auf etwas Unerwartetes, wovon wir lange zehren können.

Neben mir sitzt ein freundlich aussehender Mann mit Brille zwischen fünfzig und sechzig, der einen Hemingway auf dem

Schoß hat und mich wohlwollend anlächelt. In einer anderen Zeit hätte er mich vielleicht mit Blicken fixiert, hätte mich fördern wollen, hätte eines meiner Talente erkannt mit einer verwirrenden Mischung aus stolz aufgeplusterter Väterlichkeit und fiebrig träger Anhänglichkeit, auch er hätte meine Leerstellen gewittert, mir seine schwere Hand aufs Schulterblatt gelegt, unbeholfen und neugierig wie ein Kind, das auf die heiße Herdplatte fasst und ahnt, dass nichts Gutes dabei herauskommen kann.

»Auch allein?«, frage ich steif, nur um nicht zu schweigen, und er nickt vage. Seine Frau hat er vielleicht zurückgelassen im Eigenheim, seine fast erwachsenen Kinder, die dabei waren, etwas mit Kultur oder mit Marketing zu studieren. Es ist die Zeit der Neuerfindung, der Schlangenhäutung, der Amnesie. Einsame Zombies in ihrem wahnsinnigen, letzten Umherwandeln ohne Identität.

Um das Flugzeug herum funkelt mahnend das Licht, die Passagiere schieben mit zusammengekniffenen Augen die Blenden herunter. Er bestellt einen Rotwein, schaut mich an. »Mögen Sie auch einen?«, fragt er, und wir trinken muffig schmeckenden Wein aus kleinen Pappbechern. Unsere Münder tragen blutige Bärte.

Málagas Vororte: Vögel, die aufgescheucht durcheinanderfliegen zwischen schäbigen Hochhäusern wie Unglücksboten, die trockenen Palmen nicken dazu träge mit den Köpfen zu einem Beat, den ich nicht höre; die Vögel auf der Suche nach einem Päuschen landen auf dicken Stromkabeln und wähnen sich auf einem Ast. Die Städte glühen, die Hitze treibt die Menschen vor sich her wie Überreste aus einer umgekippten Mülltonne. Bars auf Dachterrassen mit Blick auf halb kaputte Häuser wie abgebrochene Zähne in einem fauligen Gebiss, all die hysterischen Menschen mit ihrer schimmernden Sonnenbrandröte und ihren engagierten Konversationen, wie ich übermütig zu viel klimperndes Kleingeld für ein paar Oliven mit Acetongeruch, Croquettes und altes Baguette auf Tischen hinterlasse, als hätte ich ohnehin nichts zu verlieren. Alle gieren nach Iberico-Schinken, ich spüre, wie alle hoffen, man habe noch ein paar Schweine schlachten können. Das Es in uns regiert weiter wie bei Kindern, egal wie sehr ein vermeintliches kollektives Wir-Gefühl erwartet wird, wenn alles den Bach runtergeht. Wir wollen einen perfekt ausbalancierten Cappuccino zwischen süß und herb, wir wollen, dass man uns die Taxi-Tür aufhält, wir wollen effiziente, starke Klimaanlagen und 20 Prozent Rabatt auf Luxus-Kosmetik und Designerkleidung. Ich habe viel Porzellan zerschlagen, Papier gerissen, Nummern gelöscht, es gab von allem zu viel. Ich frage mich, wohin ich verschwunden bin, wie viele Ecken zu viel ich zu unbedacht abgebogen bin, doch ich hoffe, dass ich irgendwo noch da bin, noch auf einer gepolsterten Sonnenliege am Meer liege, wo mir ein weißer Cocktail serviert wird und mir ein Mann vermeintlich schüchterne Avancen macht, mit Blicken wie eine gierige Hand im BH. Ad absurdum geführte Zukunftssehnsüchte, die alle in einen Instagram-Account passen, in einen Glückskeks, als Spruch auf ein Oversized-T-Shirt, in eine Tüte von MAC oder in einen Song von Lana Del Rey.

Vieles fällt mir in Andalusien auf; in engen Reisebussen sitzen Männer breitbeinig, Frauen halten ihre Beine seitlich zusammengepresst wie früher im Damensattel. Wie viel Freiheit in dieser Breitbeinigkeit plötzlich zu stecken scheint und wie ich die Luft zwischen den Schenkeln genieße, wie mein ganzer Körper mehr Raum einnimmt.

Es wird viel gehustet in den Ausflugsbussen, viel verrenkt geschlafen und an der schwachen Klimaanlage über den Köpfen gedreht. Viele haben zwischendurch Nasenbluten, einige haben Kreislaufprobleme und eine Dame fällt in Ohnmacht im Schatten einer Palme in einem botanischen Garten. So unheilvoll symbolisch kommt es mir kurz vor, dann fällt mir ein, Nasenbluten und Schwindelanfälle gab es schon immer. Nonnen, die vor aprikosengelben Kathedralen Eis aus Pappbechern löffeln unter einem Himmel, der Boschs Albtraumwelten zu verbergen versucht.

Eine weiße Taube, die mir an jeden Ort zu folgen scheint und ins Nichts pickt, eine Feder hinterlassend. In einem Restaurant draußen vor der Kathedrale in Málaga prostet mir eine Frau Ende dreißig mit einem Getränk im klobigen Glas zu, elegant wie jemand, der auf ein Date wartet, und die beiden Kellner schaufeln sich mit gewölbten Händen Erdnüsse in den Mund und lachen über etwas, Schulter an Schulter stehend wie Tiere, die instinktiv Körperwärme suchen.

»Gott sei Dank hab ich kein Kind, dem ich dieses Ende zumuten muss, ich stehe allein dem Chaos gegenüber, und das ist wohl das einzige Mal in meinem Leben, wo ich nicht selbstsüchtig gehandelt habe«, murmelt die Frau und zerfetzt eine Serviette.

Die Erkenntnis von Schmerz, Gefahr und Versehrtheit, wann man die eigentlich begreift, überlege ich.

Wie ein Kleinkind verstehen muss, wenn es das erste Mal an den Haaren gezogen wird oder wenn es sich den Kopf an einer Kante stößt, dass unsere Existenz von Schmerz geprägt ist, dass wir daran wachsen oder eliminiert werden wie Ratten im Labor, die Ungläubigkeit, die Fassungslosigkeit eines Kleinkindes, wenn es passiert.

»Alles, was zu zählen schien, war, sich gut zu beschäftigen mit Ehen und Scheidungen, Strandurlauben, Shopping am Black Friday und Therapiesitzungen, Krebsvorsorgeuntersuchungen und Jobwechsel, Nächte in sterilen Best Western Hotels, weil man zuhause keinen Schlaf findet, mit Festivals im Sommerregen und Aufenthalten in Entzugskliniken, Umzügen in Großstädte und wieder zurück, Wellness-Anwendungen am Sonntag und Botox-Behandlungen bei beunruhigend operierten Ärzten mit schlaffem Händedruck, Abnehmphasen mit Fitness im Wohnzimmer und Völlerei am Wochenende, aber am Ende ist nichts dabei, das irgendwie bleibt und überdauert. Es gibt keinen Kausalzusammenhang«, antworte ich oder denke es vielleicht auch nur. Früher bestanden Dialoge daraus, ungeduldig zu warten, bis man endlich an der Reihe war, und abwesend zu nicken, während der andere sprach. Ich zerreiße die letzte Scheibe Brot zwischen uns im Körbchen, reiche ihr die Hälfte, wir kauen langsam und konzentriert.

Ausflüge werden mit hysterischer Dringlichkeit gebucht, nach Granada zur Alhambra, nach Gibraltar oder nach Sevilla, nochmal Fotos machen in vielfältigen Posen und mit Filtern, für was oder für wen, die Vergangenheit zu analysieren und die Gegenwart festzuhalten macht nur Sinn, wenn es eine Zukunft gibt, aber was macht überhaupt noch Sinn. Ich mache Selfies am Hafen von Málaga, wo spanische Musiker singen mit Geigen oder Gitarren und einige junge Mädchen untergehakt verloren vorantaumeln wie verletzte Fledermäuse. Vielleicht nochmal Paella essen in den weißen Altstadtgassen von Marbella, gleichgültig am Strand in der Sonne brennen, während Lana aus den Boxen des Beach Clubs lasziv-wehmütig säuselt, es sei nichts falsch daran, Gott in Betracht zu ziehen, unter den Kondensstreifen liegend.

In früheren Zeiten oder in irgendeiner Zukunft würde ich in einer sektenähnlichen Kommune leben, Kälber schlachtend und mit blutigen Händen auf die nächste sexuelle Interaktion lauernd, wetteifernd mit anderen Frauen, namenlose Kinder, die niemandem zuzuordnen sind, die draußen Käfer zertreten mit vollen Windeln, für die sie eigentlich längst zu alt sind. Es wäre die unreflektierte Abhängigkeit, fiebrige Unterwerfung, die Auflösung des Ichs. Einfach eine der Möglichkeiten, jemandem körperlich nah zu sein, eine Ausrede, um traurig zu sein.

Es ist der Gedanken an das, was war und was sein könnte, der mich lähmt, der mich gefangen hält in einer Dunkelheit, aus der ich mich kaum schälen kann; blinde Menschen, die Schlangen wie Opfergaben durch eine Ruinenstadt unter einer schneeweißen Sonne vor sich hertragen, ewig ausharrend.

In der berühmten Moschee-Kathedrale in Córdoba drängen sich Christen und Muslime und ehemalige Atheisten und beten konzentriert unter den Zuckerstangenbögen im schummrigen Licht der hängenden Kerzenleuchter. Eine Sturmbö könnte dieses Gebäude erfassen und umstoßen wie einen Karton, alle durchgerüttelt wie ausgesetzte Welpen, du würdest schmunzeln bei diesem Gedanken, wir sind alle von gestern, längst überholt.

Wir ziehen Kreise.

Wir geraten in Vergessenheit.

Wir alle sitzen auf absteigenden Ästen, auf denen es allmählich eng wird.

Die verbrauchte Luft eines 40-Grad-Tages steht dunstig zwischen den alten Mauern, und in Cádiz weht der Atlantikwind über den Hauptplatz mit seinen weißen und pfefferminzrosa Gebäuden und durch die Palmenblätter wie über eine Wiese voller Wäsche.

Die Stadt, die etwas Altromantisches hat wie Florida-Reisen, wie alte Damen mit Perlenketten, die Banana Splits bestellen, hier knutschen Rentner und Menschen, die mit dem Gedanken aufwuchsen, auch einmal so alt zu werden.

Ich esse aufgetauten Käsekuchen, der irgendwann mal gebacken worden ist, in einem Café am Kirchplatz unter wehenden Sonnenschirmen und stelle mir einen gewöhnlichen Herbst vor: Platzregen, entwurzelte Bäume auf Autos und Bahngleisen nach starken Stürmen, Duftkerzen-Horrorfilmabende und Kürbiskäufe auf den Bauernmärkten, der alljährliche Pumpkin Spice Latte bei Starbucks, plattgefahrene Igel auf den Straßen.

Gewöhnliche Winter mit vereisten Windschutzscheiben, das hektische morgendliche Kratzen an den Straßen, schlechtgelaunte Menschen, die morgens nicht aus den Betten kommen, anstrengende Weihnachtsessen im Steakhaus mit der Firma, Wochenendtrips nach Prag und nach Stockholm.

Unbeholfen legt mir der Kellner die blass gedruckte Rechnung hin wie ein Kind im Kindergarten, das im Rollenspiel Plastiklebensmittel verkauft, er lächelt unentschieden.

Das Ende würde mit einem Flugzeug beginnen, das vielleicht nach London zurückfliegen will. Es explodiert beim Start Richtung Wolken, als auch ein weiteres Flugzeug abstürzt, als sei es erschöpft, resigniert, allem überdrüssig, sie ergeben sich in einem Knall, während sich die Menschen an die Scheiben drängen wie in einem Film von Roland Emmerich. Sie stolpern über Koffer und Rucksäcke, Kinder weinen verunsichert, Pappbecher mit löslichem Kaffee klatschen spritzend auf den Boden, und ich wäre irritiert darüber, dass wir uns in Katastrophen tatsächlich genauso verhalten wie in den Katastrophenfilmen, vielleicht, weil wir dieses Verhalten aus Filmen unterbewusst abgespeichert haben und es nun reproduzieren.

Noch aber sitze ich am Meer, starre hinaus wie eine Matrosenwitwe, die ihren Mann bei einer Seefahrt oder an ein mythisches Seeungeheuer verloren hat, und es ist klischeehaft, allein am Meer im körnigen Sand zu sitzen und melancholisch reflektierenden Gedanken nachzuhängen, doch mir fällt nichts anderes ein, wie ich mir meine Existenz alternativ vor Augen führen könnte, als am Strand zu sitzen. Dabei an barfüßige Partys zu denken, stille Morgen in Hotels mit krümeligen Croissants und klumpigen Rühreiern und pathetische Gespräche im Zigarettenrauch mit günstigem Weißwein aus dem Supermarkt an der Strandpromenade, Lippen in meinem Nacken. Kindheitsausflüge mit Pommes und Benzingeruch an Raststätten, das dreckige Gelächter meiner Oma, auf den Schultern meines Opas sitzend, wie Ziegen feucht von unseren Handflächen fraßen. Meine Odyssee, meine sehnsüchtige Irrfahrt und die Hoffnung auf ein Heimkommen, Fixsterne über mir.

Mir fällt der Film »Eat Pray Love« ein, den ich im Flugzeug von Paris nach Havanna geguckt habe, und dass es da heißt, Zerstörung sei ein Geschenk, der Weg zum Wandel, und wie kitschig, wie weit hergeholt mir das Drehbuch vorkam, als ich übermüdet und mit voller Blase im Flieger hockte, ein Kissen zwischen Nacken und Fenster geklemmt, Kuchenkrümel im Schoß.

Eine Motte flattert um mein Gesicht, ehe sie zu meinen Füßen landet, als wollte sie mir warnend etwas über Zerstörung zuflüstern wie eine brutale Komplizin; etwas, das nicht aufzuhalten ist, wie ein Tsunami, ein Waldbrand, ein Mörder, der dabei ist, das Messer zustoßen zu lassen.

Ich frage mich, was kommen wird, denn irgendwas folgt immer, es gibt nur Kommata, keinen Punkt. Alles würde verschwinden wie Urzeittiere, Neandertaler und Boygroups und etwas Neues, vielleicht Besseres würde sich daraus entwickeln, aber trotzdem bin ich wehmütig. All die guten Absichten und Bemühungen aller Eltern und Großeltern würden ins Leere laufen, eine Vergeblichkeit wie die monatliche Menstruation.

Ich male mir eine schöne neue Welt aus und sie riecht künstlich wie eine Yankee-Duftkerze und unterschwellig bedrohlich, denn in der weiten Ferne brennen bereits Gebäude, lehnen perfekt zurechtgemachte Menschen mit identischen Nasen erschöpft an Mauern und bunte Paradiesvögel stürzen auf den Asphalt wie Wurfgeschosse aus einem glühenden Himmel.

Ich will Heilung, die vollkommene Regeneration.

Ich lasse mich auf den Rücken zurückfallen. Marokko vor fünf Jahren, wir malten Nullen in den Wüstensand, alles und nichts, weißt du noch? Nach einer Nacht in der Wüste Merzougas morgens um 6 Uhr mit einem Minztee, Skorpione, die nach einem überraschenden nächtlichen Regen aus dem Sand hervorkrabbelten, der Himmel wie Löschpapier, und wie wir beschwörend behaupteten, alles ginge jetzt richtig los, das sei erst der Anfang.

Am Ende meines Tunnelblicks sehe ich etwas ins Licht stolpern, vorsichtig und neugierig zugleich, wie ein Tier, das den Weg in die Freiheit gefunden hat/ich kann es nur weiter anstarren, bis es fort ist und das Nadelöhr voll Licht zurückbleibt/vor das sich ein anderes Auge schieben wird/unsere Blicke überbrücken das Dunkel dazwischen/

Laudatio zu »dass er auf dem Balkon stand« von Cornelia Manikowsky

Robert Prosser

Über Seiten hinweg in einem Satz zu erzählen, in einer fortlaufenden Bewegung des Denkens und Schreibens, das ist ein literarischer Kniff, der oft zum Scheitern verurteilt ist. Cornelia Manikowsky aber meistert dieses Kunststück, ohne ein Wort zu viel zu benötigen und ohne einen Nebensatz nur der Fülle wegen einzufügen. Nichts wirkt krampfhaft platziert, stattdessen entsteht lesend ein feines Gewebe, das auch vor dem Furor nicht zurückschreckt – und diese aufmerksam gearbeitete Struktur ist ob des Themas umso bestechender: Wie existieren Kriegserinnerungen fort? Dieser nicht nur in Bezug auf die jüngere (deutsche) Vergangenheit wichtigen, sondern auch aktuell wieder drängend schmerzenden Frage spürt *dass er auf dem Balkon stand* nach. Die Erzählung fordert heraus. Leser*innen ebenso wie die Figuren des Textes, die Eltern beispielsweise, Mutter und Vater, die jeder für sich ganz unterschiedlich vom Krieg geschädigt wurden. Auf wenigen Seiten erlangen sie eine erstaunliche Komplexität, die veranschaulicht, wie ihre Traumata auf die nachgeborene Generation einwirken. Den Leser*innen begegnet eine vielgestaltige Auslöschung: erst durch das Kriegserlebnis, durch das Bombardement, dann durch das Alter und den Tod. Cornelia Manikowsky macht durch einen Text, der vom Vergessen handelt, eben dieses Vergessen nichtig. Darin eingearbeitet sind

Geschichten, aus denen eine Familie erwächst: die Mutter im Altersheim, ihre Handgriffe; die Pubertät, das Aufwachsen und Finden einer eigenen Identität; wie man sich zu Geschwistern verhält und was hinter den aufgenähten Hemdsärmeln und Hosenbeinen der Kriegsversehrten steckt, warum man die an sich nutzlosen, weil leeren Ärmel nicht abschneidet – und wie in solchen genauen Beobachtungen eine Angst überdauert, die bereits der Vater als junger Mann gespürt hat. Wie dieses Gefühl weitergegeben wird, zeigt der Text in seinem Inhalt, den beschriebenen Details, in seinem Stil. Es mag ein langer Satz sein, doch für das, was er erzählt, ist er bewundernswert kurz. Wie wenig man von den Kriegserfahrungen weiß, und wie dieses Wenige ausreicht, um auch als Nachgeborene davon geprägt zu werden. Durch die Andeutungen, gewisse Eigenheiten, vor allem durch das Schweigen, das man füllen möchte, füllen muss. Das Schreien, von dem Manikowsky schließlich berichtet, lässt sich bildlich verstehen. Es setzt einen Schluss in diesen punktlosen Text, nämlich als Darstellung der Unmöglichkeit, von solchen einschneidenden Erfahrungen wirklich adäquat erzählen zu können. Ein Schrei verlangt ein Echo. *dass er auf dem Balkon stand* ist eine sich fortspinnende Anklage, und auch wenn das Personal der Geschichte keine Antwort erhält: In uns, den Lesenden, öffnet sie einen Hallraum.

Robert Prosser

f dem Balkon stand

Cornelia Manikowsky

2. PLATZ BEIM SCIVIAS-LITERATURPREIS 2023

dass er auf dem Balkon stand und bengalische Streichhölzer und Wunderkerzen abbrannte und vor sein Gesicht hielt und Grimassen schnitt, die unheimlich oder lustig oder verrückt aussehen sollten, und dass er zusammenzuckte, wenn auf der Straße ein Böller explodierte oder eine Rakete der Nachbarn in den Himmel schoss, dass wir die Luft anhielten, weil er eine Schachtel roter und eine Schachtel grüner Streichhölzer gekauft hatte und dann auch noch eine Packung Wunderkerzen und wir die ganze Zeit auf dem Balkon standen und die Streichhölzer manchmal nicht gleich angingen und die Nachbarn jedes Jahr mehr Böller und mehr Raketen hatten und er dann auch noch die normalen Streichhölzer abbrannte, die, mit denen er die Wunderkerzen angezündet hatte, eins nach dem anderen, und dass in den Schachteln mit den normalen Streichhölzern viel mehr Streichhölzer waren als in den Schachteln mit den bengalischen Streichhölzern, und dass es deshalb so lange dauerte und die Nachbarn immer mehr und mehr Böller anzündeten und es knallte und die Raketen über den Himmel zischten und er erst aufhörte, wenn alle Schachteln leer waren, und dass wir dann schnell wieder reingingen und ins Bett gingen, endlich die Decken bis an die Nasen oder noch höher ziehen konnten und dabei versuchten, nicht auf die Geräusche von draußen zu achten und nicht an die Raketen zu denken, den goldenen Schweif, den sie über den Himmel gezogen hatten, und die rot und grün und golden leuchtenden Kugeln, die dann herabfielen und im Fallen verglühten, dass wir nicht an sein Gesicht denken wollten, an die Grimassen hinter den bunten Flammen der bengalischen Streichhölzer und an das Zusammenzucken und Komisch-Aussehen, wenn ein Böller explodierte oder das zischende Geräusch einer Rakete zu hören war, und dass ich immer noch jedes Jahr an Silvester sein Gesicht hinter den bengalischen Streichhölzern vor Augen habe, Jahrzehnte später und obwohl er längst gestorben ist und kein Mensch mehr bengalische Streichhölzer kauft und Wunderkerzen, dass meine Mutter im Altersheim die Früchte vom Nachtisch mit aufs Zimmer nahm, obwohl sie die vom Vortag noch nicht gegessen hatte und auch nicht den Käse vom Abendbrot und die Tomaten und die Leberwurst der letzten Woche, dass immer ein Eimer Trinkwasser im Keller stand, dass es viel zu viele Konservendosen gab und auch zu viele Kartoffeln und dass sie eine Ölheizung einbauten, die man auch mit Holz hätte befeuern können oder mit Abfällen oder dem, was gerade zu finden wäre, dass sie mir nicht zuhörten und unruhig hin und her gingen oder anfingen einen Schrank aufzuräumen oder den Staubsauger hervorholten, wenn ich mich hässlich fand oder zu dick oder zu dünn, mit viel zu dünnen Haaren und voller Pickel und mit zu kleinen oder zu großen Brüsten und mit Speckrollen, die nicht in die Jeans passten, wenn mich niemand mochte und ansah und immer nur die anderen beliebt waren und ganz viele Freunde hatten und dann auch einen Freund oder eine Freundin, dass sie uns auf die Schultern klopften, wenn wir sie umarmen wollten, dass sie laut und schrill lachten, wenn ihre Enkel sich an sie kuschelten oder in ihren Armen einschlafen wollten und auch durften, obwohl sie immer wieder auflachten – dass ihre Enkel viel mehr durften als ihre Kinder, dass sie erzählten, wie schrecklich es gewesen war, uns abzuweisen und in abgedunkelten Kammern alleine schreien zu lassen, bis wir einschliefen, noch im Schlaf weiter schluchzten und dann erst langsam still wurden, und dass sie es trotzdem getan haben, auch beim zweiten Kind und beim dritten, und dass sie die Zähne zusammengebissen haben und gewartet haben, dass es vorbeigeht, wie Schmerzen vorbeigehen und Angst und Alleinsein und Traurigkeit und Sinnlosigkeit, bis sie irgendwann vergessen werden und verschwinden oder jedenfalls unsichtbar sind und wie nie dagewesen, weil Angst nicht helfe, wie auch Weinen nicht helfe und eben auch vorbeigehe, irgendwie und irgendwann, und dass es dann weitergehe und alles andere unwichtig werde und unbedeutend, und dass es trotzdem ein Grundgefühl der Angst gab, Angst vor Krankheiten und Herzinfarkten und Unfällen, vor falsch ausgefüllten Steuererklärungen und vergessenen Rechnungen, vor verpatzten Prüfungen und verpassten Zügen – dass es immer etwas gab, wovor man Angst haben konnte oder Angst haben musste, und dass auch ich immer etwas finde, um Angst zu haben, und dass es so viele Kriegsversehrte gab, bei denen ein Arm fehlte oder ein Bein oder manchmal fehlten auch beide Beine, und dass die Hosenbeine hochgesteckt waren und in Falten gebügelt, dass diese Hosenbeine oder Jackenärmel nicht abgeschnitten wurden, so dass man sie jederzeit herunterlassen konnte, wenn das Hosenbein wieder gebraucht werden würde, wenn jemand anderes die Hose anziehen würde, oder man aus anderen Gründen den Ärmel oder das Hosenbein wieder benötigte, weil man den Anzug nicht beschädigen wollte, weil das Abschneiden des Hosenbeines wie ein Abschneiden des Beines gewesen wäre, das aber ja längst abgeschnitten oder verloren war, weil Arme und Beine nicht nachwachsen oder wiederkommen, sondern eben weg sind, für immer, dass die leeren Ärmel sorgfältig in die Jackettaschen gesteckt wurden, als habe da jemand immer seine Hand in der Tasche, nur dass der Ärmel ganz flach und leer und auch viel zu lang war, dass sie oft wütend waren und schimpften und mit den Krücken herumfuchtelten und dabei rote verzerrte

Gesichter bekamen, dass wir »Kriegsversehrte« spielten, mit Stöcken oder Besenstielen, wenn keine Erwachsenen in der Nähe waren und auch niemand, der petzen würde, dass wir dann auch schimpften und mit den Besenstielen herumfuchtelten und die Arme aus den Ärmeln zogen und die leeren Jackenärmel in die Taschen stopften, bis wir erwachsen wurden und die Kriegsversehrten immer weniger wurden und schließlich verschwanden, wie die alten Frauen an den Bushaltestellen, die von der Flucht erzählten und der Kälte und dem Hunger und dann näher kamen und weitersprachen und noch näher kamen und noch mehr sprachen – dass meine Mutter ein Fernglas mit blinden Linsen und angeschmolzenem Gehäuse aufbewahrte, das komisch roch, nach geschmolzenem Plastik und noch etwas anderem, und überhaupt fühlte es sich ekelig an und unheimlich und gebrauchen konnte man es ohnehin nicht, dass sie gedacht hatte, dass das Ende des Krieges das Ende sei, ein ganz grundsätzliches Ende, dass es dann nicht mehr weitergehen würde, dass einfach alles zu Ende wäre oder vorbei, dass sie keine Vorstellung von einer Zeit nach dem Krieg oder ohne Krieg gehabt hatte, als würde sich dann alles in Luft auflösen, als hätte es mit einem Mal keine Zukunft mehr geben können, keinen Morgen und keinen nächsten Abend und keinen nächsten Tag, dass sie an den Krieg geglaubt hatte, dass sie stolz gewesen war auf den Vormarsch der Wehrmacht, dass sie die eroberten Gebiete abgesteckt hatte, mit Stecknadeln auf einer Landkarte, die sie an der Wand aufgehängt hatte, bis eine Bombe ihr Haus getroffen hatte und die Karte weg war und auch alles andere, die Schulhefte und die Socken und die Putzlappen und die alten Familienfotos und das Porzellan und die Bettwäsche, dass erst alles noch da war und dann aber weg war, einfach weg, und dass nur der Schornstein übrig geblieben war und ein paar Regenrinnen und Wasserhähne und unkenntliche Holzstücke und sie nur noch das hatte, was sie am Morgen angezogen hatte, und dass es vielleicht nicht ihre Lieblingskleider waren und auch nicht die Lieblingsschuhe und dass sie Sachen zu den Nachbarn hätte bringen können und es aber nicht getan hatte, weil die Bomben so abstrakt waren und bislang die anderen getroffen hatten, auch wenn sie die Bombentrichter gesehen und die Einschläge im Bunker gehört hatte, dass mein Vater nie etwas erzählt hat, dass er nicht gesprochen hat und wir ihn nicht fragen konnten und ich aber trotzdem wusste, dass er den Feuersturm erlebt hat, dass er in Hamburg war, in der ersten Nacht, und dass er dann geflohen ist zu Fuß und auf einem Traktor, aufs Land oder vermutlich eher an den Stadtrand, so weit sie gekommen sind, bis es dunkel wurde und der zweite Angriff begann oder die zweite Nacht – und dass ich nicht weiß, woher ich das weiß, oder von wem, ich weiß noch nicht einmal, wo sie die Nacht verbracht haben und auch die Nächte davor und danach, ob sie in einen öffentlichen Bunker gegangen sind, ob sie es geschafft haben oder ob sie im Keller ihres Hauses saßen und ob das ein zu einem Luftschutzraum umgebauter Keller war, in dem man jeden Einschlag spürte – dass er im Bunker gesessen hat und dass es laut war und gewackelt hat und dass dann das Licht ausging oder erst flackerte und dann ausging und dass es heiß war im Bunker und stickig und dass es dann überall gebrannt hat, wenn sie rauskamen, dass überall Trümmer lagen und dass er da rumgelaufen ist, mit meiner Großmutter und einem Koffer und vielleicht auch noch einer Bettdecke und einem Kuscheltier und dass auch Tote auf den Straßen gelegen haben werden und dass er die Toten gesehen hat und dann die Häftlinge in gestreifter Kleidung, die die Trümmer beiseitegeräumt haben, und dass er dann eingezogen wurde und Soldat wurde, und dass ich noch nicht einmal weiß, ob er schießen gelernt hat, weil Soldaten ja schießen können und marschieren und Befehle ausführen, doch dass er nie etwas erzählt hat, mit keinem Wort vom Schießen oder von den Befehlen gesprochen hat, und dass ich ihn angeschrien habe, am Telefon, als ich längst erwachsen war, als das

Haus, in dem er wohnte, brannte und er den Fahrstuhl benutzen wollte, obwohl er wusste, dass man bei Feuer den Fahrstuhl nicht benutzen darf, obwohl das jeder weiß und obwohl die Feuerwehr längst mit ihm gesprochen hatte – dass ich ihn angebrüllt habe, weil ich ihn an der Leitung halten wollte, verhindern wollte, dass er trotzdem versucht, mit dem Fahrstuhl nach unten zu fahren, weil das Treppenhaus bereits voller Rauch war, dass ich hinter den Absperrungen der Feuerwehr stand und ins Telefon schrie, und dass er sich am nächsten Tag an nichts erinnern konnte, dass er nichts mehr von dem Fahrstuhl wusste, den er hatte benutzen wollen, und dass ich ihn angeschrien habe, laut und heftig und obwohl ich ihn sonst nie angeschrien habe, wusste er auch nicht mehr

Mein Name auf ihrer Hand

Martina Frey

Vorbemerkung

NICHTS an unserer Geschichte ist erfunden. Ich habe auch nicht gewagt, etwas dazuzudichten. Faisal malt Szenen nicht aus, benutzt wenig Adjektive, beschreibt mir nicht sein Essen, seine Bleibe oder die Landschaft. Mir bleibt, was er sagt.

Passion Kabul

»Ich bin auf dem Weg zu meiner Familie. Bevor sie meiner Schwester oder meiner Frau etwas antun!« – »Hey, Faisal, lass das. Du kannst nur mit untergehen. Die Armee flieht, aber du willst den Retter spielen?«

Ich telefoniere mit ihm in Istanbul, dann in Islamabad – schließlich ein WhatsApp-Anruf von der tadschikischen Grenze. »Morgen bin ich in Kabul!«

Wie kann ein intelligenter, junger Mann nur derart sein Leben aufs Spiel setzen? Ich will ihn hindern – und weiß doch, dass ein Haushalt aus drei Frauen, seine Mutter Zakia, die geliebte jüngere Schwester Asma und seine Frau Fatima, unter den Taliban ein sehr gefährdetes Leben führt.

Da nichts ihn aufhalten kann, bleibt es an mir, das Mögliche zu tun, damit seine Mission mit einer gemeinsamen Ausreise seiner Familie enden kann. Ich sammle seine Daten, Papiere, Fotos, Mails. Die von der Bundesregierung empfohlene Anmeldung auf einer Internetseite des diplomatischen Dienstes hat – wie bei den Abertausenden Ortskräften Afghanistans – keine rettende Konsequenz.

Ein grinsender Faisal posiert auf dem Foto, das er mir schickt, neben einem stolzen Taliban an der Shir-Khan-Bandar. Der Grenzübertritt mit einem abgelaufenen afghanischen Pass und geheimen Papieren in der Unterhose gestaltete sich überraschend einfach. »Ich habe ihm erzählt, wie froh ich darüber bin, dass sie es jetzt geschafft haben und der Islam zu seinem Recht kommt.«

Er kann es gar nicht fassen, dass da einer die Grenze kontrolliert, der weder lesen noch schreiben kann. Ich bekomme den Einreisestempel vom 30. August 2021 geschickt. Auf einem längst ungültigen Pass eines jungen Deutschafghanen mit Familienrettungsmission.

»Ich bin noch am Leben – aber es ist voll schlimm hier!«, kommt später als Sprachnachricht. Dann wieder Funkstille und Zeit, sich Sorgen zu machen.

Neun Tage später meldet er sich wieder. Sein tot geglaubter Vater ist zur Familie zurückgekehrt. Fünfzehn Jahre hatten die Taliban den ehemals hohen Regierungsbeamten Hamid in Gefangenschaft gehalten. Der reiche, sportliche und kluge Mann kehrt als gebrochener, depressiver Alter zu den Seinen zurück. Seine Herren konnten ihn wegen schwindender Kräfte nicht mehr gebrauchen, er durfte gehen.

Faisal erzählt mir, wie er versucht, mit seiner Familie über den Flughafen Kabul zu entkommen. Volle Straßen, das Chaos an den Eingangstoren, Schüsse und dazu noch die Bomben des IS. Im Gegensatz zu den vielen anderen Dingen, die er mir im Laufe des nächsten Jahres berichtet, kann ich mir das sehr konkret vorstellen. Die deutschen Nachrichten senden das Chaos frei Haus.

Auch auf bundesdeutscher Seite gibt es Neues. »Meine Frau Fatima« ist für die deutschen Behörden leider bestenfalls eine Art

Verlobte. Damit hat niemand aus seiner Familie nach derzeit gültigem Recht eine Chance zur legalen Einreise nach Deutschland.

Ich warte darauf, dass er sich wieder meldet. Und hoffe, dass der Empfang halbwegs passabel sein wird. Die letzten Gespräche waren so oft unterbrochen. Jede Information quetscht sich durch ein mehrfaches Warten: »Die Verbindung wird wiederhergestellt«, um dann im Rauschen unterzugehen. »Martina, hörst du mich?«, klingt es dann, statt dass er weiterspricht, WENN ich denn doch mal was höre.

So aber habe ich ihn noch nie gehört. »Sie haben meine Schwester und meine Frau entführt!«, bricht es aus ihm Mitte September heraus. Er hatte die gewaltsame Mitnahme gesehen und war hinterhergesprungen. So wird auch er mit einem Gewehrkolben im Rücken niedergeschlagen und auf den Wagen geworfen. Es gelingt ihm, sich zu befreien und mit seiner Frau hinten aus dem Fahrzeug zu springen. Seine bewusstlose Schwester muss er mit anderen gefangenen Frauen und Mädchen im Wagen zurücklassen. »Sie lag in der Ecke. Was hätte ich tun sollen? Was hätte ich tun sollen?!«

Seiner Frau haben die Männer die Nase gebrochen. Er schickt ein Bild: eine erschöpfte junge Frau mit geschlossenen Augen, schwarzem Kopftuch und einem breiten weißen Band über der Nase.

Es muss weitergehen. Sagt er sich, sage ich ihm. Er hat kein Geld, um die weitere Behandlung Fatimas zu bezahlen – und so liegt es an mir zu recherchieren, welche Institution noch Geld nach Afghanistan überweist. Western Union winkt ab. Moneygram akzeptiert 220 Euro. »Mehr wird nicht angenommen!«, sagt die freundliche Dame am Schalter.

Er verkriecht sich mit dem Rest seiner Familie am Rand von Kabul. Das Zentrum sei die Hölle. Mit zweihundert anderen Leuten steht er stundenlang an der Bank an. »Ich habe dein Geld erhalten!« Was einen Euro wert war, koste jetzt sieben.

Er findet einen anderen Weg, um an Geld zu kommen. Wir überweisen auf sein deutsches Konto – und er findet reichere Afghanen, denen er eine Online-Überweisung auf ein europäisches Konto sendet, während sie ihm Afghani auszahlen. Außerdem schreibe ich ihn nicht mehr an, damit mein Kontakt nicht entdeckt und zur Erpressung genutzt werden kann. Er leert das Smartphone nach jedem Gespräch oder jeder seiner Nachrichten und gibt meine Nummer immer wieder neu ein.

Fast einen Monat haben wir keinen Kontakt. Strom und Internet fallen weitgehend aus. Vor allem erweist sich die afghanische Simkarte, die er sich auf dem Schwarzmarkt besorgt hat, als giftig. Der frühere Besitzer hat sich Feinde unter den Taliban gemacht und Faisal bekommt beängstigende Anrufe. Er zerstört die Karte und es braucht Zeit, bis er eine neue erstehen kann.

»Schön, dass du noch lebst!«, begrüße ich ihn. Er erzählt von seinem Vater. »Martina, er hatte mir alles beigebracht. Er hat Sportwettkämpfe gewonnen. Er war hochangesehen. Jetzt kapiert er vieles gar nicht und starrt den ganzen Tag vor sich hin. Sie haben ihn kaputt gemacht.«

Nebenbei kommen Nachrichten aus dem neuen Alltag Afghanistans: Ein alter Mann, der immer etwas wirr geredet hatte, war vermisst worden. Dann lag sein Kopf vor ihrem Haus im Straßengraben.

Mitten in der Nacht eine Sprachnachricht: »Gerade eben haben sie zwei Männer aus dem Haus geholt. Die waren Übersetzer. Unten, auf der Straße, wurden sie erschossen. Einfach so: Geklopft, raus, auf die Straße, und bumm, bumm.« Er konnte nicht mehr schlafen. Er musste mir das schicken.

Später – schlafen konnte ich jetzt auch nicht mehr – telefoniert er von einem entlegenen Hügel. Er ist unterwegs, um Medikamente zu holen. Die Entzündung in der Nase seiner Frau hat sich verschlimmert. Und die erste Medizin scheint nicht zu wirken. Sie verdünnen die Arznei und verkaufen sie doppelt, meint er dazu.

Anfang November berichtet er von Regierungssoldaten, die immer wieder auf offener Straße exekutiert werden.

Seine Frau musste ins Krankenhaus. Zwölf Stunden dauert die Fahrt bis zum Zentrum Kabuls. Die erste Strecke packt er sie auf eine Art Leiterwagen oder Schubkarren und schafft sie zur Straße, weil sie wegen Schmerzen im Unterleib nicht gehen könne. Während sie im Krankenhaus sind, passiert vor der Tür ein so großer Bombenanschlag, dass er es auch in die deutschen Nachrichten schafft. Fünf IS-Angreifer, dreißig Taliban und sehr viele Zivilisten seien tot. »Wir hatten Glück!«

Ich versuche über Flüchtlingsnetzwerke und Politiker bis ins Außenministerium vorzudringen, um einen Weg für die Familie zu finden. Mit mäßigem Erfolg. Man nähme das Anliegen zur Kenntnis.

Als Nächstes sendet Faisal Bilder von der überfüllten afghanischen Grenze nach Pakistan. »Wir haben es versucht. Die Grenze ist dicht! Ich sitze in der Falle!«

Mütter bieten an der Straße ihre Babys an, damit sie Essen für deren Geschwister bekommen.

Mit anderen zusammen wirbele ich auf allen erdenklichen Kanälen, um Faisal auf möglichst vielen weiteren Evakuierungslisten anzumelden – alles sehr bürokratisch und ineffektiv, da Deutschland schon bei der Rettung der Ortskräfte versagt. »Familie eines Deutschen« – das ist noch komplizierter. Vor allem, weil er sich auch dort hüten muss, seinen deutschen Pass irgendjemandem zu zeigen. Und weil es auf unserer Seite kein Recht eines deutschen Staatsangehörigen gibt, eigene Geschwister oder Eltern nach Deutschland mitzubringen.

Eine Woche vor Weihnachten gelingt ihm wieder ein Telefonat nach Deutschland. Es wurden vier Mädchen gefunden, geköpft und auf freiem Gelände ausgekippt. Er hat Asma unter den Opfern entdeckt. Den Kopf hat er wiedererkannt. Den geschundenen Körper auch, denn sie hatte sich seinen und ihren Namen in die Hand tätowieren lassen. Faisal legt beide Teile zusammen. Mit den Angehörigen der anderen Mädchen zusammen begräbt er seine Schwester.

»Ich muss es dir erzählen, Martina. Ich kann es niemandem sagen. Meine Mama stirbt, wenn sie erfährt, dass Asma nicht mehr lebt! Sie überlebt das nicht!«

Die Internetverbindung ist gnädig und unterbricht ihn nicht, als er stammelt, wie er seiner Schwester eine medizinische Ausbildung finanziert hatte. Sie hatte bei diversen Hilfsorganisationen gearbeitet, Impfkampagnen mitgemacht. Schon in Deutschland hatte er mir immer wieder stolz berichtet, wie gut sich seine Schwester durch das Internet und mit seiner Hilfe medizinisches Fachwissen und die deutsche Sprache angeeignet hatte. Und dass er davon träumt, wie er sie einmal in das alte Haus hereinführen kann. Er hat es in einem kleinen Nachbardorf für die Zukunft der Seinen ersteigert und mit geringsten Mitteln renoviert. »Damit es meine kleine Schwester hier einmal besser hat als in Afghanistan!«

Er kann nichts schlucken. Es brennt wie Feuer. Weinen könne er auch nicht.

Am zweiten Weihnachtstag stehen wir gerade mit zwanzig Verwandten am Grab meines Vaters, als das Handy klingelt. Ich wage nicht mehr, es leise zu stellen, da ich ihn nicht verpassen will.

Zakia hat von Nachbarn erfahren, dass ihre Tochter unter den Toten war. Im Gegensatz zu ihm weint sie den ganzen Tag und hat begonnen, Blut zu spucken. Sie trinkt und isst nichts mehr. Sein Vater Hamid starrt an die Wand. Fatima, als letzte Überlebende ihrer eigenen Familie ohnehin voller Traurigkeit, reagiert entsetzt, als auch ihre neue Familie schwindet. Die Nase sei etwas besser geworden.

Erst um Dreikönig meldet Faisal sich erneut. »Sie hatten mich erwischt! Mein Handy wurde kontrolliert und sie haben eine Internetseite und einige Fotos gefunden. Zur Strafe musste ich sieben Stunden an der Straße stehen. Als öffentliche Schande, sozusagen. Dann haben sie mich freigelassen.«

Und: »Mama ist schwerkrank. Ich glaube, sie will nicht mehr leben!«

Einige Tage später hat er seine Mutter ins Krankenhaus nach Kabul gebracht. Erst bleibt er bei ihr – doch auch Fatima und Hamid brauchen ihn. Er geht zu den beiden zurück. An einer einsamen Stelle ruft er an. »Eine Stunde Afghanistan ist härter als ein Jahr in Deutschland!«, sagt er hier zum ersten Mal. Er wird es in fast jedem Gespräch wiederholen.

Die nächste Sprachnachricht bricht ab, weil er einen Anruf bekommt. Eine halbe Stunde später meldet er sich: »Es war das Krankenhaus. Mama ist gestorben. Ich muss wieder in die Stadt und ein paar Frauen finden, die meine Mutter waschen. Damit alles richtig ist, wenn morgen das tägliche Sammelbegräbnis ist!«

Ende Januar telefoniert er fast eine Stunde mit mir, ausnahmsweise ohne Unterbrechungen. Er kann nichts schlucken ohne Schmerzen. Er kann nicht schlafen. Er kann sich nicht entscheiden. Lässt er seinen kranken Vater zurück, weil bestenfalls seine Verlobte ein Aufenthaltsrecht in Deutschland bekommen kann?

Sein Vater schickt ihn fort. Er soll sich und seine – mittlerweile schwangere – Frau und das werdende Kind retten. »Ich verdanke meinem Vater ALLES, Martina!«

»Du bekommst vielleicht einen Aufenthaltstitel für Fatima. Mit einem gemeinsamen Kind sogar einfacher. Aber du musst deinen Vater zurücklassen!«, sage ich und schäme mich dafür. Er schämt sich dafür, dass wir ihm Geld schicken.

Er ist krank. Die Medikamente, die er sich besorgt hat, betäuben ihn eher, als dass er sie als hilfreich erfährt. Er hat Hamid und Fatima immer noch nichts vom Tod der Mutter erzählt, weil er die nächste Kettenreaktion befürchtet.

Jetzt endlich erzählt er mir von den vergeblichen Versuchen, seine Schwester nach ihrer Entführung zu retten. Wie er in den verschiedenen Büros der Talibanverwaltung verzweifelt versuchte, eine Anzeige aufzugeben. Man verwies ihn gelangweilt an den weit im Norden liegenden Geburtsort der Schwester, um untätig bleiben zu können. »Hier sitzen überall Analphabeten, die nichts tun, außer sich die eigene Tasche zu füllen! Martina, das Land ist Asche! Jeden Tag Bomben und Morde auf offener Straße, Frauen und Männer werden weiter vor unseren Augen entführt, Babyleichen liegen im Dreck. – Ich kann nicht mehr! Ich will so nicht mehr leben!«

Mittlerweile ist Fatima im sechsten Monat. Selbst wenn sie es nach Pakistan schaffen, wird es unmöglich sein, hochschwanger den Langstreckenflug nach Deutschland anzutreten. – Andererseits, soll ich ihm das jetzt sagen und so eine weitere Hoffnung ausbremsen?

Sein Vater hat vom Tod der Mutter erfahren. Es ließ sich nicht verheimlichen. Er bekommt einen Schlaganfall und kann eine Seite nicht mehr bewegen, seine Sprachfähigkeit hat massiv nachgelassen.

Hamid hatte in seinen Jahren als Regierungsbeamter einen jetzigen Taliban wegen Mordes hinter Gitter gebracht. Dieser gräbt die alte Geschichte aus und will Schadenersatz. Als die Männer kommen, um Hamid festzunehmen, sehen sie den altersschwachen schwerkranken Mann – und nehmen stattdessen den Sohn mit.

Das alles erfahre ich Ende Februar. »Drei Tage haben sie mich in einen stinkenden Container zu einem Dutzend anderer gesperrt. Sie haben mir auf alle großen Muskeln geschlagen, mit einer breiten Metallstange. Sie können nicht lesen, aber wie man Schmerzen zufügt, das verstehen sie gut!« Nach weiteren zwei Tagen auf einer anderen Wache kann er endlich erklären, dass sie den Falschen haben. Sie lassen ihn frei.

Während der Zeit der Gefangenschaft verpasst er einen LKW, den er für die Flucht von Hamid, Fatima und sich organisiert hatte. Um seinen Vater zu schützen, trennt er sich von ihm und versteckt ihn in einem anderen Ort.

Als die Taliban mit Razzien von Ort zu Ort kommen, flieht er weiter. Sie kommen an einem Flussbett vorbei, das durch einen Erdrutsch trockengefallen ist. Durch das Anstauen des Wassers hat der Fluss zwanzig Leichen freigegeben, die Hände auf dem Rücken zusammengebunden. – Er muss abbrechen, weil Stimmen näher kommen.

Eine Woche später haben ihn die Taliban auch in dem weiter abgelegenen Dorf eingeholt. Sie stellen das ganze Haus auf den Kopf. »Doch Gott sei Dank hat keiner hinter den alten Deckenventilator geschaut!« Sein deutscher Pass und die anderen Papiere sind noch in seinem Besitz. Diesmal waren es tschetschenische Taliban. »Die sind besonders grausam, Martina. Einem haben sie den Arm abgehackt und dann heißes Öl über die Wunde gegossen. Sie gehen von Haus zu Haus. Dann erschießen sie ehemalige Soldaten, ihre Frauen und Kinder müssen dabei zuschauen. Was ist das für ein Land, Martina?«

Seine Frau braucht Medikamente. Sie kann nicht richtig atmen. Die Wunde in der Nase wuchert, statt zu heilen. Aber es ist Ausgangssperre. Er kann nichts besorgen.

Im April kommt der verabredete Code von einer fremden Nummer. Ich warte ängstlich ab. Als er sich endlich meldet, berichtet er von einer erneuten Festnahme. Wieder diente sein Vater und dessen Handeln vor zwanzig Jahren als Begründung, um einen »Schadenersatz« aus ihm herauszuprügeln. Wieder kann er stark bleiben und darauf hinweisen, dass er nicht für die Schulden seines Vaters aufkommen kann. Wieder kommt er nach einigen Tagen frei.

Die Kälte und die aufgeschlagenen Muskelpartien an Oberschenkel, Schultern, Armen und besonders im Rücken sorgen für chronischen Schmerz. »Ich kann nachts nicht schlafen. Und wenn ich einschlafe, wache ich mit dem Bild von Asmas Kopf wieder auf! Ich finde sie. Jede Nacht finde ich meine kleine Schwester und jede Nacht lese ich meinen Namen in ihrer Hand!«

Ende April berichtet er von acht weiteren Anschlägen und bürgerkriegsähnlichen Zuständen in ihrer Nähe. Die Taliban scheinen sich auch untereinander zu bekämpfen und der IS verbreitet Terror, wo er kann. Fieber, Atemprobleme und Geschmacksverlust lassen darauf schließen, dass er an Covid-19 erkrankt ist. »So krank war ich noch nie!« Bei seiner Frau hat ein Arzt Blutarmut diagnostiziert. Es gibt keine Medikamente. Da der IS die Masten, die zum Ort führen, gesprengt hat, gibt es keinen Strom. Dank der Solarzelle eines Nachbarn kann er sein Handy aufladen.

Zwei Wochen später hat er sich gesundheitlich erholt. Seine Frau ist jetzt im achten Monat. Sie fühlt sich schwach und trauert um die Toten ihrer Familie. »Mittlerweile zieht sie sich vor Verzweiflung selbst an den Haaren und schlägt sich ins Gesicht! Was kann ich tun?«

Er bringt sie ins Krankenhaus – doch die fachlich guten Ärzte der sogenannten »Französischen Klinik« sind alle im Ausland oder haben sich versteckt.

Nach dem Erdbeben im Juni warte ich auf Nachricht. »Dass die Erde bebt, das bekomme ich hier mit. Aber das Zentrum ist Richtung Pakistan. Da, wo die Haqani wohnen. DENEN hilft Pakistan. UNS hilft niemand! Afghanistan verhungert, auch ohne Erdbeben.« Mitleid klingt anders.

Mitte Juli erreicht mich eine Textnachricht: »Ich bin Papa geworden! Und Fatima hat die Geburt überstanden!«

Später klappt ein Telefonat. Seine Frau ist bei der Geburt bis über den After eingerissen. Sie hat starke Schmerzen und ist sehr matt. Seine kleine Tochter musste in den Brutkasten. Marwa scheint nicht ganz gesund. Sie schreit und krampft. Er kann Bestechungsgeld zahlen, um zu dem Kind zu kommen. Rausnehmen oder berühren darf er es nicht.

Hamid, dem Vater, geht es etwas besser. Die Halbseitenlähmung hat nachgelassen. Er versucht kleine Schritte. Aber das Sprechen geht bestenfalls unnatürlich verlangsamt.

»Martina, ich habe zwei Leute gesehen. Die haben sich geprügelt und einer hat dem anderen auf den Mund geschlagen, so dass er blutete. Dann kamen zwei Taliban auf Motorrädern. Sie haben zu dem ersten gesagt: ‚Sollen wir das Gewehr in dein Gesicht rammen oder erledigst du das selbst?' Dann hat der Mann Anlauf genommen und ist mit voller Geschwindigkeit gegen die Wand gerannt. Er hat sich selbst den Kiefer gebrochen! So ist das hier!«

Faisal rennt zwischen seinem Vater und seiner jungen Familie hin und her und versucht alle zu versorgen. Die Wunde seiner Frau entzündet sich durch ihren Stuhlgang, fehlende Medizin und die mangelnde Hygiene immer wieder.

Nebenbei versorgt er mich mit politischen Einschätzungen. Seiner Meinung nach bekämpfen sich sieben Talibangruppen, auch innerhalb der Regierung. Am gefährlichsten seien die Haqani, die pakistanisch orientierten, gut ausgebildeten Kämpfer rund um den Innenminister, da man diesen nur schwer etwas vormachen könne.

In einem benachbarten Dorf wurden zwei Mädchen »bei unsittlichem Tun« erwischt. Die Taliban zwangen die Bewohner diese zu steinigen. Einer der Männer des Ortes hat Faisal unter Tränen berichtet, was er getan hat.

Ich frage ihn wieder: »Kannst du deinen Vater in Afghanistan lassen? Kannst du für deine Frau, dein Kind und dich die Flucht organisieren?« Er erzählt, was er seinem Vater alles verdankt. Ich verstehe weniger als die Hälfte, weil das meiste wieder im gewohnten Rauschen untergeht. Aber ich unterbreche ihn nicht und schwöre mir, ihn nie wieder zu fragen.

Ende September meldet er sich. In einem LKW unter Hühnerkisten waren alle vier mit anderen Flüchtlingen nach Pakistan aufgebrochen. Das Baby hatten sie mit Schlafmitteln betäubt. Alles funktionierte. Nur der bestochene Grenzbeamte auf pakistanischer Seite war nicht zur Stelle. Der Wagen wurde gefilzt und alle Versteckten eingesperrt.

»Wir kamen in ein Loch. Das ist kein Gefängnis! Das ist schlimmer! Die Frauen in eines, die Männer in ein anderes. Ein Stück Brot am Tag, das in Deutschland kein Hund anrühren würde. Ich habe wieder Corona bekommen. Meine Frau und mein Vater auch. Nicht riechen, nicht schmecken und Fieber. Meine Tochter hat nur geschrien und geweint. Nach fast zwei Wochen hatten die Wärter ein Einsehen. Ich glaube, das Geschrei meiner Tochter ging ihnen auf die Nerven. Sie haben uns in einen Wagen gesetzt und über die Grenze nach Afghanistan zurückgebracht.«

Die Wunde seiner Frau, die sich nach dem Krankenhausaufenthalt etwas gebessert hatte, hat sich durch die Bedingungen in pakistanischer Haft wieder stark entzündet.

»Danke, dass du mir zuhörst. Danke. Helft mir, nach Hause zu kommen!«

Ich bekomme einen Tipp, noch eine Adresse, die vielleicht helfen wird: Ende September schreibe ich der Menschenrechtsbeauftragten der Bundesregierung und schildere ihr Faisals Schicksal. Es muss einen Weg geben, dass Faisal neben seinem Kind und Fatima auch seinen Vater mit nach Deutschland bringen darf, wenn er es über die Grenze nach Pakistan schafft. Hamid soll nicht das dritte Opfer nach seine Schwester Asma und Zakia, seiner Mutter, sein, das Faisal bei seiner Mission zurücklassen muss.

Ich warte und hoffe auf eine Antwort. Auf Gnade in Berlin. Und auf ein weiteres Lebenszeichen von Faisal. Ich wünschte aus Islamabad.

Nachbemerkung:

Die Menschenrechtsbeauftragte hat sich gemeldet. Faisals Vater kann nicht nach Deutschland einreisen.

Stand 6. Juni. Faisals Vater hatte einen neuen Schlaganfall bekommen und konnte nicht mehr gehen. Die junge Familie blieb an seiner Seite, bis er Anfang Juni starb.

Faisal selbst hat massive Schlafstörungen und einen Zustand der andauernden Erschöpfung. »Wenn ich nicht für meine Frau und mein Kind verantwortlich wäre, wäre ich tot!«

Er hofft auf eine weitere Chance.

»Alle wollen weg. Sie haben die Grenzen verrammelt. Sonst wäre Afghanistan leer. Es wird immer schwieriger, hier zu sein und es wird immer schwieriger zu entkommen!«

Heilversuch

Natalie von Marschalck

»Seit 4 Uhr ist Krieg«, behauptet Philipp eine Woche vor den Ferien. »Immer dramatisierst du, so etwas nennt man Konflikt, nicht Krieg«, verbessere ich, denn ich bin Lehrerin. Weil dann doch Krieg ist und unser Gästezimmer noch nie einen Gast gesehen hat, melde ich uns auf einem Internetportal an. Unsere Kinder sind verzückt. Die pandemiebedingt maskierte Schülerschaft malt Friedenstauben auf Postkarten blau-gelb an. Sie werden nirgendwohin geschickt. Am ersten Ferientag klingelt mein Handy.

»Ich bin Ivanna und der Krisenstab für die Ukraine«, sagt eine Frau und weint. Sie habe eine Familie für uns, ihre Patentochter mit zwei Kindern. Sie müsse nun die sieben anderen Familien unterbringen, die in ihrer Wohnung säßen.

Weil wir nicht wissen, wann die Familien eintreffen, fahre ich mit Levin noch zum Handball. Während er trainiert und ich den Familieneinkauf erledige, ruft Ivanna wieder an und weint nicht mehr. Sie wolle nur kurz Bescheid geben, dass jetzt zwei Familien zu uns kämen, was doch sicher kein Problem darstelle. Sie besorge uns noch eine Gastfamilie, zu der wir eine Familie weiterschicken könnten. Zehn Minuten später schreibt Philipp: »Vor unserem Haus sind gerade sechs Menschen aus einem Volvo gestiegen. Was hat das zu bedeuten? Kommt sofort zurück!« Auf dem Weg zur Turnhalle atme ich kein einziges Mal, bis mein Handy klingelt. Eine Frau sagt auf Englisch, sie sei gerade bei uns gewesen und habe mit einem Mann gesprochen, ob das mein Ehemann sei? Jedenfalls sei sie sehr dankbar, dass wir ihnen helfen wollen.

»And we are very happy to have you safe here now«, antworte ich, als würde es für uns einen Unterschied machen, sie statt zwei der hunderttausend anderen Familien aufzunehmen. Die fremde Frau schluchzt. Ich verspreche, bald zu kommen.

Auf dem Rückweg biegen wir in unsere Seitenstraße ab, in der immer alles gleich aussieht und nie etwas passiert. Als die Kinder kamen, waren wir in der vagen Hoffnung in diesen Randbezirk gezogen, hier seelenverwandte Familien zu finden. Und dann war die Separatistin Corona über den Stadtteil eingefallen und hatte ihn in dieses Stillleben verwandelt. Automarken sagen mir nichts, aber Volvo klingt nach einem kleinen braunen Zottelgnom. Ich parke unseren durchgebeulten Dacia-Opa hinter einer perlweiß schimmernden Luxusjacht. Verstohlen werfe ich einen Blick in das Traumschiff, auch innen wirkt es wie frisch geschlüpft. In unserem Auto sieht es aus, als hätten wir dort jahrelang gehaust. An der Haustür wartet ein zitternder Philipp mit aufgepeitschter Amygdala. Sie seien nur kurz hereingekommen, dann hätten sie auf den Spielplatz gewollt. Allein mit einem fremden Mann im Haus sei es ihnen bestimmt unangenehm gewesen. Wieso es sechs seien statt drei. Und »die flüchten seit drei Tagen aus dem Krieg, die können jetzt nicht stundenlang draußen rumlaufen.« Levin, der erst wach wird, wenn Tinnitus durch unsere Ohren kreischt, stimmt mit ein:

»Ja, Mama, die flüchten aus dem Krieg, wir müssen die suchen!« Auf dem Spielplatz sind sie nicht, auf den Wegen sind sie nicht. Als wir zurückrennen, bekomme ich eine WhatsApp. »Sucht ihr die Leute, die vorhin aus dem ukrainischen Volvo gestiegen sind? Die sind hier gerade langgelaufen«, schreibt ein Nachbar aus der Seitengasse. Der Stadtteil ist bereits im Bilde.

Hier ist man immer alleine, aber die Leute wissen Bescheid. Levin und ich laufen in die Straße. Sechs Menschen würden in dieser Einöde auffallen wie Wasserrutschen in der Wüste – keine Spur von ihnen. Schließlich rufe ich die letzte eingegangene Nummer an und sage auf Englisch in mein Handy, dass ich nun zu Hause bin. Sie kämen bald, antwortet die fremde Frau. Im nächsten Moment klingelt es, sie haben tatsächlich auf mich gewartet. Mit heißem Gesicht öffne ich, vor der Haustür sehe ich viele Mädchen und Frauen, obwohl, ein schmächtiger Junge ist auch dabei. Ihre Schuhe haben sie schon ausgezogen. In vorderster Front eine Frau wie ein Baum, hochgewachsen und aufrecht steht sie da.

»Hello, I am Olena.« Ich nehme sie in den Arm, was sonst soll ich tun? Danach umarme ich die nächste Frau, dann ein Mädchen, ein weiteres und noch eins, der Junge duckt sich durch den Eingang. Dieses Umarmen, sorgfältig und der Reihe nach, ist ab jetzt das Ritual unter uns Frauen und Mädchen. Ich schleuse die Menge in unsere offene Küche und das Sortieren beginnt. Zu Olena gehören der vierjährige Illya und die dreizehnjährige Ala. Natalia, die kein Englisch spricht, hat Yulia und Anna mit neun und zwölf. Wir stottern herum, Schulenglisch klebt an unseren Zungen und Olena klaubt sich fremdländisch klingende Englischvokabeln aus dem Mund. Unsere und ihre Kinder sprechen keine gemeinsame Sprache. Ich stelle ihnen Kapla-Steine vor die Nase und sie beginnen, Straßen, Häuser und Türme zu errichten. Dabei werden erste Fäden heimlicher Annäherung gesponnen, hier ein Grinsen beim Zuwerfen eines Steines, dort Gelächter beim Sprengen eines Gebäudes. Wir Erwachsenen sind überflüssig und setzen uns an den Esstisch. Die Frauen möchten stilles Wasser und Kaffee, Philipp kocht einen und lässt Wasser aus der Leitung direkt in zwei Gläser laufen. Die beiden beobachten das irritiert. Wir setzen uns und Olena beginnt ohne Umschweife zu berichten.

Sie kämen aus einer idyllischen Stadt mit viel Grün. Ihr Name klingt lustig, ich vergesse ihn sofort. Die Familien seien dort benachbart, die ältesten Mädchen schon lange beste Freundinnen. Als in der Nacht Bomben in die Nachbarhäuser einschlugen und es nebenan brannte, scheuchten die Mütter ihre Kinder in Natalias Auto. Sie flohen in das einige Kilometer entfernte Krankenhaus, in dem ihre Männer als Ärzte Nachtschicht schoben. Am nächsten Morgen wollten sie zurück, aber ihre Stadt war von russischen Soldaten abgeriegelt worden, niemand konnte mehr hinein oder heraus. In einem Signal-Kanal hieß es, eine Ivanna aus Hamburg helfe ukrainischen Familien. So machten sie sich vor drei Tagen auf den Weg hierher. Ihre Ehemänner, Natalias Hund und Olenas Katze mussten sie hinter sich lassen. All ihr Hab und Gut blieb zurück, wortwörtlich besitzen sie nur, was sie in jener Nacht am Leibe trugen. Glücklicherweise waren sie statt in Olenas Benziner in Natalias dieselbetriebenen Volvo gesprungen, Benzin gab es in den Tankstellen der Ukraine nicht mehr. Auf dem langen Weg quer durch ihr Heimatland kämpften sie mit anderen Flüchtenden um die letzten Waren in den Supermärkten. Hier ein Paar Schuhe, dort Zahnbürsten und eine Decke und immer wieder Schokoriegel, etwas anderes bekamen sie nicht hinunter. Eine Nacht verbrachten sie in einer ewig währenden Autoschlange an der Grenze zu Polen. Alle schliefen, und wenn es ein Stück weiterging, weckten sich die Fahrerinnen gegenseitig: »Come on, girls!« Natalia fuhr drei Tage und Nächte durch, weil Olena nur mit Automatik zurechtkommt. Die hatte auf dem Beifahrersitz die ganze Zeit ihren Illya auf dem Schoß, ihre Beine seien taub. Sie hätten Filme von zu Hause, fällt Olena ein. Sie sagt etwas auf Ukrainisch, Natalia sucht in ihrem Handy und reicht es uns. Wir sehen zertrümmerte Häuser, überall Rauch. Auf einem anderen Video rollt ein Panzer durch die Straßen, sein Kanonenrohr dreht sich im Kreis und schießt ohne Unterlass. Philipp steht auf und beginnt zu kochen. Immerhin umfasst dieser Haushalt nun nicht mehr vier, sondern zehn Personen. In den folgenden Tagen wird er damit beschäftigt sein, Nahrungsmittel heranzuschaffen und in zwei warme Mahlzeiten am Tag zu verwandeln. Für jedes wärmende Essen sind die Familien unendlich dankbar. Während Philipp kocht und ich die Kinder bespiele, sind Olena und Natalia mit ihren Handys beschäftigt. Sie schreiben Nachrichten und gehen hinaus, um zu telefonieren. Eltern und Freunde sind in ihrer Heimatstadt eingeschlossen, russische Soldaten verwenden sie als Schutzschild, damit die Ukrainer sie nicht beschießen. Sie könnten ihre Eltern nicht erreichen, berichtet Olena. Dabei wirkt sie wie ich nach einem Autounfall, aber einem schweren.

Philipp ruft das erste gemeinsame Essen aus. Wir haben nur vier Stühle und eine Bank, deshalb schieben wir den Hocker dazu. Matti rückt seinen Stuhl direkt an meinen, er wolle ganz nah bei mir sitzen. Illya klettert Olena auf den Schoß und die großen Kinder quetschen sich genüsslich gemeinsam auf die Bank. Philipp serviert Hähnchengeschnetzeltes mit Erbsen und Reis. Ich lobe ihn und Olena wundert sich. In der Ukraine werde immer frisch gekocht, weil es Fertigessen dort nicht gebe. Für uns klingt das sehr gesund und unglaublich anstrengend. Illya möchte nichts essen. Er sei mit Essen speziell und seit sie ihre Heimat verlassen mussten, esse er fast gar nicht mehr. Ei könnte funktionieren, vermutet Olena. Philipp will Illya Rührei braten und fragt, wie viele. Ein einziges, und von dem isst er nur einen kleinen Happs.

Streng genommen sprechen nur Olena, Philipp und ich miteinander, die Kinder kommunizieren auf die ihnen eigene magische Art. Eines der Mädchen schaut auf unsere Apfelsinen und Matti flitzt los, um ihr eine zu reichen. Die anderen Mädchen möchten ebenfalls und plötzlich pulen auch unsere Jungen an oranger Schale herum. Das haben sie noch nie gemacht, aber sie gucken es sich im Handumdrehen von den Mädchen ab. Schließlich essen wir alle zum Nachtisch Apfelsinen. Sie zum Frühstück auspressen, das ja, aber so habe ich sie seit meiner Kindheit nicht gegessen. Sie schmecken himmlisch süß und frisch wie eine kühle Dusche.

»Appelsin«, fischt Levin aus dem Kauderwelsch und alle sind fassungslos vor Glück, dass dieses Wort in unseren beiden Sprachen fast identisch klingt. Ala schmeißt »Zukor« in die Runde. Das höre sich auf Deutsch und Ukrainisch auch gleich an, erklärt sie in solidem Englisch und verschränkt ihre Arme vor der Brust.

Wir gehen heute früh ins Bett. Philipp und ich dösen aus dem Tag, als ein Geist unser Schlafzimmer betritt. Illyas dunkle Telleraugen starren aus einem weiß scheinenden Gesicht zu unserem Fenster. Er fragt etwas auf Ukrainisch, wir blicken ihn ratlos an. »Mama«, schreit er da und weint. Ich geleite ihn nach unten, seine Mutter war nur kurz am Auto.

Sie frieren so, sagt Olena, ihre Immunsysteme seien völlig heruntergefahren. Es ist warm im ganzen Haus, wir drehen die Heizungen weiter auf. Vitamin-D-Dragees werden verteilt und wir sprudeln allen eine Brausetablette. Olena berichtet, sie haben ihre Eltern erreicht. Die russischen Kämpfer hätten die Panzer in den Blumenbeeten der Vorgärten geparkt, dann seien sie in die Häuser marschiert und hätten die Radios und Fernseher zerschossen. Wie die anderen Einwohner säßen ihre Eltern nun ohne Strom und Heizung in der Wohnung und trauten sich nicht hinaus. Inzwischen gebe es kaum noch Lebensmittel in der Stadt. Von den russischen Soldaten nehme keiner etwas, die würden Fotos für die Kriegspropaganda machen – Bilder, auf denen junge Männer der befreiten Bevölkerung Hilfsgüter überreichen. Olenas Eltern hätten besoffene Russen gehört, die brüllten, dass sie alle töten müssen. Philipp strafft seine Schultern und beginnt den Tisch abzuräumen.

Die Familien haben keinen Penny. In der Ukraine zahlt man mit Hrywnja und ihre Karten funktionieren hier nicht. Um Sozialleistungen zu erhalten, müssen sie sich in Hamburg registrieren lassen. Die Stadt bittet privat untergekommene Menschen, damit zu warten. Durch die ukrainischen Signal-Kanäle zieht das Gerücht, Hamburg nehme nur eine bestimmte Quote von Geflüchteten auf. Wer bis zu deren Erreichen nicht registriert sei, müsse die Stadt verlassen. Olena und Natalia schaffen es nicht, zu warten. Den ganzen Tag hätten sie durch Häuserblocks hinweg angestanden, um am Abend unverrichteter Dinge wieder zu fahren. Weil es keine Lebensmittel gegeben habe, musste ein beim Warten kollabierter Junge mit dem Rettungswagen abgeholt werden. Neben ihnen habe eine Schwangere ohne Schilddrüse angestanden, die seit Tagen keine Hormone bekomme. Drei Tage hintereinander quetschen sich beide Familien um fünf Uhr morgens ins Auto und kommen in der Nacht zerstört zurück. Dann geben sie auf.

In den nächsten Tagen verwickeln sich die Kinder in kollektive Tollerei, Kreischen ist schließlich international. Unseren Garten verwandelt die wilde Horde in eine pulsierende Oase inmitten des scheintoten Stadtteils. Olena klagt, sie wolle keine »pigs« im Haus. Gestern erzählte sie, russische Soldaten hätten das Vieh der Stadt auf die Straßen getrieben, und ich stelle mir vor, wie Schweine durch ihr Haus grunzen. Das würde ich auch nicht wollen. Später begreife ich, dass sie russische Soldaten meint, die sich in ihrem Haus eingenistet haben.

Olena, Natalia und ihre Kinder sind offen wie Säuglinge, die ihren Müttern nackt auf die Brust gelegt wurden. Sie verfügen über keinerlei Abwehrspannung, und das öffnet auch uns. Wir verschmelzen zu einem zehnköpfigen Wesen und mäandern durch die Gegenwart. Wir essen, reden, essen und schlafen. Die Tage fließen ineinander, uferlos, keiner von uns vermag sie zu zählen. Ich sprenge den Garten mit meiner Liebe, ich versuche zu heilen, obwohl ich ahne, dass dieser Krieg unheilbar ist.

Die beiden Frauen starren auf ihre Handys. Sie haben schlechte Nachrichten, flüstert Olena. Letzte Nacht hätte eine befreundete Familie mit ihren beiden Kindern versucht, im Auto aus der Stadt zu fliehen. Die russischen Soldaten hätten das Feuer sofort eröffnet. Nur den Vater hätten ukrainische Ersthelfer reanimieren können. Olena versucht, das Weinen zu unterdrücken. Ihr Körper zittert.

»We don´t want the children to see us cry.« Ich umarme sie, doch ihr Zittern wird so stark, dass ich sie lieber loslasse. Philipp und ich treiben sechs Kinder in den Garten, wenigstens weinen sollen die Frauen können. Ein Kind schreit »jump« und alle stürmen das Trampolin. Nur Illya starrt im Sandkasten vor sich hin. Schließlich schnappt er sich unseren Fußball. Er umarmt ihn so fest, als wolle er etwas aus ihm herausquetschen.

Dieser Krieg, der so aus der Zeit gefallen ist, beherrscht alle Medien, von Corona redet niemand mehr. Es gibt eine neue Krise, obwohl die alte nicht beendet wurde. Wir lesen von Bomben und wir sehen den Rauch, aber der Krieg, von dem die Medien berichten, ist etwas anderes als das, was uns zu Hause erzählt wird. Das hier wäre der Superlativ von Krieg.

»Sowas passiert heutzutage nicht mehr, auch nicht im Krieg«, meint Philipp. Ich recherchiere, aber selbst in der Ukraine werden nicht wahllos Zivilisten abgeschossen, vor allem keine Kinder.

Olenas Bruder lebt in Russland, am Anfang des Krieges schickte sie ihm Fotos. Die habe sie mit Photoshop manipuliert, warf er ihr vor, bevor er den Kontakt abbrach. Achtzig Prozent der russischen Bevölkerung denken wie er, schätzt Olena. Viele ihrer russischen Freunde hätten sie in den sozialen Medien blockiert. Sie erzählt uns viel in diesen Tagen, Philipp und ich merken nicht mehr, dass es auf Englisch ist. In ihrer Heimatstadt seien Bewohner mit Tränengas aus den Kellern getrieben worden. Dem ersten Herauskommenden, einem Jugendlichen, sei sofort in den Kopf geschossen worden. Es traue sich kaum jemand auf die Straßen, dort würden die Handys gefilzt werden. Wer russlandfeindliche Daten habe, werde getötet. Vergewaltigte Frauen würden sterbend in die Büsche geschmissen. Es gebe Gerüchte über Menschensafaris. Philipps Blick wird hart, ich bitte ihn, nach den Kindern zu sehen.

Wir sind fahrig geworden und vergessen ständig, was wir gerade wollten. Tausend Gedanken sausen durch meinen Kopf, keinen denke ich zu Ende. Ob Schock ansteckend ist? Der WhatsApp-Status meiner Freundinnen und Kolleginnen füllt sich mit fröhlichen Bildern aus dem Skiurlaub. Das ukrainische Schiff liegt an unserer Kriegsinsel vor Anker, die Außenwelt schwimmt an uns vorbei. Jemand hat unser Haus in Klarsichtfolie eingewickelt. Es klingelt, irritiert öffne ich die Tür, ich werde von der Sonne geblendet. Der Paketmann hinterlässt ein kleines Loch in der Folie. Um hindurchzuklettern, übernehme ich den Einkauf. Vor einem surrealen Supermarktregal habe ich Olenas Stimme im Ohr. Bei allen kleinen und größeren Katastrophen sagt sie gerade: »*Das* ist kein Problem.« Ehrlich gesagt ist mir scheißegal, ob die Spülmaschinentabs mit oder ohne Entkalker sind, will ich schreien. Meine Prioritäten haben sich verschoben, sie passen nicht mehr her.

»Ich kann das so nicht lange«, schluchze ich. Philipp und ich sitzen auf unserem Bett. Wie soll das hier weitergehen? Ich fasse nicht, dass ich mir vorher keine Gedanken gemacht habe. Meinen Blick immer auf das große Ganze gerichtet, erwischen mich Details von hinten. Philipp ist das Gegenteil, er wittert jeden noch so feinen Windstrich. Für gewöhnlich halten wir unsere Familie so in der Mitte, doch dieses Mal habe ich es zu weit getrieben. Ich hätte uns wenigstens vorbereiten müssen, damit wir uns hätten abgrenzen können.

»Man kann sich nicht abgrenzen, wenn man den Krieg ins Haus lässt«, sagt Philipp. Er hat recht. Der Krieg überrollt dich wie ein Panzer.

Die Familien sind miteinander verwachsen, nur ein Cyborg könnte sie voreinander trennen. Aber diese Übermacht des Krieges halten wir auf Dauer nicht aus. Mit einer Familie stünde es vier zu drei und die Normalität wäre in der Überzahl. So würden wir es vielleicht schaffen, überlege ich. Zöge eine Familie in die Nachbarschaft, könnten sie sich zu Fuß besuchen. Ich stelle eine Anfrage im Nachbarschaftsportal. Dafür sei das öffentliche Aufnahmelager da, kommentiert Susanne. »Das ist voll«, schreibe ich und Helmut antwortet: »Die Messehallen werden bald eröffnet.« Ich gucke sie mir im Internet an. Wie Besteckkästen warten schuhkartongroße Abteile darauf, dass Menschen in sie geräumt werden. Roboter müssten wir sein, um unsere Familien dorthin schicken zu können. Am Abend habe ich eine Nachricht von Brigitte. Sie lebt in einer Kommune, die ein Gemeinschaftshaus finanziert. Im ersten Stock liegt eine Zwei-Zimmer-Wohnung, in der bis vor kurzem eine geflüchtete Familie aus Syrien kostenlos lebte.

»We are happy to have you all here«, erkläre ich Olena mit adrenalingetränktem Herzen, »but for the long time it's too tight for the ten of us.« Sie nickt wissend und lächelt.

Wir treffen zwei freundliche ältere Damen, die gerade Yoga praktizieren. Sie führen uns durch eine sonnige Wohnung mit gemütlicher Wohnküche, dazu das gemeinschaftliche Erdgeschoss für alle Mieter. Wir versprechen, uns zu melden, und fahren zurück zu unserem Haus. Dort spricht Olena aus, was wir alle sofort wussten. So eine Chance kommt nicht wieder. Die Stimmung ist betreten.

Olena fällt mir in die Arme. Was wir für sie getan hätten, könnten Menschen nur aus Liebe füreinander tun, und mit der überwinde man irgendwann jeden Krieg, beschwört sie. Wann im Leben bietet sich die Gelegenheit, Menschen im freien Fall zu helfen, denke ich und behaupte, wir seien nun Freunde. Ich glaube nicht, dass man innerhalb von Tagen Freundschaft schließen kann, und doch fühlt es sich so an. Der Reihe nach umarme ich

Natalia und die Mädchen. Dann ist es vorbei. Ich fühle Erleichterung und schweren Trennungsschmerz.

Ivanna ruft an. Olena habe ihr geschrieben, wir seien so tolle Gastgeber gewesen. Sie habe jetzt eine Familie mit zwei Jungen im Alter von unseren, das wäre doch perfekt. Und diesmal sei es wirklich ihre Patentochter. Ich bin einverstanden, muss aber erst Philipp fragen. Der sagt nein, ohne mit der Wimper zu zucken.

»Wir müssen erstmal wieder zu uns kommen.« Verlegen rufe ich Ivanna an, die dieses letzte Gespräch mit pieksender Stimme beendet.

Eine giftige Masse wabert auf meiner Brust und lässt mich nicht zur Ruhe kommen. Ich recherchiere Trauma-Übertragung, aber ich sehe keine schlimmen Bilder vor einem inneren Auge. Meine eingeschnürte Brust hat keine Existenzberechtigung, ich kann nur nicht aufhören, an den wiederbelebten Vater zu denken.

Nach den Ferien hüpfen wir in unsere alten Leben. Wir gehen zur Arbeit und die Kinder in die Schule.

»Und, wie waren eure Ferien?«, fragt mich die Mutter von Mattis Kumpel.

»Wir haben zwei ukrainische Familien aufgenommen, das war heftig, aber auch schön.«

»Wir waren im Centerpark, das war auch super.« Beim Einkaufen treffe ich den Vater von Levins Klassenkameradin. Er hält Smalltalk, aber ich will diese Klarsichtfolie abziehen, die uns von allem trennt.

»In den Ferien haben wir zwei ukrainische Familien aufgenommen …«, setze ich an.

»Ich gucke überhaupt keine Nachrichten mehr«, erwidert er.

Ich finde eine Kita, die Illya sofort aufnimmt, den Mädchen werden Schulplätze zugewiesen. Ohne jedes Kind sitzen Olena und ich in ihrer Küche. Wie sie sich ihr Leben nun vorstelle, traue ich mich.

»Two weeks ago I had a life in Ukraine. I had plans and dreams, but everything is broken now.« Da niemand weiß, wie lange der Krieg dauert und in welchem Zustand die Ukraine hinterher ist, sei eine Rückkehr fraglich. Ala, die wie sie ein Freigeist sei, würde es in der deutschen Gesellschaft sogar einfacher haben, aber ihre Männer seien renommierte Krankenhausärzte, die in Deutschland nicht von vorne anfangen könnten. Arbeit zu finden hält Olena wegen ihrer fehlenden Deutschkenntnisse für utopisch. Dann bleibe ihr Job eben, die Helfer zu beschäftigen, sage ich und sie verdreht die Augen. Ihre Eltern wurden übrigens evakuiert, fällt ihr ein. Auf dem Weg aus der Stadt seien sie an Leichen vorbeigefahren, auch an einer abgetrennten Hand. Zum Glück ist Philipp nicht hier. Ob sie am Nachmittag mit uns schwimmen gehen, frage ich zum Abschied. Sie würden gerne, lacht sie, aber sie hätten keine Schwimmsachen. Das sind so Sachen, die jetzt häufiger passieren. Die Einheit ist zerfallen, unsere Welten driften auseinander. Wir leben wieder das Leben einer saturierten deutschen Familie und sie das von Geflüchteten eines Krieges.

Wir sind das ganze Wochenende unterwegs und endlich wieder ausgelassen. Auf dem Weg ins Drachenlabyrinth warnt Philipp mich: »Da ist was in den Medien.« Ich höre nicht hin. Am Abend erkenne ich den Namen ihrer Heimatstadt – er betitelt jede Nachrichtenseite. Ich lese die halbe Nacht, zwanghaft sichte ich alle Fotos. Eine Straße voller Leichen, gefesselt, ihre T-Shirts wurden ihnen über die Köpfe gezogen. Zwei Familien, die in ihren Autos auf der Flucht erschossen wurden, tote Frauen in den Büschen. Jedes verdammte Detail aus Olenas Erzählungen finde ich in den Berichten über Butscha. Bisher wurden über hundert tote Zivilisten gezählt, die Spitze eines noch vernebelten Eisberges. Völkermord, Kriegsverbrechen, Genozid – das in Wahrheit Untaufbare hätte unsere ukrainischen Familien treffen können. Stattdessen lieferten sie exklusive Live-Berichte von Augenzeugen aus abgeschottetem Kriegsgebiet frei Haus, schneller als die

BILD erlaubt. Dieses Unfassbare, das hier seit Wochen sein Unwesen treibt, tragen internationale Journalisten nun ungleichzeitig in die Welt. Ein Stück Klarsichtfolie löst sich und die Außenwelt dockt wieder an, asynchron zwar, aber immerhin. Ich erinnere mich an den Moment, in dem ich den Weihnachtsmann entlarvte. Der Deich brach und all die jahrelangen Zweifel durften fließen. Genauso ist es jetzt, nur umgekehrt. Die eingeschlossene Geschichte unserer Ferien erhebt ihren Anspruch auf Freiheit, sie knallt von innen gegen meine Schädeldecke und lässt mich nicht schlafen.

Ein paar Stunden später schleppe ich mich zur schulinternen Fortbildung. ›Aus Butscha sind sie, aus Butscha‹, hallt es in mir nach.

»In den Ferien haben wir zwei Familien aus Butscha aufgenommen«, wiederhole ich mein inneres Echo. Einige Kolleginnen fragen freundlich nach. »Aus BUTSCHA«, überartikuliere ich und blicke in ratlose Gesichter. Viele wissen wahrscheinlich noch nicht, was in Butscha passiert ist, wird mir während einer verwischten Fortbildung bewusst, und einige werden es bestimmt nie wissen wollen. Ich quetsche die Geschichte wieder hinter ihre Schweigemauer und wir fallen zurück in das stupide Staccato einer Familie im Speckgürtel.

Olena klagt über Schmerzen im Kopf, im Bauch und in den Beinen. Sie schlafe kaum. Natalia sei robuster und an Flucht gewöhnt. 2014 haben russische Soldaten ihre Familie von der Krim, später aus Donezk vertrieben. Ob ich einen Psychiater kenne, fragt Olena. Übrigens seien die Minenräumer dagewesen, ihr Mann habe endlich das Haus betreten können. Sie zeigt mir einen Handyfilm. Der Fußboden liegt begraben unter meterhohem Ratatouille eines Familienlebens. Die Kamera hält auf eine Wand, russische Soldaten haben mit Edding nackte Frauen und Panzer hingeschmiert. Weil sie die Versorgung der Stadt mit Strom und Wärme gekappt hatten, froren die neuen Bewohner natürlich, und dunkel war es abends auch. Da haben sie im Bad ein Lagerfeuer angezündet. Den Gestank bekomme man nie mehr aus dem Haus, schimpft Olena. Da reißt sie das Handy weg. Jetzt komme ihr Schlafzimmer, das sei zu eklig. Jedenfalls sei ihr Schmuck weg. Sogar der billige Modeschmuck, kichert sie. Ihr Mann vermisse vieles, aber er staune auch über Neuanschaffungen. Die Nachbarschaft habe eine Lost-and-Found-Gruppe eingerichtet. Sie öffnet einen WhatsApp-Verlauf: Säuberlich eingekreiste Gegenstände inmitten eines bizarren Chaos. Um jenes Haus, in dem man sich niedergelassen hatte, wunschgemäß einzurichten, haben sich die russischen Soldaten gegenseitig die Häuser ausgeraubt. Dissoziiert muss ich an ein Kinderspiel denken.

Spätestens jetzt feiert jede gute Geschichte ihren Wendepunkt. Die Geflüchteten bekommen keinen. Auf die Hormonexplosion des Überlebens folgt das Nichts einer unendlichen Geschichte. Der chronifizierte Krieg ist reizlos geworden, nach dem Aufschrei über Butscha suhlen sich die Medien wieder in Corona. Europa zuckt ratlos mit den Schultern, bevor es zurück in seine kugelsichere Weste schlüpft. Die Geflüchteten aber treiben reglos zwischen den Welten, einem offenen Ende entgegen. Und ein ganzes Stück entfernt, da paddeln wir stumm vor uns hin.

»Wovon man nicht sprechen kann, darüber muss man schweigen.«

(Ludwig Wittgenstein im Tractatus Logico-Philosophicus 1921)

Hinter dem Vorhang

Céline Bernadet

On devrait mourir lorsqu'on est heureux
lalalalalala lalalalalalaaa

C. Delecluse – F. Lai

Nichts hat sie erwartet. Nichts als Männer, die zögern, und Männer, die hinlangen. Vielleicht, im Schutz allmählicher Finsternis, auch Frauen. Von der Idee verführt, etwas zu tun, was sie noch nie getan haben.

Sie rückt den Versandkarton zurecht, aus dem sie ein Miniaturtheater als Bauchladen gebastelt hat. Er ist einige Zentimeter unter ihrem Kinn platziert und endet eine Handbreit über ihrer Scham. Vorne ist ein schwarzer Vorhang gespannt, eine Rückwand gibt es nicht. Oder doch: ihre warme Haut.

Nur in einer fremden Stadt unter fremden Menschen kann sie sich selbst fremd sein. Sich dabei zusehen, wie sie ihre nackte Brust hinter einem schwarzen Vorhang anbietet. Jedem, der einen Euro in den Hut legen will. Sie hat ihn zwei Schritte vor ihre Füße auf die Pflastersteine gelegt.

Eine Schnapsidee, von einem Video in einer Kunstausstellung auf sie übergesprungen. Etwas aus den verrückten Sechziger Jahren. Fünfzig Jahre sind vergangen, *oben ohne* ist nun unvorstellbar. Freiheiten, für erworben gehalten, haben sich nicht als Entwicklung entpuppt, sind nichts weiter als ein Aufflackern der Ungestümtheit einer Generation gewesen, in die sie hineingeboren wurde. Wäre doch alles, was nicht mehr vorstellbar ist, nichts weiter als das! Sie hat vor sich ein Schild mit einem Spruch aufgestellt, ihn schon beim Aufschreiben erbärmlich gefunden. Dennoch will sie ihn ausprobieren, ein incentive.

Touch your mother
30 seconds – 1 euro

Wie ihr diese Worte eingefallen sind, weiß sie nicht. Das Hinterfragen hat sie sich abgewöhnt. Das Bewerten. Sie führt aus, was kommt. Anders geht es in letzter Zeit nicht mehr.

Sie hat Angst, sie ist unbegleitet. Von einem Hinweis unbegleitet, etwa dem, es handle sich um ein Happening, was es nicht ist. Oder von einer Person, deren Präsenz verständlich machen könnte, es gehe hier um etwas anderes als Grapschen. Worum, kann sie nicht sagen. Sie steht jetzt in der Öffentlichkeit als etwas, das es noch nicht gibt. Brusthure? Und nun, ungeschützt, geht es doch nur darum, wer ihr als Nächstes an die – das Wort huscht an ihr vorbei, stolpert, huscht weiter – *Titten* greift.

Hinter ihrer Sonnenbrille beobachtet sie die Passanten. Ihre neugierigen Blicke sieht sie schon Meter bevor sie an ihr vorübergehen. Sie lesen das Schild ab, begutachten sie verstohlen und promenieren weiter, manche schütteln den Kopf. Das Vorhaben ist lächerlich wie diese Kiste. Warum sie sich das antut!

Ein Passant torkelt herbei, kommt zum Stehen. Kneift die Augen zusammen, studiert das Schild, stiert in ihr Gesicht. Mit diesem muss sie für das herhalten, was auf dem Schild steht. Sie hat es selbst geschrieben. Seine Hose ist teilweise zerrissen, er fummelt in der rechten Tasche im Klimpergeld, zückt ein Geldstück, lässt ihn in den Hut fallen, grinst. »Also dann«, lallt er. Als er in ein Gleichgewicht gefunden hat, greift er durch den schwarzen Vorhang.

Unter seinen unzarten Berührungen richten sich ihre Brustwarzen auf, verhärten sich. Sie gehorchen einem Mechanismus, den sie nicht im Griff hat. Es ekelt sie. Sie wendet das Gesicht zur Seite, zählt die Sekunden. Fünfzehn. Menschen stellen sich um sie herum auf. Worauf hat sie sich da eingelassen. Zweiundzwanzig. Bei neunundzwanzig sagt sie »Stop!«, ringt sich ein Lächeln ab. Er zieht die Hände zurück, verharrt eine Weile vor ihr.

»Meine Mutter hab ich da ja nicht gefunden, aber, war ma' was anderes!« Die Anderen, vor allem Männer, die sich dazugesellt haben, gucken auf den Boden, stampfen ihre gerade hingeworfenen Zigarettenstummel nieder, drehen ihre Köpfe woanders hin.

Einer, Kippe im Mund, schmeißt einen Euro in den Hut.

»Na Schätzchen, wie verzweifelt musst du denn sein, um sowas zu machen! Lass mal fühlen.«

Er schiebt seine Hände durch den Schlitz, legt Halbkreise von Zeigefinger und Daumen unter ihre Brüste. »Achtzig B«, sagt er trocken und grinst, die Kippe noch zwischen den Zähnen. Sie schließt die Augen in seinem Rauch.

»Ich leg dir gleich noch einen Euro hin, lass mir ein bisschen Zeit. Du sollst was davon haben.« Sachte schiebt er seine Finger nach oben, nimmt ihre Brüste in seine Hände, berührt die Spitzen.

»Schön bist du schon.« Er grinst. »Du Schlampe!« Sein Lachen klingt fett und satt.

»Vierundzwanzig«, zählt sie laut.

»Ich sag doch, ich leg einen Euro dazu.«

Es ist ihr unerträglich.

»Immer nur dreißig Sekunden ... Neunundzwanzig. Schluss.«

Er zieht seine Hände nicht zurück.

»Schluss!«

Widerwillig sinken die Hände bis zu ihrer Taille, er grinst sie nochmal an, dreht sich um, raunt den Umstehenden zu: »Trotzdem geile Nummer«, schnippt den Stummel weg, schlendert davon.

Auch einige Frauen stehen herum, wenige nur allein. Sie munkeln, manche ziehen ihre Männer fort. Die Frauen ohne Begleitung gucken amüsiert, provozierend, argwöhnisch.

Eine löst sich von ihnen und wirft einen Euro in den Hut, guckt in die verspiegelten Gläser ihrer Sonnenbrille. »Dürfen Frauen auch?«

Sie antwortet nicht. Zwei kühle Hände ergreifen ihre Brüste, tasten sich zur Mitte. Ein Schauer schnellt durch ihren Körper, sie wird ganz Haut. Vergisst zu zählen. Fasst sich. »Siebenundzwanzig!«

»Schade«, flüstert die Frau ihr ins Ohr und lächelt. »Schade, wirklich. Sie sollten schreiben, dass Männer hier keinen Zugang haben. Was ist denn diese Narbe da?« Sie drückt einen Finger an die noch schmerzhafte Stelle, bevor ihre Hände langsam abgleiten.

Sie nimmt den Karton ab, den Hut an sich mit den paar Euro, entzieht sich den Umherstehenden. In einem Café bestellt sie einen Martini Bianco mit Zitrone, ohne Eis. Sie stützt den Ellbogen auf den kleinen runden Tisch, beugt die Stirn in ihre Hand. Selbst wenn sie in diesem Land keiner kennt – was hat sie sich da angetan! Einen Tag noch will sie durchhalten. Aber was durchhalten? Wofür?

Erst wenige Minuten ist die Sonne untergegangen, als sie sich am nächsten Tag hinter ihrer Sonnenbrille aufstellt. Wie eine Blinde. Vor sich Schild und Hut, als böte sie eine Behinderung an. Es ist Freitag, die Gassen sind voller. Weiter weg spielen Straßenmusikanten Bebop.

Ein Mann, der sie eine Weile gemustert hat, wirft einen Schein ein. Sie sieht nur die Bewegung; das dumpfe, kaum hörbare Geräusch einer Münze, wie sie in Stoff auf harten Boden fiele, bleibt aus. Er versucht einen Blick durch ihre Sonnenbrille. »Good evenin'.« Sie erwidert den Gruß. Der Mann ist kaum größer als sie. Sie lauert auf den Moment, in dem er seine Hände durch den Vorhang schieben wird. Sie ist gewappnet. Sie wird ankündigen, dass auch ein Schein, egal mit welcher Zahl, zu keiner weiteren Sekunde als den dreißig berechtigt. Der Mann bleibt unbewegt, sucht stumm ihren Blick, hält die Hände in den Taschen. Weitere Passanten bleiben vor ihnen stehen. Bei dreißig, sie hat die Zahl nicht mal ausgesprochen, lächelt er ihr zu. »Enjoy your evening«, sagt er leise, dreht sich um und geht. Die Neugierigen flüstern sich etwas zu, eine Münze fällt in den Hut.

»Du willst also ... meine Mama sein?«, fragt eine ältere männliche Stimme. Sie hat schon zu zählen begonnen, als zwei robuste Hände mit Hornhaut nach ihren Brüsten greifen, sie abtasten wie nach einem Geschwür. »Sechzehn«, spricht sie in die Alkoholfahne, sein Griff bleibt fest. »Fünfundzwanzig. Sechsundzwanzig.« Sie pfuscht, gerät in Atemnot. »Stop!« Er lässt los. Es reicht! Sie packt ihre Sachen, eilt in das nächste Café in einer Seitengasse, lässt sich in einen Rattansessel fallen, bestellt einen Martini Bianco, ohne Eis, mit Zitrone.

Dieser Schein, der ihr in den Hut gelegt worden ist. Er klemmt auf dem Tisch unter dem Aschenbecher. Zehn Euro für keine Berührung. Was ist das für ein Kerl? Sie beschließt, das Experiment aufzugeben. Was bloß ist ihr eingefallen, jeden Willigen an ihre Brust zu lassen? Sie ist sich selbst ein Rätsel. Und doch, weiß der Teufel warum, begibt sie sich am nächsten Abend wieder an dieselbe Stelle, legt den Hut hin, schiebt den Karton zurecht und die Sonnenbrille, obwohl es längst dunkel ist. Sie ist noch nicht bis zum Äußersten über sich selbst erschrocken.

Zwei lachende, tätowierte Glatzköpfe stellen sich breitbeinig auf, einer schmeißt etwas in den Hut, geht die Schritte zu ihr vor, dreht sich kurz zu seinem Kumpel um, zwinkert ihm zu. Langt durch den Vorhang, tastet sich an die Stelle, wo Brust entsteht. Elf. Zwölf. Dreizehn. Er bewegt sich nicht von der Schwelle. Vierzehn. Fünfzehn. Er holt tief Luft. Zitternd kriechen seine Finger um die Wölbungen, ohne die Spitzen zu berühren, halten an. Bei zwanzig schüttelt er den Kopf.

»I can't. Sorry, I can't. If you were my mother ... Thank you. I can't.«

Seine Finger lösen sich von ihrer Haut, er geht schweigend zu seinem Kumpel. Der lacht. Er aber lacht nicht. Er senkt den Kopf, seine Schultern zucken. Der Oberkörper schüttelt sich einmal, zweimal, dann schneller aufeinanderfolgend. Endlich bricht ein Schluchzen durch. Die eigenen Hände nehmen den schweren Kopf entgegen.

Die Umstehenden sind still geworden. Sie zieht die Sonnenbrille runter bis zur Nasenspitze. Eine Gestalt legt ihre Arme um den Weinenden. Einige räuspern sich. Viele begutachten die Maserung der über Jahrhunderte polierten Bodensteine. Luft wird hörbar durch zahlreiche Nasen gezogen. Sie schiebt die Brille wieder hoch.

Aus der Ferne dringt ein Grölen, wird immer lauter. Drei Bärtige schlendern an, hauen sich beim Blick auf das Schild auf die Schenkel, krümmen sich vor Lachen. »Oh no, look!« Etwas wird in den Hut geworfen. Zwei Hände greifen ihr direkt um die Brüste, zwei Zeigefinger drücken auf ihre Brustwarzen wie auf zwei Notknöpfe.

»I'm fuckin' holdin' them! Fuck, they're gorgeous! Give it a try! For a fuckin' euro or two!«

Sie sagt schon bei Sekunde achtzehn *twenty-nine* in die Schnapswolke, aber der Kerl lässt nicht los. Ein anderer schmeißt noch etwas in den Hut. »Thanks, chap! It's fuckin' good! I could fuckin' fuck her!«

Sie packt seine Arme, reißt sie von sich weg, keucht: »And now you fuckin' fuck off!«

»Oh fuck!«, ruft er, während er sich aus ihrem Griff windet, »She's fuckin' resistent! Let's have another beer!« Seine Kumpels ziehen lachend mit ihm ab und lassen die noch immer verstummte Gruppe zurück.

Genug für heute! Für immer!

Bevor sie ihren Karton abnehmen kann, hat abermals jemand etwas in den Hut geworfen, ist ihr gegenübergetreten. Er steht ganz ruhig da, wie vor einem Bild in einer Ausstellung, für das er sich Zeit nimmt. Durch die scheinbar hastig hingelegten Striche dringt nach und nach etwas anderes, noch Ungeformtes in die Betrachtung.

»Good evenin'«. Seine Stimme ist sanft, etwas löst sich in ihr. Sie würde gerne diesen Karton voll Kasperletheater abnehmen. Und dann wiederum ... hat keine Bedeutung, wie sie vor ihm erscheint. Der Mann macht auch heute nicht den geringsten Versuch, sie zu berühren. Sie hat nicht gezählt. Stehen sie schon Minuten vor einander?

»Would you mind taking off your glasses?« Er stellt diese Frage ohne jede Bedrohung. Sie greift über den Karton hinweg zur Brille, schiebt sie über den Kopf. Da, zum ersten Mal, sieht sie ihn deutlicher.

Er scheint einige Jahre älter als sie, Haare sind Stirn gewichen. Er sieht sie ernst an. »Time's over, isn't it?« Er zieht dabei die Brauen hoch. »You didn't count.« Sie erwidert nichts. »Thanks«, sagt er, dreht sich um und verschwindet. Sie meidet den Blick in die Zuschenden, packt ihre Sachen und begibt sich ins Café vom Vorabend.

Was will dieser Mann, der sie nicht anfasst? Wenn er nicht auf das Angebot eingeht und trotzdem zahlt, was hat er im Sinn? Sie nippt an ihrem Gin Tonic, kaut auf der Zitronenscheibe herum. Und doch – sie spuckt die Zitronenscheibe zurück ins Glas –, morgen wird sie sich wieder hinstellen! Sie zündet eine Zigarette an, hört beim Inhalieren die Schiffssirene. Zug um Zug wird die Sirene leiser.

Die Morgensonne dringt durch ihre geschlossenen Augenlider. Soll sie ihr Angebot einstellen? Sie findet zu keiner Entscheidung, hadert bis zum Abend, sieht sich ihre Utensilien einpacken und sich präsentieren, mit ihrem Schild, ihrem Hut, ihrem Karton. Ihren Brüsten, jeden Tag verletzlicher.

In der kleinen Stadt wird ihr Angebot nach und nach publik, ihr Auftritt zum Ereignis. Immer mehr Menschen umgeben sie. Je zahlreicher sie erscheinen, desto geringer wird ihre Resistenz, verliert sie ihr Schamgefühl. Mal um Mal wird es lausiger, bloß einen Euro in den Hut zu schmeißen. Kramt einer in seiner Tasche, hält der Atem aller abrupt an. Durch die Gläser ihrer Sonnenbrille erkennt sie schemenhaft die Köpfe der Menschentraube sich zum hingeworfenen Obulus wenden. Sobald eine Münze eingeworfen wird, macht sich Protest hörbar. Bleibt das Münzgeräusch aus, muss es einen Schein gegeben haben. Ein kurzes Zischen geht durch der Menge Münder; Köpfe und Ellbogen bewegen sich. Bis zum Auftritt des nächsten Klienten ist kaum ein Geräusch zu vernehmen.

Sie hat sich vorgenommen, an etwas ganz anderes zu denken, wenn jemand ihren Busen in Beschlag nimmt. Etwas, das nichts mit der Situation zu tun hat. Menschen, die sie kennt. So kann sie es mit sich geschehen lassen. In den nächsten Stunden tauchen Gesichter auf, auch entlegene alter Generationen, Orte, die sie lange vergessen hatte, und Landschaften. Ohne innere Anteilnahme hört sie sich immer wieder bis dreißig zählen, wie eine vom Uhrmacher eingestellte Unruh. Wie oft mag sie gezählt haben, bevor sie hört: »Good evenin'.«

Sie schrickt zusammen. Kein Geräusch ist hörbar, sicher hat er etwas in den Hut gelegt. »Could you please take off your glasses?« Sie nimmt ihre Brille ab. Erst jetzt überblickt sie, wie viele Menschen um sie herum stehen. Mehr, als sie auf die Schnelle zählen kann.

Sie begreift nicht ganz, warum, und doch freut es sie, dass er die Hände nicht in den Taschen oder im Rücken verschränkt hat. Er steht so klar vor ihr wie sie vor ihm. Nur trägt er keinen absurden Karton mit schwarzem Vorhang um den Bauch.

»How do you feel?«

Die Frage klingt nach. Wie kann er diese Frage stellen, wo sie sich so konzentriert, gerade an diese nicht zu denken. Sie will etwas sagen, es stammelt in ihrem Kopf, bewahrt eine oder zwei Silben vor dem Ausrutschen. Lieber nichts antworten als stottern. Sie gucken sich in die Augen. Etwas Mildes liegt in seinem Blick. Dazu macht er keine Anstalten, sie anders zu berühren.

»How do you feel?«, fragt er erneut. Ihr Mund würde etwas aussprechen, weiß nicht was. Sein Lächeln ist ohne Verachtung. Das hat sie bei keinem hier gesehen. Ihre Klienten sind vor allem damit beschäftigt, sich selbst zu beschenken: Manche krallen sich fremdes Frauenfleisch für fast kein Geld, manche andere, sie merkt es in der Berührung, verfangen sich in einer Mutprobe: Wer ist dieser Mensch in ihnen, der gerade tut, was sie nie getan hätten? In anderen nimmt sie allenfalls diffus wahr, warum sie tun, was sie tun. Sie zieht ihre Sonnenbrille wieder an, schweigt.

»Thank you«, sagt er und nickt dabei leicht, macht kehrt.

Sie möchte gehen, der Nächste steht bereits vor ihr, fährt sich geniert mit der Hand durchs Haar. Mit der Zeit haftet vielen um sie herum der Auftritt dessen an, der zahlt und nicht berührt. Der Klient in diesem Moment hält nur ihre Hüften, die Hände auf dem Hosenstoff, knapp unter dem Karton. Bevor die Zeit um ist, hat er die Arme schon weggezogen. Sie greift nach ihren Sachen und entflieht der Menschenmenge.

Verwirrt nimmt sie im Café Platz. Der Mann ohne Berührung benimmt sich wie kein anderer. Zahlt, aber wofür? Er verlangt nichts. Nichts außer einer Antwort. Auch die könnte sie lassen, und er wäre nicht verärgert. Und doch: Bleibt sie ihm nicht etwas schuldig? Fernab ertönt die Schiffssirene. Hundertdreiundzwanzig Euro hat sie eingenommen, darunter etliche Scheine, die Menschen werden immer großzügiger.

Am Morgen, sie hat sich in der Nacht oft gewälzt, wacht sie mit seiner Frage im Kopf auf. Sie darf nicht gestellt werden. Sie bringt ein Konzept durcheinander, zu dem sie die letzten Monate mühsam gelangt ist. Er scheint etwas zu wissen, wozu sie keinen Zugang mehr hat. Am Abend lässt sie alles über sich ergehen. Es fällt ihr gar nicht schwer, sie wartet nur auf diesen einen Mann, hat schon verschiedene Antworten durchgespielt. Keine scheint ihr richtig.

Er kommt spät. Sie hat ihn noch nicht erblickt, doch, während ein Klient seine dreißig Sekunden in Anspruch nimmt, ist sie sicher, er ist da.

Sie zieht die Brille ab. Sie hat sich nicht getäuscht. Er kommt einen Schritt auf sie zu. Es ist unmöglich, sein Lächeln nicht zu erwidern. Sekundenlang spiegeln sie ihre Freude in einander.

Ihr ist, als erkenne er sie. Sie ihn. Er stellt keine Frage. Streckt ihr die Hand entgegen. Sie nimmt sie an, drückt sie, ohne seinem Blick auszuweichen. Etwas Wohliges wandert von seiner Hand in ihre. Sie hört sich seufzen. Nach und nach gleiten seine Finger ab. Als er einen Schritt zurücktritt, blickt er sie noch an, legt den Kopf leicht schräg, dreht sich um und läuft davon. Sie sieht ihm nach, wie er sich leichten Fußes entfernt, sich nicht mehr nach ihr umblickt. Es gehört dazu. Er wird sich nicht umdrehen. Er wird weitergehen, ihren Blick im Rücken spüren. Vage empfindet sie: Glück erkennt man, wenn es vorbeizieht. Zu oft von hinten.

Der nächste Klient steht schon vor ihr, sie verneint mit dem Kopf, hält ihm den Hut hin, damit er rausnehme, was ihm gehört, verlässt den Ort der Inszenierung.

Sie läuft und läuft, ohne zu wissen wohin. Jedes Ziel scheint ihr zu nah, zu unergiebig für die Energie in ihren Beinen, in der Weite ihres Gefühls. Etwas hat sich geöffnet, mit dem sie viele Kilometer gehen kann. Sie fühlt sich voll eines Schwungs, den sie ablaufen muss, der sich sonst nicht beruhigen wird. Ihre Beine wollen weitergehen, alles mittragen, den Karton, den Körper, sie haben kein Gewicht, die Gedanken, das Verlassen ihres Mannes, der eingezogen wurde, die zwei Kinder unter den Trümmern, die Alltäglichkeit der Menschen, die ihren Horizont ausgemacht hatten, die Empfindlichkeiten der Gewächse, die sie im Garten gepflanzt, jahrelang beobachtet und gepflegt hatte. Alles, alle lösen sich von ihrem federnden Schritt. Die überfüllten Busse, der starre Blick der Mütter, die Tränen auf Kredit zurückhielten, die glasigen Augen der Kinder bleiben auf den namenlosen Straßen liegen, die sie jetzt begeht. Sie spürt Spielerisches, läuft damit durch die Gassen der Altstadt aus hellem Travertin in orangefarbenen Lichtkegeln, durch die Vorstadt mit ihren banalen Läden und unvollendeten Gebäuden im weißen Licht der Energiesparlampen, läuft weiter, bis alle Lichter der Stadt hinter ihr liegen. Irgendwo im Niemandsland, da, wo Katzen erschreckt aus Müllcontainern springen und Hunde in Vorgärten aufbellen, setzt sie sich auf ein Rohr an einer Baustelle und schnauft ihren Elan aus.

Sie hat etwas erreicht. Jemand hat sie angeguckt. Jemand hat sie zum Lächeln gebracht. Zu einem beglückten Lächeln. Sie fasst sich an die Mundwinkel und korrigiert: Zu einem beglückten Lächeln, das anhält. Stundenlang hockt sie auf dem Rohr, inmitten von Bauschutt. Fremdem Bauschutt. Nicht dem in ihrer Heimat: Was vorher noch bestanden hatte, mit Ordnung und Geschichten, war ein Berg geworden. Es machte keinen Sinn, etwas herauszugreifen, es gab zu nichts mehr eine Verbindung.

Als ein Müllwagen um die Ecke fährt, erhebt sie sich, macht sich auf den Weg zurück in die Stadt, erst unter den weißen Billiglichtern, dann im warmen Orange, das die Straßen und historischen Gebäude beleuchtet, findet die Gasse wieder, in der sie ein Zimmer gemietet hat, legt den Karton ab, wirft sich aufs Bett, lässt die Vorhänge offen, dreht den Kopf zum Fenster, erblickt Sterne. Den Rest der Nacht schläft sie, angezogen, jederzeit zum Ausgehen bereit.

Am nächsten Tag, es ist elf oder zwölf, bestellt sie in einem Café ein Frühstück mit Rührei, Salat und frisch gepresstem Orangensaft. Etwas, das ins Reich der Prinzessinnen gehört. Die Uhren in ihr sind wieder auf null gestellt. Es gibt nichts mehr nachzuholen. Aufzuklären. Zu verbessern. Niemand muss angerufen werden. Es wird alles in Ordnung sein, jeder, der übrig geblieben ist, seinen Weg gehen. Sie schiebt das Rührei mit der Gabel auf die Scheibe Toast, streut etwas Salz darauf.

Mehr ist in diesem Moment nicht zu tun. Mehr fordert das Leben ihr nicht ab. Nichts weiter als eine Prise mehr oder weniger Salz. Die Sonne scheint ihr in die Augen. Sie schließt sie und versinkt in Orange. So ist ihr Leben in diesem Augenblick. Orange und warm, gesalzenes Rührei im Mund.

Am späten Nachmittag verlässt sie das Café, streift durch die Stadt, erwirbt von einer Straßenkünstlerin ein kleines Ölbild, das Portrait einer zufriedenen Katze, in wenigen Strichen skizziert, lässt sich in einer Bar an der Meerespromenade nieder, schlürft zwei Cappuccini bis zum Sonnenuntergang. Da verspürt sie eine Lust, sich den Karton umzuhängen. Sie geht auf ihr Zimmer, sammelt die Requisiten ein, begibt sich an ihren Platz der letzten Abende. Sie legt das Schild neben den Hut, hängt sich den Karton um, schließt die Augen. Sie lächelt. Komme, was komme.

Es raschelt in den Hut hinein. Jemand nimmt die dreißig Sekunden in Anspruch, dankt leise, entfernt sich. Darauf spürt sie gleich die nächsten Finger an ihrer Brust, hält die Augen geschlossen. Es zählt in ihr ganz automatisch. Achtundzwanzig. Neunundzwanzig. Fertig. Der Nächste bitte. Nun können noch 120 Klienten kommen, keiner wird mich greifen können. Einer nach dem anderen ertastet sie, sie spürt nichts. Keine Erregung, keinen Ekel, keine Ungeduld, keine Ungewissheit. Alles gleitet an ihr ab, ohne ein Wort, ohne einen Gedanken. Ohne Schrecken.

Das treue Publikum hat das Zählen übernommen und erlaubt keine Sekunde zu viel Kontakt mit derselben Person. Stunden lässt sie ohne Unterbrechung von Berührung über sich ergehen, Dutzende von Malen hört sie die Zahlen von eins bis dreißig um sie herum, ohne sie wirklich wahrzunehmen. Sie sind nicht aufdringlicher als das beiläufige Ticken einer Uhr in einem

Zimmer während eines Nickerchens. Aus ihrer Trance erwacht sie erst, als der vor ihr steht, der nicht nach ihr greift. Die Menge verstummt. Es gibt nichts zu zählen.

Sie lächeln sich lange an. Sie haben alle Zeit der Welt. Zwei uralte Bekannte, die sich nach langem wieder begegnen und nicht reden müssen. Wärme zieht durch ihren Bauch, hinauf zur Brust, in die Wangen, die aufglühen, und höher. Sie spürt den kurzen Schmerz, bevor Salzwasser aus den undichten Augen quillt, fühlt die heißen Gerinnsel über ihrem Gesicht, schließt die Augen.

»You feel happy.« Seine Stimme ist ruhig und warm. »Don't you«, fährt er fort. Seine Hand streicht über ihre Wange, gleitet langsam zu ihrem Hals. »You look so happy«, hört sie, die Augen geschlossen. Daumen und Zeigefinger fahren an ihrem Hals rauf und runter, erinnern sie an den verschiebbaren Ring um den Stiel der essbaren Parasolpilze, der sie von ihren giftigen Doppelgängern unterscheidet. Sie spürt ihr Lächeln dabei. Wie seine Hand ihren Hals umfasst, ihre Freude sich in diese Hand legt, in diesen Griff.

Das Publikum beginnt zu zählen. Erst ist es nur eine Stimme ... eins ... zwei ... nach und nach fallen andere ein ... Von ihr aus können sie bis zur Unendlichkeit zählen. *I love you,* hört sie ihn sagen ... sechs ... der Griff um ihren Hals schließt sich ein wenig fester ... *I'm loving you right now* ... noch fester ... neun ... sie hört, überhört Zwischenrufe in verschiedenen Tonlagen ... zwölf ... lächelt im Zugriff, ersehnt größere Festigkeit. *You're happy, let's keep it* ... fünfzehn ... Sie spürt einen Galgen und entzieht sich nicht ... neunzehn ... das Atmen fällt ihr schwerer ... einundzwanzig ... viel schwerer ... *you're happy* ... dreiundzwanzig ... sie würgt ... *stay as you are* ... sechsundzwanzig ... die Gurgel ist ihr zugeschnürt ... *don't move as I love you* ... sie lächelt, kann nicht mehr atmen ... neunundzwanzig ... sinkt in sich zusammen ... dreißig ... seine Arme fangen sie auf.

Sie entschwindet. Entschwindet seinem Halt, entschwindet der Straße, der Welt.

Sie hört nicht mehr, wie die Menge aufschreit, wie er sie auf den Boden legt und davonrennt, jemand einen Notarzt ruft. Wie der Rettungswagen kommt, der Notarzt sie nicht wiederbelebt und der Wagen mit ihrem leblosen Körper davonfährt. Wie die Schiffssirene dröhnt. Nein, all das hört sie nicht mehr.

Zu fern der Fremde

Daniel Mylow

Wo ich mich nicht hinbringe, ist alles leer.
WILHELM FRIEDRICH WAIBLINGER

Unter der Netzhaut. 1806

Und das weiße Licht des Sommers in der schon kühler gewordenen Luft, in die ein Falter vorausfliegt aus Schichten, die seine Erinnerung noch verwandeln wollte in grenzenlose Räume, und dabei sind sie längst wieder unterwegs, von seinem Geburtsort Heilbronn nach Stuttgart. Und der Mutter weiße Hände im Fahrtwind der Kutsche, ein weißer Falter fliegt aus ihren Händen ins Helle, die Schatten zerspringen, bevor sie sich über die Landschaft legen, die sich jetzt wie gebändert, mit Luft überzogen, rasch in die Dämmerung senkt: Wind, Baum, Stein, Schatten, Licht, Engel.

Als wir noch nicht da waren, oder wie um zu zeigen, wie still und leer und fern es geworden war hinter den Staubfahnen, die die Kutsche in die Luft bläst, die Kutsche, die seinen Vater, Friedrich Waiblinger, Kanzlist im kurfürstlich-württembergischen Cameral-Departement, und die Familie in die Residenzstadt bringt, da war das Ich nur eine Möglichkeit, eine vorweggenommene Erinnerung unaussprechlicher Buchstaben, bevor alles begann und er sich immerzu an dieses Licht erinnern würde, das gleiche Licht wie auf dem Cimitero acattolico in Rom. Weil es keine Wurzeln hat, schneidet es die Stille in kreisende Klänge.

Wind, 29. September 1821

Denn zu lieben, so erscheint es Waiblinger, hat damit zu tun, unterwegs zu sein. Eigene Grenzen zu verlassen. Und sei es nur für Sekunden, und sei es auch unmöglich. Während er auf dem Weg zu Philippine ist, an diesem späten Septembertag unter einem Stuttgarter Himmel, der wie eine erstarrte Dünung über seinem Kopf hängt, wird ihm klar, dass der Liebende nur Gast ist. Er ist nirgendwo zu Hause. Er ist beim anderen in der Liebe.

Er bleibt lange vor ihrem Haus stehen, zögert, und geht dann hinein.

Philippine zieht die Knie an ihren Körper, stützt sich auf die Bettkante und steht auf. Es ist sehr still. Ein plötzlicher Windstoß fährt durch das geöffnete Fenster. Sie sehen sich an. Waiblinger holt das Messer aus dem Gehrock und stößt es sich ruhig, ohne den Blick von ihren Augen zu nehmen, mehrmals in die Brust. Zerstören, die Körper. Nicht sehr tief geht das Messer, aber so, dass das Blut in dünnen Rinnsalen seinen Körper hinabläuft.

Bäume, 1822

»Ich bin 18 Jahr alt. An meinem vorigen Geburtstag gelobt ich heilig, bis zum nächsten Proben meiner Kraft zu geben. Ich hab es gegeben! Hab ein Trauerspiel, einen Roman geschrieben, habe die Griechen gelesen und ... geliebt. In diesen Tagen wars, wo ich durch Liebe, Sehnen, Feuer mich als Dichter fühlte, das fremde Gewand abwarf, mein eigenes anzog, strebte, strebte! ... schon wogt mich der

Strudel dahin: fort, fort! kein Halt, kein Ufer mehr! Ins Unermessliche fort! und mir schwindelt nicht!« (Wilhelm Waiblinger. Tagebuch v. 21. November 1822)

Noch immer wohnt er im Kleinen Graben bei seinem Vetter. Er liest die ganze Nacht: Shakespeare, Goethe, Homer. Er schreibt, sein Schatten eingesenkt in das Dämmern der Abende am Neckar. Er schreibt, auf der Suche nach einer Sprache, die er in sich verloren glaubt. Das Wasser spiegelt das hohe Licht: Atem, Wege, Schritte, Bäume, Mund, Schlaf, notiert er.

Er hält alles fest. Schon mit sechzehn, als Schüler des Oberen Gymnasiums in Stuttgart, reicht er seine Tagebücher an Freunde und Bekannte weiter. Das Tagebuchschreiben ist ihm wie ein Ritual gegen das eigene Verschwinden und Vergessen und ein Haltepunkt im Unterwegs: »*Ich muss mich verbreiten, allein ich kenn den Stoff noch nicht.*«

Enttäuschung, Einsamkeit, Selbstinszenierung, alles wird ihm Sujet, während er das Papier durchtränkt, im Blut einen Ort, von dem er noch nichts weiß, und dem er an sonnenwarmen Winkeln nachspürt, immer auf der Suche nach etwas Großem, in dem er sich verwirren könnte, immerzu unterwegs.

Steine, 1822

Sie gehen hinaus. Wieder spiegelt das Wasser das hohe Licht eines Julinachmittags am Neckarufer. Die Luft bewegt das von Licht gefiederte Gras, während sie schweigend am Fluss stehen.

Hölderlin beginnt zu murmeln, seine Lippen formen Silben und Worte, die er gleich darauf wieder zerstört, Schattenzeilen, etwas von kolossalen Sternen und schwarzen Vögeln, die Spur eines flüchtigen Verstehens auf seinen weichen Gesichtszügen. Einmal dreht sich Hölderlin um, und er sagt zu Waiblinger, dass er gern unterwegs sei. Seine Augen blicken dabei in den Himmel.

Waiblinger besucht Hölderlin regelmäßig in seinem Zimmer, öfter aber noch nimmt er ihn mit auf Spaziergänge, so wie jetzt, im Juli, wo er fühlt, dass sie im gemeinsamen Naturgenuss wirklich verbunden sind.

Hölderlin setzt sich auf die Steine am Fluss. Steine, die die Zeit rundgewaschen hat. An manchen Stellen liegen sie wie von Wasser durchtränktes Papier. Reglos und fern stehen Bäume am Ufer, und dennoch liegt alles wie ein aufgeschlagenes Buch, in dem sich ihre Stimmen gefunden haben, vor ihnen. Waiblinger zündet sich eine Pfeife an. Er notiert: »*Schöner ist ein göttlicher Wahnsinn als eine menschliche Verständigkeit.*«

Julie. Schatten der Unterwelt, 1824

Mit blasser Schrift schreibt er über nie begonnene Briefe, aber die Schrift, die er begeht, löscht er aus. Er spürt, da ist eine Sprache in ihm, die verloren zu gehen droht, wenn er nicht schreibt. Der Sehnsucht, die er hat, gibt er keinen Namen, weil er sonst Julies Namen einsetzen müsste. Also geht er weiter und weiter, schreibt die Romane *Lord Lilly, Feodor* und das Drama *Anna Bullen*. Er muss schreiben, schreiben und vergessen. Er muss die Sprache der Alten zerstören, damit etwas Neues entstehen kann.

Man zwingt ihn, unter Eid, sich von der fünf Jahre älteren Julie zu trennen. Das Ende eines veritablen Skandals. Einen greifbaren Augenblick lang war Julie Garant einer stabilen Weltordnung. Jetzt ist sie fort. Für Waiblinger bedeutet das nichts anderes, als, neunzehn Jahre alt, wieder einmal zu spüren, dass immer wenn er sein Leben anzuhalten versucht, der Raum zwischen den Sternen und der Dunkelheit in ihm unbewohnbar ist.

Aber das reicht nicht. Waiblinger verwandelt ihn in seine Unterwelt, folgt wie im Fieber auf dunklen Straßen dem Rotschimmer der Fenster, jedes Mädchen ist ihm recht, solange er ihren Leib, ihre schimmernden Brüste an seiner Haut spürt, solange ihre Münder und Zungen ihn das Gewicht der Welt in ihren toten Seelen spüren lassen. Wenn er in ihren Körperöffnungen verströmt, presst er sein Gesicht im dunklen Wald oder dem schmutzigen Pflaster eines Hinterhofs auf die Erde, damit ihn niemand weinen hört.

Rom: Licht, 1826

Er muss reisen. Reisen und vergessen: Das Reisen ist der Ort seines Aufenthalts. So erscheint ihm auch diese Reise, als er im Herbst 1826, das Stift hat ihn nach seinen neuen, skandalösen Veröffentlichungen gerade relegiert, zu Fuß nach Italien aufbricht, wie eine Flucht, eine Flucht jeder Traum vom Anderswo, jedes Anderswo wie ein Haus ohne Dach. Waiblinger reist, um sich vom Reisen zu erlösen.

An jedem Ort, der Vorschuss seines Verlegers Cotta schmilzt rasch dahin, fragt er sich: Was ist es, das uns hält. Eben noch den Horizont barg wie eine verlorene Sprache, und im nächsten Augenblick verloschen ist. Alles zerstört sich, im gleichen Augenblick, in dem es geboren war. Er schließt die Augen: Schwankende Bilder, in deren Tiefe er selbst nicht mehr ist als ein winziger, flirrender Punkt. Es gibt Augenblicke, da fürchtet er sich davor, dass es immer mehr als nur eine Möglichkeit gibt. Wenn ihm dann nur bleibt, vorauszudenken, was er tut. Aber das erscheint ihm wie ein Verrat. Ihm ist, als käme er sich auf diese Weise immer mehr abhanden.

Am 20. November trifft er in Rom ein. Die römischen Himmel tönen die Luft mit Herbstgewittern. Auf den Gassen tanzen weiße Blätter mit dem dunklen Herbstlicht. Italien. Alles, Gegenwart und Antike, türmt sich in ihm zusammen. Auch wenn er wenig Geld hat, hungert und schnorrt, zieht er den ganzen Winter durch die Galerien. Die Nazarener und die deutsche Kolonie interessieren ihn wenig. Auf den Straßen und Plätzen sucht er ein anderes Italien, das der Kuppler, Huren, Geistlichen, Tagediebe und Messerstecher.

Wieder beginnt er zu reisen. Neapel, Sizilien, Olevano, Latium. Die Reportagen schickt er seinem Verleger.

Rom. Warum blieben manche Begriffe im Niemandsland zurück, während andere scheinbar mühelos in die Wirklichkeit wechselten? In Rom wird Waiblinger das schmerzlich bewusst – Flüchtlingen gleich tauchen die Wörter auf, wie Licht, und verschwinden wieder. In seinen Texten bleiben sie Möglichkeiten des Daseins, Wegmarken eines Projektes, das er niemals würde abschließen können.

Bei Engeln liegen, 1827

Seit einigen Monaten lebt er mit Nena Carlenza in wilder Ehe zusammen. Scheinbar still und doch in wirbelnder Bewegung reist und schreibt Waiblinger, die Hölderlin-Biografie, Gedichte, Alltagsszenen. Er reist, schreibt und liebt, in dem unablässigen Bemühen, den engen Kreis seiner Existenz zu verlassen.

Eines Morgens erwacht er. Nenas Kopf liegt auf seinem Bauch, ihr leiser Atem surrt in der Luft, die sich wie eine durchsichtige Folie über die fliehende Dunkelheit spannt. Ein heller Falter fliegt ins Licht. Das ist nicht mehr jetzt, durchfährt es ihn, das ist schon die Zukunft.

Ein dünner Lichtkranz erreicht Nenas schwarz glänzendes Haar. Seine Fingerspitzen wandern über ihren nackten Körper, und nichts hält sie auf. Die Flügel von Vögeln rauschen am Himmel, während sie die dunklen Augen aufschlägt und ihn an sich zieht. Ihr Körper öffnet sich wie eine flackernde Blüte und nimmt ihn auf, als trage er sich von ganz allein. Wenn er dabei die Augen schließt, ist ihm, als hätte er Nena nur für sich ganz allein erfunden, wie eine Gestalt aus seinen Dramen oder Romanen.

Nena berührt ihn. Der Himmel teilt sich. Für Augenblicke sind all die Streifzüge Vergangenheit, so wie in dieser Stadt Vergangenheit und Gegenwart unablässig ineinander stürzen. Waiblinger liebt diese Augenblicke. Er legt sie wie Sterne in eine Schale und wartet, bis sie sich in Worte verwandeln, und er weiß: Es gibt noch Engel.

Das Gedächtnis der Dinge, 1830

Wind. Baum. Stein. Schatten. Licht. Engel, notiert Waiblinger auf der Rückreise von den Pontinischen Sümpfen, die Malaria bereits im Blut. In den Irrgärten seiner Sprache findet er doch zurück zur frühesten Erinnerung. Es erstaunt ihn selbst, wie die Dinge, die er längst zerstört glaubte, in seinem Innern wiederauferstehen.

Völlig verarmt, reist Waiblinger nach Sizilien. Immerhin, die Journale drucken seine Reisebilder.

Im Oktober 1829 kehrt er nach Rom zurück. In seinem Zimmer hustet er plötzlich Blut. Am ganzen Körper brechen Geschwulste auf. Waiblinger ist völlig entkräftet. Alle Therapien verschlimmern seine Leiden nur noch.

Es ist ein Winter in Rom wie seit Jahren nicht. Das Licht kalter Tage gefriert am Himmel, starres Laub wirbelt über die verlassenen Straßen. Manchmal gelingt es Waiblinger noch, mit Nenas Hilfe aufzustehen. Dann sieht er lange durch den Eisnebel auf die roten Dächer. Warm eingehüllt am offenen Fenster sitzend, geht ihm sein Atem in der kalten Luft voraus. Er erinnert sich an das weiße Licht des Sommers. Auch wenn er hier sitzen muss, ist er in Gedanken immer unterwegs.

Noch immer ist sein ganzes Inneres mit hohen Ideen ausgefüllt.

Als ihn Anfang des Jahres 1830 eine Lungenentzündung weiter schwächt, spürt Waiblinger, dass er sich nicht mehr erholen wird. Er arbeitet unbeirrt an seinen Alltagsszenen weiter, schreibt Gedichte, schöpft jedes Wort wie aus einem schwarzen Brunnen, bis an seinem letzten Tag, dem 17. Januar 1830, nur noch das Zwielicht grenzenloser Räume um ihn ist, und als er in sich horcht, ist es ganz still und leer geworden, und vom Straßenpflaster herauf schneiden die Räder einer Kutsche die Stille in kreisende Klänge.

Der junge E zieht in den Krieg

Björn Potulski

Als der junge E an der Front eintraf, lag eine Stille auf dem weiten Feld. E trug seine erste Uniform, abgewetzt und nicht ganz sauber, die Stiefel matt und ausgetreten; der Lauf seines Gewehrs war verzogen. Verweigerern wie ihm gab man bei den Nationalen, was die Gefallenen hinterlassen hatten. Das Laub rauschte, als E zu seiner Meldung antrat. Unter freiem Himmel saß der Offizier an einem Tisch, dahinter waren Büsche. E salutierte, sagte seinen Namen auf, litt unter dem Reptilienblick, der aus kalten Augen auf ihn fiel. Suchend strich ein Finger über Namenslisten. E hatte den Metallgeschmack der Angst im Mund. Der Finger stoppte: So einer also, murmelte der Offizier. Es war die Klage darüber, dass er – ein müder Verwalter an einer ruhmlosen Front – an einem Tag, der so schlimm wie dieser war, auch das noch zu erleben hatte. So einer also. Das Reptil fauchte E so vorwurfsvoll an, als habe dieser das Versäumnis durch seine Schlechtigkeit verschuldet: Vorne bräuchten sie Leitern; längst schon würden die Leitern gebraucht und seien noch immer nicht gebracht worden. Jetzt aber schnell!

E sollte also Leitern in die vorderste Linie tragen. Bei hellem Tag, über freies Feld. Dort hatten die Nationalen einen Graben, der so tief war, dass die Soldaten Leitern brauchten, um herauszuklettern, wenn sie den Befehl zum Angriff hörten. Hinten machten die Kameraden bereits Wetten, wie viele Sprossenhölzer der Neue wohl schaffen würde, bevor er durch die Kugeln der Loyalen starb. Ein Unteroffizier führte E zwischen die Büsche. Dort lagen sie auf einem wirren Haufen. Keine Leiter sah aus wie die andere, lang und sperrig aber waren alle. Die meisten Kameraden wetteten auf die Drei: Beim ersten Lauf würde Anfängerglück das Leben des Neuen schützen. Beim zweiten Durchgang würde die Erfahrung mit dem Beschossenwerden ihm die richtigen Entscheidungen eingeben und seine Frische würde ihm erlauben, sie auch auszuführen. Beim dritten Lauf käme aber die Erschöpfung. Dann hilft nichts mehr, sagten sie. Dann ist es vorbei.

E zog eine Leiter aus dem Haufen, wandte sich um und blickte über das Feld. Der Graben war nicht zu sehen. Er musste laufen und dabei an ihn glauben. Die Kameraden glotzten gierig, während E sich seine krumme Last auflud und den Lauf begann. Schlecht ging es. Das Gewehr verhakte sich zwischen den Sprossen, der gespannte Riemen nahm die Luft zum Atmen, E musste stehenbleiben. Unterdessen sammelten sich die Loyalen auf dem Hügel, hinter dem sie ihre Stellung hatten. Wie Frösche, die ihre Augen aus dem Wasser heben, spähten sie zu ihrem Feind herüber. Auch ein Fotograf war unter ihnen, frisch eingetroffen an dieser Front. Er war für seinen Mut berühmt, denn niemals ließ er zu, dass die Lust, zu leben, sich zwischen ein zwingendes Motiv und die Linse seiner Leica drängte. Dieser Soldat mit der Leiter war ein solches Motiv: Oft schon hatte der Fotograf versucht, einen Kämpfer in genau dem Moment abzulichten, in dem die Kugel den ungeschützten Leib durchdringt. Den Moment, in dem ein Sturmlauf in ein Fallen übergeht, in dem die Grimmigkeit des Todbringenden in die Entspannung des Getöteten hinüberfließt – wenn das Gesicht des Getroffenen die Maske des Trotzes ablegt und darunter ein Ausdruck des Schmerzes zwar, doch auch ein tiefes Einverständnis strahlend schön hervortritt. Oft schon hatte der Fotograf sich so etwas ausgemalt. Gesehen hatte er es nie. Doch hier bot sich endlich die Gelegenheit – der Soldat mit der Leiter würde vor dem Apparat des Fotografen sterben, und so begann er schon seine Fotos zu schießen, als die Gewehre der Loyalen noch schwiegen. Noch winkten sie einander herbei, noch waren ihre Wetten nicht gemacht.

E rüttelte an Leiter und Gewehr. Das Klappern mahnte ihn: Die Stille auf dem Feld war falsch und täuschend. Er fühlte die möglichen Geschosse auf der Haut. Eine dünne Haut, die sich empfindlich übers Brustbein spannte, über Schläfen, Bauch und Nieren. E hatte plötzlich ein Gefühl für seine Kniescheiben, spürte sein Herz pochen und die Schlagadern am Hals, geschützt von nichts als weicher Haut. Endlich löste sich das Gewehr aus der Verkeilung. E konnte weiterlaufen und hörte sich atmen, stoßweise, immer lauter, schneller. Oben stach die Leiter in den hellen Mittagshimmel, dann fing es an: Die oberste Sprosse splitterte und die Wucht des Einschlags warf E auf den Rücken; dann erst hörte er den Knall des ersten Schusses, den die Luft herantrug. Ein wildes Prasseln setzte ein, das die trockene Erde spritzen ließ. E raffte sich auf, flog dem Graben entgegen, kannte keine Beine, keine Füße, nur noch rasende Bewegung. Erst warf er die Leiter in den Graben, dann sprang er selbst hinein und wunderte sich sehr: Der Untergrund gab nach und klapperte – der Graben war gefüllt mit Leitern. Soldaten ritzten mit den Bajonetten Kerben in das Holz. Die Ankunft des neuen Kameraden kümmerte sie nicht. Nur den Unteroffizier, der im Graben das Kommando führte, interessierte es. Auf allen vieren näherte er sich, wie die Spinne in ihrem Netz, wenn sie Beute greift. E blickte in den Lauf der Pistole, die der Unteroffizier auf ihn richtete. Mehr!, schnarrte es. E verstand.

Hinten hatten die Kameraden ihre Köpfe aus den Büschen hochgehoben und konnten nicht glauben, wie sehr sie sich geirrt hatten. Wie nur war es möglich, dass E bald schon die fünfte Leiter in den Graben warf und unversehrt zurückkam? Angeweht von etwas Unfasslichem, das hinter manchen Dingen liegt, staunten sie schweigend – nur ihr Unteroffizier, der hinten, beim Verwaltungsposten, unbeirrt den nationalen Dienst versah, behielt den Sinn fürs Praktische, zog die Pistole aus dem Halfter, zeigte damit erst auf E, dann auf den wirren Leiterhaufen, der sich nicht verkleinert hatte. E verstand – mit Mühe zog er die sechste Leiter daraus hervor. Diese bestand aus krummen Birkenästen, die auf zwei dünne Stämme genagelt waren. Als die Loyalen wieder anlegten, kroch der Fotograf noch näher an den feindlichen Graben heran und machte sich bereit, das Sterben des Soldaten endlich abzulichten. Allein, er starb nicht. Last um Last lud E in den Graben ab und blieb am Leben. Später würde der Fotograf Bilder von siebzehn verschiedenen Leitern zählen. Er würde den Plan entwickeln, die Zeit aufzuheben und mithilfe eines Projektionsverfahrens alle siebzehn auf denselben Abzug zu bringen; so würde er den vielen Schrecken, die der Soldat erdulden muss, die Gnade ihres Nacheinanders nehmen, die sie scheinbar erträglich machte; er würde die Idee wieder verwerfen, weil das eine, das entscheidende Bild fehlte, das den Soldaten sterbend zeigt; er würde, Jahre später, den Plan zur Projektion erneut aufgreifen, als ihm die Einsicht kam, dass eindeutige Effekte den Blick vom Eigentlichen ablenken, und er würde im übernächsten Krieg auf eine Mine treten.

Siebzehn Leitern also hatte E geholt, als die wütenden Loyalen zum Angriff riefen. Ein Artilleriebombardement bereitete den Sturm der Infanterie vor. In ihrem Graben, wo sie auf den Leitern saßen, konnten die Nationalen die Geschützstellungen nicht sehen. Sie hörten nur ihr Grollen, wie ein Gewitter, das sich hinter dem Hügel entlud. Weißer Rauch stieg auf, der das Feuer der Kanonen blitzend sichtbar machte. Die Loyalen schossen schlecht; ihre Granaten gingen zu weit und platzten auf dem freien Feld. Dann hörte es auf: Aus der Rauchwolke brachen die Milizionäre hervor, in allen Sprachen brüllend, die der gequälte Kontinent zu bieten hatte. Ihre Bajonette aufgepflanzt, stürzten sie den Hang hinunter auf den Graben zu, in dem man mit Gewehren auf die Leitern stieg. Ein Loyaler nach dem anderen kam zu Fall, denn die Nationalen schossen gut. Keiner von ihnen hätte darauf gewettet, dass auch nur einer ihrer Feinde dem Rand des Grabens nahe kommen würde. Und so wandte sich ihr Unteroffizier gelassen vom Geschehen ab und richtete seine Pistole erneut auf E, der sein Gewehr lose nur am Kolben hielt. Nun? Die gerümpfte Nase machte einen Ruck in Richtung der Loyalen. E verstand, nahm sein Gewehr, legte auf dem Rand des Grabens an und drückte ab.

Am Abend nach der Schlacht stand E inmitten seiner Kameraden auf der Ladefläche eines Lastwagens. Schlaglöcher ließen die Köpfe schwanken, wie der Wind, der erntereife Ähren wiegt. Seine Erschöpfung war so groß, dass E in einen Dämmer fiel, in dem er sich nicht mehr wehren konnte gegen eine heranstürmende Gestalt, die plötzlich auf den Rücken fiel. Heranstürmte und fiel. Heranstürmte – und fiel, bis E von seinen Kameraden wachgerüttelt wurde, die ihn bereits verehrten. Es zischte aus den Kesseln zweier Lokomotiven, die bereit waren, in entgegengesetzte Richtungen abzufahren. Die Soldaten stiegen ab. Als die Lichter der Lastwagen sich entfernten, sank der Ort in Dunkelheit. Plötzlich war der Donner wieder da. Kommandos wurden gebrüllt, die sich mit dem Grollen mischten. Gleißendes Licht blitzte auf und erhellte das Areal, das ein Blechschuppen zum Behelfsbahnhof machte. Die Soldaten sprangen in die Wagen. In Wellen sprangen sie, wunderbar geordnet, als würden sie aufs Startsignal vom Beckenrand ins Wasser hechten. Nur E sprang nicht. Als seine Kameraden einer neuen Front entgegenfuhren, stieg er in den anderen Zug, legte sich auf die erste Bank, die er erreichte, und schlief sofort ein.

Es war heller Tag, als E erwachte. Er war umringt von lärmenden Soldaten. Alle trugen die Uniform der Nationalen, keiner war nüchtern; der Zug knirschte in schlechten Gleisen. Wohin?, wollten die Soldaten wissen. Ob er Urlaub habe? Woher er komme? Ob er ein Deserteur sei? Der so fragte machte dazu eine Geste, die das Durchschneiden der Kehle bedeutete. Alle lachten. E stimmte ein und lachte, so laut er konnte. Seine neuen Kameraden klopften ihm auf beide Schultern, dann grölten sie ein Lied.

In meinen Räumen

Christine Zureich

Da ist ein Graben neuerdings. Klafft zwischen Schrank und dem Sessel, auf dem ich meine Hosen staple, Röcke und Pullover, statt sie aufzuhängen. Zieht sich von der Stirnwand bis zur Tür. Völlig grundlos seine Existenz, weder ein Erdbeben im Umland noch Straßenarbeiten vor dem Haus, auch kein Blindgänger oder gar eine frische Bombe. Ist einfach mit einem Mal da, als ich nach dem Duschen eine Unterhose holen will. Gerade das Fehlen eines Grundes macht den Spalt dabei so bedrohlich. Für sich genommen ist er harmlos, viel zu schmal, als dass ich hindurchpassen, hineinfallen würde. Aber die Vorstellung, er könnte ohne Anlass oder Ankündigung sein Maul weiter aufreißen und mich verschlingen, lastet auf meiner Brust wie ein nasses Laken. Diese doppelte Grundlosigkeit, mit der er sich durch mein Zimmer schlägt: Ursache *und* Boden. Er hat kein Ende nach unten hin. Mein Magen zuckt wie ein freigelegtes Herz, wenn ich dem Schwarz zu nahekomme. Ein Tiefschwarz, nicht Flachschwarz, kein bräunlicher Schimmer, oder Grün, kein Versprechen eines Endes, Lichtblick. Und dennoch: lockend. Ich vermeide es hinzusehen. Erst am dritten Tag robbe ich auf Knien heran, dünnes Eis, ein Fußbreit Abstand. Mein Herz schlägt unter der Zunge. Vorsichtig angle ich erst eine Haarspange, dann eine Münze aus meiner Hosentasche, schnippe beide nacheinander hinein. Kein Aufschlagen zu hören, kein Klirren, nicht einmal, als mein Phon hinterherfällt, mit dem ich eigentlich ein Foto schießen will von der neuen häuslichen Lage, um sie festzuhalten, zu dokumentieren für mein Archiv. Nichts. Nur das Blut in meinen Ohren. Nur ich. Sanftes Rauschen.

Ich summe einen Ton hinein und noch einen, um der Ausdehnung der Schallwellen nachzuhorchen, den unerwarteten Raum akustisch zu vermessen. Meine Töne klingen nicht gefangen, breiten sich unter meinen Füßen auch horizontal aus, immer weiter.

Irgendwo zwischen den Sachen meiner Eltern befindet sich ein Zollstock. Ich sollte ihn suchen, Klarheit über das Ausmaß dieser Störung in der räumlichen Ordnung gewinnen. Ein Glück, dass sie diese merkwürdige Entwicklung in ihrem Zuhause nicht mehr miterleben müssen, Mutter und Vater. Wie hätten sie den Nachbarn noch begegnen sollen? Klubas einen Stock tiefer. Ihr schweres Ehebett steht seit jeher genau unter meinem Schrank. Stand. Wo so ein Loch ist, kann doch nichts anderes existieren, schließlich nimmt auch ein Nichts seinen Raum ein. Zwei Mal jährlich hänge ich ihnen die Gardinen nach der Wäsche ans Fenster; sie haben meine Eltern immer beneidet. Ein Kind, ein eigenes, Beistand und Hilfe, die einfach da wären. Eigentlich müsste das Loch sie verschluckt haben. Ich greife prüfend hinein, taste vorsichtig den Rand ab, wie das Maul eines schlafenden Hundes. Nur ein, zwei Zentimeter Decke, darunter öffnet sich der Hohlraum, so groß, dass er das Gefüge unseres Mietshauses sehr stören würde, ginge es mit rechten Dingen zu.

Und doch: Heute Morgen erst hab ich die Klubas getroffen. Im Treppenhaus. Das gewohnte Gemisch aus Höflichkeit und Klagen. Wetter. Die Feuchte im Sandsteinfundament. Wie teuer die Teewurst jetzt. Wo sie nicht selber davon angefangen haben, wäre ein Gespräch über den Graben höchst unpassend gewesen. Seine schiere Existenz unangenehm, ein Makel vergleichbar mit der von Kakerlaken oder Gilb auf den Gardinen. Wobei ich wirklich nicht wüsste, welchen Anteil ich an der Rissbildung haben sollte, wie ich sie hätte verhindern können. Vom Kopf her ist mir klar: Man muss sich für nichts schämen, das man nicht verursacht hat. Man muss sich nicht schämen, dass etwas einfach passiert. Dennoch: Sie leben schon so lang in diesem Haus, die Klubas. Sie sollen sich weiterhin wohlfühlen. Lebten junge Leute, etwa eine Studenten-WG unter mir, weiß ich fast sicher, wäre ich mutiger, forscher. Würde experimentieren. Versuchsanordnung 1: Den Stapel mit den Kleidern vom Sessel hineinstoßen oder eins meiner anderen Häufchen. Aber wie es auch ist, muss ich davon ausgehen, dass die Sachen allesamt doch bei den Klubas wieder auftauchen. Die würden dann klingeln bei mir und die Unordnung aushändigen und dabei diesen Blick haben und ein kleines Urteil in den Mundwinkeln. Will ich verhindern, dass der Riss sich auch durch die nachbarschaftlichen Beziehungen zieht, ist das Mindeste, was ich tun kann, dieses Loch sauber zu halten.

Ein praktisches Hindernis ist es nicht wirklich im Zimmer. Wenn ich etwa das Fenster öffnen möchte oder ein Kleidungsstück brauche, kann ich einfach einen langen Schritt machen; natürlich geht auch Springen, ein einfacher Hopser. Kaum Strecke, 25–30 cm. Und doch: Der Graben stört. Verstört.

Ich nehme, wo das Handy in dem dubiosen Spalt verschwunden ist, das Festnetztelefon zur Hand, will bei der Stadt anrufen. Vielleicht hat es ja doch geologische Vorkommnisse gegeben, welche die Statik von Häusern kompromittieren? Dass mein Festnetz seit Wochen nicht funktioniert, der Monteur längst bestellt, hatte ich ganz vergessen, sonst fehlt es mir nie.

Als der Techniker ein paar Tage später endlich klingelt, äußert er an der Wohnungstür schon einen Verdacht. Mir bricht Hitze aus, weil ich weiß, wo besagte Anschlussdose steckt. Meine Eltern hatten fragliche Wand vor Jahren mit einem gelb-grünen Klebeband markiert, ein X auf dem porösen Plastikdeckel in der Glasfasertapete. Ihr Dauerjammern: Wie einmal ein Technikerhatte stundenlang suchen müssen. Altes Haus. Kommunikationstechnik nachträglich eingebaut. Keine moderne Logik. Die Kosten! Hunderte Male hatten sie mir das eingeschärft: bares Geld, die Markierung, bares Geld.

Kurz spiele ich mit dem Gedanken, den Monteur einen Augenblick stehen zu lassen. Den Graben wenigstens notdürftig zu kaschieren. Zwei Leintücher. Oder auf die Schnelle eine Gardine herabreißen, Zipfel flugs unter Möbelbeine gesteckt, damit sie nicht reinrutscht. Doch zwecklos; ich werde den Handwerker warnen müssen. Die Anschlussdose liegt fensterseits, der Mann muss ja irgendwie hinüber und eine Fußangel ist er schon, der Graben. Ich schlage den Blick zu Boden, als ich den Mann ins Zimmer führe. »Vorsicht«, zum beiläufigen Ton muss ich mich zwingen, »hier am Graben nicht stolpern«, sage ich und stolpere dabei selber, stolpere am »Graben«, gleich an der ersten Silbe, mit der Stimme, nicht den Füßen. Der Monteur bleibt unbewegt. Nickt nicht. Kneift andererseits aber auch die Augen nicht zu Schlitzen. Keine Stirnfalten. Sieht er sie etwa nicht, diese Ungeheuerlichkeit? Wundert er sich nicht, wie das Gebäude, dieser Gründerzeitbau, noch Behausung sein kann, Heim, wie das möglich ist, rein statisch, von den Höhlungen her? Sicher tut er unberührt, aus Höflichkeit, einem falsch verstandenen Servicegedanken heraus, womöglich »Kundenfreundlichkeit«, aber ist derartige Diskretion nicht genau das Gegenteil von freundlich? Verstößt dieses Is-doch-alles-ganz-normal nicht gegen die Menschlichkeit, die gebieten würde zu fragen: Sagen Sie, wie geht es Ihnen, mit einer solch fürchterlichen Verwerfung mitten in Ihrem Zuhause? Der Monteur und ich, wir schweigen den Graben aus. Könnten ihn füllen mit schwitzender Stille.

Immerhin: Mein Telefon funktioniert wieder, habe es eben ausprobiert, ein Anruf bei Klubas, in der festen Annahme, dass sie nicht rangehen würden, oder dass ein »diese Nummer ist derzeit nicht vergeben« zu hören sein würde; sie meldeten sich nach nur drei Freizeichen. Die üblichen Fragen nach ihrem Befinden, ob sie vielleicht Wasserflecken an der Decke hätten; mir sei, log ich, die Badewanne übergelaufen. Nein, alles bestens, sagten sie, danke, wie immer, und wer da noch am anderen Ende spreche? Ich hob die Stimme. Sie verstanden immer noch nicht, die Leitung schlecht, sagten sie, das Hörgerät.

Möglicherweise wird die Kommunikation von Etage zu Etage ohne Telefon sogar besser funktionieren. Direkter, wegen dem Loch. Weniger störanfällige Technik. So ein Graben verändert auch die Distanzen und Wege, alle Verhältnisse in einem Haus.

Ich beuge mich zum Boden, bringe mein Gesicht über die Kante, Lippen nah am Schwarz. Und weil ich weiß, dass der alte Herr Kluba gerne Swing hört, singe ich: *Pardon me boy, is that the Chattanooga Choochoo.*

Keine Resonanz, kein Echo, wohlwollendes Klatschen oder auch nur verhaltenes. Stille stattdessen. Als hätte ich allein gesungen unter der Bettdecke oder in mein Kissen hinein. Und doch, ohne Effekt ist mein Gesang nicht geblieben, er hat mich aufgerichtet, mutiger gemacht; ein zweites Mal wage ich meine Hand hineinzustecken in den Schlund. Kein aufsteigendes Grauen, kein kalter Schweiß, der mir jetzt den Rücken runterrinnt. Ich fühle: gewöhnlichen Baustoff. Nicht mehr. Etwas glatter kommt mir die Kante vor, der ganze Graben vielleicht sogar weniger breit. Ich stehe auf und hole endlich den Zollstock aus der Kiste meiner Eltern.

Jeden Tag vermesse ich seither Länge und Breite des Grabens. Die Tiefe? Selbst entfaltet und mit gestrecktem Arm reicht der Stock nicht. Dafür kartiere ich mit Bleistift den Verlauf, die Lage im Raum, prüfe meine Hypothese, dass diese sich verändert, wie das Mäandern eines Flusses. Nach einigen Monaten sorgfältigen Beobachtens und Dokumentierens auch von Raumtemperatur und -feuchte sowie anderer physikalischer Daten lässt sich ohne Zweifel festhalten, dass der Graben wächst, wieder schrumpft, wandert, und zwar ganz unabhängig von Hitze, Luftdruck, ob ich singe oder nicht, und ob ich Gaben hineinwerfe. Die Perlenohrringe meiner Mutter habe ich verfüttert, Waldorfsalat, Artischockenböden, habe sogar über Menschen nachgedacht, oder ein Tier. Aber weder besitze ich Hund oder Hamster, noch käme je Besuch. Und stürzte ich mich selbst hinein, wer zeichnete dann noch auf? Der Graben hat ohnehin seine eigene Logik, seinen eigenen Willen. Und weil es so gar keinen Zusammenhang gibt zwischen Ursache und Wirkung, Welt und Riss, gebe ich nach einiger Zeit das Erforschen einfach auf.

Statt nun die Bögen mit den Aufzeichnungen auf die vielen Stöße in meinen Räumen zu verteilen, beschließe ich – mir scheint es das Stimmigste –, sie dem Graben zu übergeben. Soll er entscheiden, was damit geschieht.

Nein, er hat keinen Grund, der Graben. Bleibt einfach da, bodenlos mitten in meinem Zimmer. Und ich, ich habe wohl begonnen, mich mit ihm einzurichten.

Der letzte Besuch

Sina Vogt

Ich lasse den Motor noch wenige Sekunden laufen und atme die kühle Luft aus dem Gebläse ein. Neben mir liegt ein durchsichtiger Gefrierbeutel mit Zippverschluss. Im Flugzeug für Kontaktlinsenflüssigkeit, Deoroller und Feuchtigkeitscreme genutzt, birgt er nun meinen Reisepass und 25 Dollar in Münzen. Mit dem Drehen des Schlüssels verklingen Klimaanlage und Motor.

Draußen umhüllt mich schwülheiße Septemberluft. 97 Grad Fahrenheit hatte mir das Display am Armaturenbrett versprochen. Gut 36 Grad Celsius, und das schon am Morgen um neun Uhr. Ich lege den Autoschlüssel zum Reisepass und den Münzen und gehe auf den Eingang zu. Nach wenigen Metern winkt mir ein Mann, schüttelt den Kopf. Die graue Uniform mit den schwarzen Streifen an den Hosennähten und dem Abzeichen des Texas Department of Criminal Justice, TDCJ, verleiht ihm Macht auch über mich. Was will der kleine Dicke von mir, der in seiner Dienstkleidung mit den schweren Sicherheitsschuhen weitaus mehr schwitzen muss als ich? Dann fällt mir auf, dass ich noch meine Sonnenbrille trage. Schnell öffne ich die Autotür und werfe sie auf den Sitz.

Jetzt lässt er mich näher kommen. Hinter ihm drückt sich ein graues Betongebäude flach in die Landschaft. Nur die Wachtürme ragen hoch über das Dach. Auf jedem der Ausguckplattformen ist ein Officer zu sehen, immer eine Hand auf dem umgehängten Gewehr. Manche stehen draußen auf der Brüstung, andere sind als Umriss in ihrem Glasverschlag sichtbar. Ein langer Zaun umschließt das gesamte Gelände. Ich schätze ihn auf drei Meter Höhe, die mit Stacheldraht abgeschlossen wird. Scheinwerfer in regelmäßigen Abständen stehen bereit, im Falle eines Alarms selbst in tiefer Nacht jeden Winkel des Geländes auszuleuchten.

Am Eingang stelle ich mich in die kurze Schlange der Besucher vor dem Kontrollhäuschen. Eine schwarze junge Frau mit zwei kleinen Kindern steht dort, eines hat Schokolade im Gesicht verschmiert. Ein weißer alter Mann unterhält sich mit einer weißen Frau in seinem Alter, die ein dickes Buch trägt. Es muss die Bibel sein, ein anderes Buch darf man hier nicht mit sich führen. Ihr grünes Leinenkostüm lässt sie auf mich damenhaft wirken. Einzeln werden wir hineingerufen.

Drinnen läuft die Klimaanlage auf Hochtouren. Ich bekomme sofort Gänsehaut. Als ich an der Reihe bin, kontrolliert ein Officer meinen Pass. »Inmate name and number?«, fragt er und ich antworte: »River, Ernest, 0001689.« Der Staatsdiener schaut aus seinen hellen blauen Augen auf den Computerbildschirm, vergleicht meinen Namen in der Besucherliste mit dem in meinem Pass.

Was der Beamte zu seiner Kollegin sagt, verstehe ich nicht, es klingt in meinen Ohren nur nach Sprechen mit viel Kaugummi im Mund.

»Mam!« Sie winkt mich heran. Die Uniform spannt sich über massige Arme, Akne bedeckt ihre rosigen Wangen. Ich stelle mich breitbeinig hin und strecke die Arme zur Seite. Sie schwingt den Detektor um meinen Körper. Dann muss ich mich umdrehen und mein Rücken ist dran. Der Detektor bleibt stumm, nichts piept.

Die Beamtin gibt mir eine gelbe Visitorcard, heute mit der Nummer DR6, die ich mir um den Hals hängen muss. Die Tüte mit Schlüssel und Münzen schiebt ihr Kollege über den Tisch in meine Richtung. Mein Reisepass verbleibt bei den Beamten, und ich werde an den nächsten Menschen in Uniform mit Schusswaffe am Gürtel übergeben. Der schließt mir eine weitere Tür auf und ich stehe wieder im Freien, nach der Kälte im Kontrollraum ein erneuter Hitzeschock. Eine zweite Tür öffnet sich automatisch vor mir, sobald sich die hinter mir geschlossen hat, Schleusenprinzip mit Surren und Klacken. Hinter mir fällt die schwere Gittertür ins Schloss, klack, beobachtet vom Wachposten schräg über mir auf seinem Turm. Nun befinde ich mich im Inneren des Gefängnisgeländes. Rund fünfzig Meter vor mir liegt der Haupteingang, mein nächstes Ziel. Ein paar Gefangene arbeiten mit Rechen auf dem erstaunlich grünen Rasen rechts und links des Weges.

Hinter ihnen ragen graue Betonblöcke gegen den von der Hitze gleißenden Himmel. Sie zeigen schießschartenartige Fenster, die aussehen wie umgefallen, breit statt hoch. In den Blöcken links befindet sich der Todestrakt. Ernest ist in der oberen Reihe untergebracht, in einer von vielen hundert Zellen. In jeder von ihnen wartet ein zum Tode verurteilter Mann.

Ich trete durch den Haupteingang, dahinter beginnt ein betongrauer Flur. An der Wand hängt das Bild des Gefängnisdirektors. Ich gehe an ihm vorbei, biege nach links, um nach wenigen Schritten vor einer weiteren Stahltür zu stehen. Rechts wacht hinter Glas eine Frau in Uniform, auf der Nase eine schwarze Brille mit dicken Gläsern. Sie will mein Besuchsschild sehen und lässt dann die Tür mit einem weiteren metallenen Klacken aufspringen. Ich bedanke mich, gehe hindurch und schließe die Tür. Links öffnet sich, durch unsichtbare Hand aufgedrückt, die nächste Tür. Ich stehe im Besuchsraum.

Ms Collins hat heute Dienst. Ich kenne sie von meinem letzten Besuch, sie ist eine der nicht ganz so strengen Aufseherinnen. Wenn ein Gefangener seinen Besuch dem Mitgefangenen neben sich vorstellen will, dann erlaubt sie es bei Nachfrage. Der Besuch darf sich dann kurz zum Nebenplatz lehnen. Der Mann im Käfig nebenan kann kurz nickend grüßen, vielleicht ein paar Sätze mit dem Besuch des Mitgefangenen austauschen, wenn dieser zum verbindenden Telefonhörer greift. Das lässt nicht jeder Officer durchgehen, macht man es ohne Erlaubnis, endet der Besuch mitunter abrupt.

Es gibt zwei Reihen Käfige für die Gefangenen. Der Innenraum dazwischen ist ein U mit Plätzen für die Besucher, an der offenen Seite thront die Aufseherin und ihr gegenüber ist hinter Glas der Durchgang zu sehen, in dem die Gefangenen zu ihren Besuchskäfigen geführt werden. Vor jedem sind auf meiner Seite je zwei Hocker an den Boden geschraubt, unverrückbar. In diesem Raum werde ich jedes Mal ein Stück weit zur Mitgefangenen.

Zwischen den Plätzen wahren Trennwände etwas Privatsphäre.

Wo wird Ms Collins mich platzieren? Das Zuteilen der Plätze obliegt allein ihr. In Ermangelung weiterer Möglichkeiten, Zukunft auszumalen, ist das Warten auf die Zuweisung des Besuchsplatzes wie das Warten auf die Gewinnnummern in einer Lotterie – wird mein Los gezogen werden? »Number ten«, rechts hinten. Das ist gut, ich sitze lieber weiter weg vom Eingang. Die Illusion des Unbeobachtetseins.

Die schwarze Frau drei Plätze weiter versucht die Kinder zu bändigen, die sich langweilen. Spielzeug ist hier verboten. Auf wen warten sie? Den Vater? Den Onkel?

Die Frau mit der Bibel sitzt schon einem jungen Schwarzen in der weißen Gefangenenkluft der Todeskandidaten gegenüber und hat den Telefonhörer am Ohr. Ihre andere Hand ruht auf dem noch nicht aufgeschlagenen Buch.

Ms Collins fragt mich, ob ich schon jetzt etwas aus den Automaten ziehen will. Sie wird die Sachen auf die andere Seite reichen, denn ich darf nichts anfassen, was ein Gefangener erhalten soll. Ich nehme das Angebot gerne an, dann geht die Zeit nicht vom Besuch ab. Ein Bagel, zwei Rootbeer, Kekse, Sandwiches, Chips. Ich werfe das Geld in die Maschinen und wähle. Ms

Collins fischt das Gekaufte aus der Lade und gibt es in braune Papiertüten. Auf die schreibt sie die Nummer zehn, meine Platznummer, und schiebt sie durch eine Klappe auf die Seite der Gefangenenflure.

Damit Ernest nicht alleine essen muss, ziehe ich mir eine Dietcoke und eine Tüte Lime-Chilli-Nachos. Ich stelle beides auf die graue Ablage vor dem Fenster des Käfigs, der noch leer ist.

Nun heißt es warten.

Die Besuchshocker sind stählern wie so vieles hier, die Sitzfläche glänzt speckig und fühlt sich kühl an. Kühl ist auch die Luft, selbst in Sweatjacke friere ich. Schals sind Besuchern nicht erlaubt, sie könnten als Waffe gegen das Personal verwendet werden, so das Argument des TDCJ. Meine Schweißperlen sind erneut Gänsehaut gewichen, eine Armada aufgestellter Härchen kämpft vergeblich gegen die Kälte an.

Die Telefonhörer, rechts und links je einer für die maximal zwei erwachsenen Besucher, erinnern mich an das alte Telefon meiner Eltern, grau und schwer. Wie alles hier wirken sie verbraucht. Im Gefängnis scheint Architektur ihrer ästhetischen Seite beraubt. All das, was wir in Gebäuden einbauen, um uns darin wohl und lebendig zu fühlen, ist hier gestrichen. Funktion ist alles. Leicht zu säubern, gut zu überwachen, schwer zu überwinden. Der Dreiklang depressiver Bauten. Lebensfeindlich. Schon in dem Teil, den ich als Besucherin sehe, ist das so. Um wie viel trostloser wird es in den Zellentrakten sein?

Die Kinder, kaum drei bis fünf Jahre alt, ziehen einander an den Haaren. Die Mutter, ich vermute, dass es die Mutter ist, in einem blauen Kleid mit weißen Punkten, das junge Gesicht dezent geschminkt, die Fingernägel blutrot und künstlich lang, versucht sie zu beruhigen.

Eine junge schwarze Mutter, eine ältere weiße Frau mit Bibel und, ich schaue mich um, eine Frau und ein Mann mittleren Alters, weiß, in einfachen Stoffhosen und T-Shirts, der schnauzbärtige Mann, der zwei Plätze neben mir jemanden begrüßt, den ich nicht sehen kann: Wir alle werden, wenn wir diesen Ort verlassen, in unsere eigenen kleinen Welten zurückkehren. Ich ins Motel, morgen nach Huntsville und irgendwann zum Flughafen und nach Deutschland in meine Zwei-Zimmer-Wohnung. Die Frau mit den Kindern? In eines der schwarzen Wohngebiete in Dallas, in denen auch Ernest groß geworden ist und wo seine 18-jährige Tochter wohnt? Wohin geht das Paar, das mit traurigen Augen auf den Gefangenen hinter der Glasscheibe einredet? Der Junge legt eine Hand auf die Scheibe und seine Mutter, ich bin mir fast sicher, dass es seine Mutter ist, legt ihre von der anderen Seite dagegen.

Das Gefühl des kalten Glases an der Handfläche in diesem unterkühlten Raum, das ist das Höchste an Berührung, die mit dem Todgeweihten noch zulässig ist. Ganz gleich, ob hinter der Scheibe der Freund sitzt, der Mann, der Vater, der Sohn oder ein anderer Mensch, den man zu besuchen für wert erachtet.

Die Dame schlägt die Bibel auf und liest für den von ihr besuchten Gefangenen mit ruhiger, leicht brüchiger und dabei erstaunlich lauter Stimme etwas daraus vor. Wird sie nach dem Besuch in ein Zuhause zurückgehen, dessen Regale mit christlicher Literatur gefüllt sind und ein Kreuz in jedem Zimmer hängt? Bekommt sie sonntags Besuch von ihren Kindern, und sie gehen gemeinsam zum Gottesdienst?

Ich werde niemals in die Leben dieser Menschen außerhalb des Raumes schauen. Aber hier verbindet uns, dass wir die besuchen, die uns wichtig sind, die wir lieben, denen wir durch Freundschaft oder im Glauben verbunden sind. Die, die das Recht zu leben verwirkt haben in den Augen der meisten draußen, die Leben zerstört haben, und denen nun das ihre genommen wird, ordnungsgemäß in einem Verwaltungsakt.

Ich sehe Ernest den Gang entlangkommen, schon steht er vor den Gittern des Käfigs Nummer zehn, von zwei Officern eskortiert. Einer schließt die Tür auf, Ernest tritt ein und lacht mich an. Die Tür schließt sich, er setzt sich auf den Hocker, der zwischen seinen breiten Pobacken verschwindet, und streckt die mit Handschellen verbundenen Arme durch die Klappe hinter sich. Ein Wärter verschließt die Tür und öffnet Ernests Fesseln. Während dieser sich noch die Gelenke reibt, reicht ihm ein Officer die braunen Tüten mit den Snacks durch die Klappe.

Auch Ernest legt seine Hand auf die Scheibe und ich meine dagegen. Das Glas ist klebrig. Vier Stunden liegen vor uns. 240 Minuten lang werden wir uns gegenübersitzen, durch die Telefonhörer reden und ausblenden, dass die Gespräche mitgehört werden, zumindest mitgehört werden können.

Seit sechs Jahren fliege ich einmal im Jahr nach Texas und besuche Ernest. Seit sieben Jahren schreiben wir einander, wechseln lange Briefe, über mein Leben und das seine, die Vergangenheit und die Gegenwart. Aus der Zelle heraus hat er eine Verliebtheit, Beziehung und Trennung von mir begleitet. Er kennt meine Sorgen um den sich rasch wandelnden Markt im Onlinedesign und -marketing, in dem ich mein Geld verdiene, auch das für die Reisen zu ihm. Ich weiß um seine Ex-Frau und die gemeinsame Tochter. Die 18-jährige July, die heute im Motel geblieben ist. Gestern saß ich gemeinsam mit ihr vor einer Scheibe in diesem Besuchsraum. Für Vater und Tochter ein Wiedersehen nach zehn Jahren. Damals hatte Ernest sie und ihre Mutter verlassen. Das Wiedersehen wird schon bald in einen endgültigen Abschied münden.

Heute ist mein letzter Besuch. Ich werde Ernest morgen wiedersehen, aber dann wird er auf einer Liege festgeschnallt sein, die Kanüle für das Gift schon in seinem Arm.

Nun aber ist gemeinsame Lebenszeit, vier Stunden lang. Ich weiß die anderen Besucher im Rücken und doch vergesse ich sie, nehme nur aus den Augenwinkeln wahr, dass die Kinder irgendwann im Hinausgehen winken und »bye Daddy« rufen und sich ein Neuankömmling beschwert, dass die Coke ausverkauft sei in den Automaten. Die Dame mit der Bibel liest einem zweiten Gefangenen vor, als ich zwischendurch einmal auf Toilette gehe.

Wieder vor der Glasscheibe sitzend, den Telefonhörer am heißen Ohr, vergesse ich die Dame, die Aufseherin, die Welt um mich herum. Ich konzentriere mich auf Ernest und unser Gespräch, diese kostbaren Stunden Gegenwart, die so schnell vergangen sein werden.

Ernest zeigt sich zuversichtlich, dass es einen Aufschub geben wird. Er will wissen, ob eine neue Liebe bei mir in Sicht sei. Er lächelt. Eine neue Liebe, nun, ich habe da jemanden kennengelernt, auf der Geburtstagsparty meiner Nachbarin, und sie hat mich gefragt, ob wir uns mal treffen, vielleicht ins Kino gehen. Das müsse ich ihm dann beim nächsten Mal erzählen, wie es war und ob daraus mehr wird, meint Ernest und ich nicke und lächle auch. Ich zweifle, dass es dazu kommen wird, bin darauf vorbereitet, dass ich heute das letzte Mal zum Abschied winken werde, wenn Ms Collins uns sagt, dass die Besuchszeit zu Ende ist. Ich werde mich bedanken, aufstehen, meinen Beutel mit dem Autoschlüssel nehmen und mich auf dem Weg zum Ausgang noch einmal umdrehen, um Ernest ein letztes Mal zuzuwinken, sein Grinsen zu sehen. Ein letztes Mal, wie nach jedem Besuch. Ein letztes Mal wie ein letztes Mal.

Er wird mir nicht mehr schreiben, wie lange er warten musste, bis jemand kam, um ihn in seine Zelle zu führen, zehn Minuten oder 20 oder auch 50.

Dieses Mal wird kein Brief mehr folgen. Das nächste und letzte Wiedersehen wird nicht hier stattfinden, sondern in der Hinrichtungskammer. Morgen, nach ihrem letzten Besuch und einem langen Nachmittag des Wartens wird seine Tochter zusammenbrechen. »Daddy, Daddy, don't go«, so wird sie schluchzen bei seinem ersten und letzten erlaubten Anruf. In diesem wird er ihr mitteilen, dass sein Antrag auf einen Aufschub abgelehnt wurde. Ernests Halbbruder und ich werden sie zu trösten versuchen, obwohl wir selbst keinen Trost haben werden. Wir werden warten, den langen Nachmittag, im Hause der Baptisten. Vielleicht wird der Halbbruder mit ihnen beten, weil ihm das Halt gibt. Oder weil man in diesem Staat selten über etwas redet, ohne Gott im Mund zu führen. Weil die Aussicht auf ein Leben nach dem Tod tröstlich sein kann, heute, morgen. Auch für Ernest ist sie tröstlich. Sein Glaube ist ihm erst im Todestrakt begegnet, wie vielen seiner Mitgefangenen.

Morgen wird es ein Seelsorger sein, einer der Baptisten, dessen Berührung er als letzte in diesem Leben spüren wird. Eine Hand an seiner Fußfessel.

Ich werde auch dort sein. Wie heute durch eine Glasscheibe getrennt. Aber die Hände aneinanderlegen, das werden wir nicht mehr können.

Ich werde mit drei Journalisten, die nicht mit mir sprechen dürfen, so wenig wie ich mit ihnen, in einem Raum stehen, begleitet von zwei Officern. So sind die Regeln. Auf der anderen Seite der Glasscheibe wird Ernest liegen. Auf der Liege, die die ganze Welt von Fotos kennt. Drei Männer werden mit ihm im Raum sein. Am Kopf zwei in Uniform und am Fußende der Seelsorger. Kühl wird es sein, in dieser metallisch sterilen Luft aus der erbarmungslos laufenden Klimaanlage. Ernest wird mich sehen können, denn ich werde vorne an der Scheibe stehen. Die Journalisten und Officer hinter mir werden für ihn vielleicht nur Schemen sein. Noch bevor ich an meinen Platz geführt werde, werden Journalisten und Beamte einen weiteren Raum mit Blick auf die Hinrichtungsliege füllen. Mit ihnen finden bis zu fünf Familienmitglieder von Alice Platz.

Einmal hat mir Ernest in einem Brief ein Foto von ihr geschickt. Ich war darauf nicht vorbereitet und erschrak, als ich den Namen auf der Rückseite las. Ich sah eine Frau Ende zwanzig, mit geglätteten schulterlangen Haaren und großen Kreolen in den Ohren. Sie saß auf dem Sofa neben Ernest und schaute konzentriert auf etwas hinter der Kamera. Ernest lehnte lachend in den Kissen, vor sich einen Tisch mit Chips und Gläsern. Es war die Szenerie eines alltäglichen Abends mit Freunden, irgendjemand hatte das Foto ja aufgenommen. Ich sah eine Frau, so lebendig wie bald darauf tot, erstochen mit einer Schere, 23 Stiche hat man gezählt.

Ernest hatte mir bei meinem ersten Besuch von der Tat erzählt. Die Notiz des TDCJ im Internet, die kannte ich schon, als ich ihm den ersten Brief schrieb. Opfer: weiblich, schwarz, Ende 20.

Sie seien zwei Jahre ein Paar gewesen, nachdem er Julys Mutter verlassen hatte, so hatte Ernest angefangen. Alice habe sich von ihm getrennt und sei mit einem anderen zusammengekommen, vermutlich habe sie diese Beziehung schon parallel zu der mit ihm aufgenommen. Er sei verletzt gewesen und an jenem Abend habe er zu viel getrunken und sei dann zu ihrem Haus gegangen, wütend, aufgeputscht, das sei der eigentliche Fehler gewesen. Dort habe er sie dann im Schlafzimmer mit dem anderen überrascht. Auf den sei er zugestürzt, doch der Mann hatte seine Hosen gegriffen und war geflüchtet. Alice sei furchtbar wütend gewesen und dann auf ihn losgegangen, sie hätten sich angeschrien und sie habe die Schere genommen und ihm damit gedroht, und dann, dann sei es eben passiert. Ein Unfall.

»Totschlag«, korrigierte ich ihn, weil ich ihm glauben wollte, dass er ohne Mordplan zu Alice gegangen war an jenem Abend. Aber ein Unfall mit 23 Stichen? Nein, das war, entschied ich, ungebremste, unkontrollierte Wut. Heute, mit etwas mehr Distanz würde ich vielleicht von »mangelndem Emotionsmanagement« sprechen, Totschlag eben. Aber das Gericht entschied auf Mord.

Nach der Tat war Ernest geflohen, zwei Straßen weit war er gekommen, bevor die Polizei ihn aufgriff. Die Armbanduhr, die er Alice im Streit entrissen haben musste, hielt er noch in der Hand. In der Akte, die mir sein Anwalt geschickt hatte, stand, wie das Gericht den Tathergang eingeschätzt hatte: Mord in Tateinheit mit Raub. Dem Wunsch des Staatsanwaltes, die Todesstrafe zu verhängen, folgte die Jury in einer nur halbstündigen Sitzung. Die zwölf Geschworenen hätten den Hinweis, dass Marc, der zehnjährige Sohn der Getöteten, zur Waise geworden war, kaum gebraucht.

Morgen wird der nun 20-jährige Sohn, wie andere aus der Familie, der Gerechtigkeit zusehen können. Übermorgen werde ich in der Zeitung lesen, dass der Bruder von Alice meinte, das sei viel zu friedlich gewesen, dieser Tod, für den Mörder seiner Schwester, sie habe viel mehr gelitten. Für mich wird in seiner Enttäuschung auch mitschwingen: Nein, der Tod des Mörders, der macht nichts wieder gut, die Illusion der Heilung zerplatzt in dem Augenblick, in dem das Gift in den Adern des Delinquenten zu wirken beginnt.

Der Mann, der jetzt noch vor mir hinter Glas sitzt, ist Mitte vierzig und in den Jahren der Haft um gut zwanzig Kilo schwerer geworden. Ich kenne ihn nur im weißen Häftlingsoverall. Sein Haar ist kurz geschoren, sein Lachen klingt in tiefem Bass. Vielleicht hat die mangelnde Bewegung, das spärliche Sonnenlicht, das schlechte Essen und das lange Hoffen auf eine Strafumwandlung über die Jahre Gelenke, Verdauung oder Gehirnleistung angegriffen. Dennoch sitzt vor mir ein Mann, an dem nichts auf einen frühen Tod hindeutet. Wenn der Körper sein Leben leben dürfte. Das Wissen um die bald stattfindende gewaltsame Auslöschung dieses Lebens gelangt nicht von meinem Kopf in den Rest meines Körpers. Ich verspüre keine Enge um mein Herz, keinen Drang zu weinen, nur Leere. Die Situation ist surreal.

Und doch wird alles seinen Gang nehmen. Wie es immer seinen Lauf nimmt, wenn mittwochs um 18 Uhr eine Hinrichtung angesetzt ist. Geregelt und nach Vorschrift, jeder Handgriff im Vorhinein festgelegt, die Rollen der Beteiligten klar verteilt. So routiniert, dass man schon vor langer Zeit den Zeitpunkt der Vollstreckung von Mitternacht auf den frühen Abend legte. Das ist angenehmer für die, die für die ordnungsgemäße Durchführung des Verwaltungsaktes sorgen, weil sie im Dienstplan stehen.

Beim Warten darauf, in den Zeugenraum geführt zu werden, werde ich Officern zuhören, die sich über die Urlaubsplanung austauschen und darüber, dass ihre Kinder am Wochenende Football oder Basketball spielen wollen. Und dass der neue Schichtplan nicht mit der Geburtstagsfeier der Schwiegermutter zusammenpasst. Für sie ist das Warten Arbeitsalltag. Wie ihre Aufgaben im Verwaltungsakt Hinrichtung. Begleiten und Zurichten des Delinquenten. Servieren der berühmten letzten Mahlzeit: Nach Wunsch, soweit die Gefängnisküche das Gewünschte hergibt. Keine Zigaretten, kein Alkohol. Beruhigungspillen, die dagegen werden dem Gefangenen auf Wunsch gereicht, ihm gar geraten, diese zu schlucken. Es hat sich gezeigt, dass die meisten ruhig in den Tod gehen, sich nicht wehren, sondern disziplinieren, ob mit oder ohne Medikament zur Beruhigung. Bei ihnen fließen keine Tränen, ihre Stimme ist fest bei den letzten Worten zu ihren Liebsten. Vielleicht sprechen sie eine Bitte um Entschuldigung in Richtung der Zeugenkabine der Opferangehörigen, schließlich noch ein Gebet. Aufbegehren ist die Ausnahme. Zeigt sich darin der Wunsch nach Würde in den letzten Minuten, vor den Augen der Liebsten?

Wenn ich Ernest durch die Glasscheibe werde sehen können, wird er bereits auf der Liege festgeschnallt sein, ein Mikrofon über ihm, damit wir Zuschauer seinen letzten Worten lauschen können.

Mit Blick auf die Kanüle wird mir ein »steril präpariert« einfallen. Der Zeugenraum ist eng, ich werde das Schnaufen eines Journalisten hinter mir hören und falls ich mich umdrehe, werde ich sehen, wie er das Beobachtete mit einem Stift zu Papier bringt. Es sei nicht schlimm, hat mir eine Journalistin einmal gesagt, bei einer Hinrichtung zuzusehen, das sei sehr klinisch, viel schlimmer sei es, als Reporterin zu einer Unfallstelle zu kommen, zerquetschte Fahrzeuge und zerquetschte Menschen und überall Blut.

Ich werde Ernest anschauen, auf der Liege hinter Glas. Vorbereitet, durch Gift zu sterben. Sechzehn Menschen werden Ernest beim Sterben zusehen. Jeder von uns wird etwas anderes wahrnehmen. Ich werde einen Mann sehen, der sich in meine Richtung bedankt, seine Liebe zu seiner Tochter bekundet und mich bittet, auf sie aufzupassen. Der Seelsorger, wird er eine Seele sehen, die es zu retten gilt? Der Gefängnisdirektor, wird er einen Menschen sehen, dem man Gewalt antut oder an dem man Gerechtigkeit übt oder einfach jemanden, der zwischen ihm und dem Feierabend mit seiner Frau und den Kindern steht? Die Officer?

Ich werde einen Mann sehen, der nach seinen letzten Worten die Augen schließen und in den dann folgenden Minuten, die wie die sprichwörtlichen Stunden sein werden, keine Regung mehr von sich geben wird. Ich werde einen Mann sehen, der in seinen letzten Augenblicken so beherrscht ist, wie er es in den letzten Augenblicken von Alice nicht war.

Wenn die Türen des Zeugenraums sich nach dem Betrachten dieses Sterbens für mich geöffnet haben werden, werde ich zu einer 18-Jährigen gehen, die bang vor dem Gefängnis wartet, an der Hand ihres Onkels. Ich werde ihr berichten, dass ihr Vater tot ist. Sie wird zusammenbrechen und ich werde versuchen sie zu halten. Stunden später werden wir den Körper ihres Vaters im Bestattungsinstitut berühren dürfen. Ich das erste Mal. Er wird sich kalt anfühlen.

Unwillkürlich schaudere ich unter dem kalten Hauch der Klimaanlage. Hinter der Scheibe spricht Ernest ins Telefon. Er fragt mich nach meiner neuen Flamme. Ich erzähle, dass sie Guerillastrickerin ist, also nachts Bäume mit selbstgestrickten Stammwärmern dekoriert. Er schaut erst ungläubig, dann steigt das mir so wohl bekannte tiefe Lachen aus seinem Bauch und über seine Lippen, entlädt sich laut und ungehemmt. Sein Bauch wogt und er klatscht in die Hände. »What is she doing?« Ich kann nicht anders, ich muss mitlachen.

Blutig

Dagmar Petrick

Meine Haut brennt, und nachts kribbelt es in mir, dass ich nicht schlafen kann.

Es beginnt an den Handflächen, sie färben sich rot.

»Schmier dir die Hände ein!«, rät Waldemar.

Und ich schmiere sie mir ein.

Trotzdem werden meine Hände rauer.

An den Kuppen platzt die Haut. Zwischen den Fingern blättert sie in tiefen, zackigen Furchen, und über den Knöcheln leuchten, rostfarben, münzgroße Blasen.

Anfangs klebe ich Pflaster über die Stellen. Aber bald werden es zu viele, und ich lasse es bleiben.

Kommt Waldemar nach Hause, verstecke ich meine Hände hinter dem Rücken und drücke ihm rasch einen Kuss auf die Wange, flüchtig, wie gehaucht, damit er nichts merkt, und er merkt auch nichts, es fällt ihm nicht einmal auf, dass wir einander kaum berühren.

Verlässt er das Haus am anderen Morgen und fährt ins Büro und auch die Kinder sind fort und lernen in der Schule, gehe ich ins Schlafzimmer. Ich schließe die Tür hinter mir und drehe den Schlüssel zweimal um. Ich stelle mich vor den Spiegel und entkleide mich langsam. Ich schaue genau hin: Wo mein Körper Ecken und Kanten aufweist, an Ellenbogen, Knien und Fersen, löst sich die Haut von den Knochen. Aus nunmehr faustgroßen Wunden sickert, beinahe durchsichtig, blassgelbliches Wundsekret.

Beim Gehen versuche ich jetzt, meine Gelenke nicht mehr als unbedingt nötig zu beugen. Ich stakse breitbeinig durchs Haus; wer mich sieht, könnte mich glatt für eine Marionette halten. Darüber muss ich lachen. Die Vorstellung, ich bewegte mich wie eine Puppe einzig, weil ein anderer an meinen Fäden zupft, erscheint mir höchst zutreffend, als wäre damit etwas Wesentliches, das ich selbst bislang nicht zu benennen vermochte, über mich ausgesagt. Obwohl ich gewiss keine Barbiepuppe bin! Meine Brüste sind klein und baumeln, nachdem ich drei Kinder gestillt habe, der Schwerkraft entgegen. Der steife Gang, der mich schmunzeln lässt, hat jedoch noch einen Vorzug, der den ersten bei Weitem übersteigt: Bewege ich mich derart ungelenk, als bestünden Arme und Beine aus Holz und jegliches Scharnier wäre darin vergessen worden, muss ich lediglich zweimal am Tag meine Kleider wechseln, weil ich dann seltener gegen Hüfte und Oberschenkel schlage, was nur zu neuerlichen Blutungen führt. Das zweite Mal ziehe ich mich um, kurz bevor Waldemar nach Hause kommt. Das ist wichtig. Seit er mir riet, meine Hände einzuschmieren, betrachtet er meine Schwierigkeiten für erledigt, und ich will ihm seinen Glauben lassen. Mein Erfinderreichtum freut mich; meine geradezu spitzbübische Schläue, mit der es mir gelingt, meinen Zustand vor ihm zu vertuschen, stimmt mich fast ein wenig stolz. Andererseits ist das auch nicht sonderlich schwer. Waldemar ist immer sehr beschäftigt und hängt mit seinen Gedanken noch bei der Arbeit, wenn er nach Hause kommt. Oft geschieht es, dass ich ihn etwas frage, zum Beispiel beim Abendessen: »Reichst du mir die Butter, bitte?«, und es dauert, ehe er aufsieht. Doch selbst dann stiert er mit glasigen Augen durch mich hindurch, als bestünde ich aus Luft oder er befände sich an einem gänzlich anderen Ort.

Dabei färbt sich das Laken mittlerweile rot, wenn wir miteinander schlafen, was bei Waldemars langen Arbeitstagen zum Glück nicht allzu häufig vorkommt, und es ist auch schnell vorbei. Kaum hat er sich in mir ergossen, kippt er zur Seite und schläft ein, und wenn er überhaupt noch etwas denkt, denkt er sicherlich, dass die Feuchte, die mir die Beine herunterrinnt, den Grad meiner Erregung widerspiegelt, was ihn angesichts seiner noch in seinen späten Fünfzigern anhaltenden Potenz vermutlich mit Genugtuung erfüllt. Aber auch weil ich immer vor ihm aufstehe, etliche Minuten ehe sein Wecker klingelt, und das Laken auf meiner Seite des Doppelbetts abziehe und in die Waschmaschine stopfe, wo es schon schaumige Kreise zieht, während ich mir unter der Dusche das Blut von den Schenkeln wasche, bleibt ihm mein Zustand verborgen, wie ihm manches verborgen bleibt, weil er es als reine Frauensache ansieht, Schwangerschaften, Geburten und die Nachwehen, die noch schmerzvoller sind, weil sie sich nicht veratmen lassen, und wie die Milch hernach aus prallgefüllten, bis zum Platzen gespannten Brüsten tropft, weil das Kind nicht trinken will oder einschläft beim Stillen, ganz zu schweigen von der Menstruation. Von der Menstruation will Waldemar erst recht nichts hören, er hält sie für unsinnig, im Grunde wider die Natur, jede Monatsblutung bedeute ein Kind, das nicht geboren wurde, sagt er, und im Sinne einer stetig voranschreitenden Evolution, deren höchstes Ziel die Weitergabe des eigenen Erbguts ist, darf das nicht sein. Aber ich glaube, es liegt daran, dass ihn alle Dinge, die mit Blut zu tun haben, anekeln. Bis auf den Braten, den er sonntags zubereitet. Er zerlegt ihn vor unseren Augen, und er muss immer rosig sein.

Die Waschmaschine läuft regelmäßig in diesen Tagen, genau genommen pausenlos, und Waldemar lobt mich sogar, er findet es vortrefflich, dass ich so reinlich bin. »Früher warst du nachlässiger und hast die Betten nicht so oft gemacht«, sagt er, »und schau nur, was aus dir geworden ist, wie du dich entwickelt hast!«

Und ich schaue, er hat recht, es stimmt: Ich blute am ganzen Körper, und genügten gestern zwei Paar Socken, trage ich heute drei, damit ich keine blutigen Tapsen im Haus verteile, und das zeigt, dass zumindest mein Denken noch funktioniert: Es erspart mir die elende Wischerei, die ich an der ganzen Hausarbeit stets am wenigsten leiden konnte. Zudem liegt jenes Früher, über das Waldemar schwadroniert, derart lange zurück, dass ich mich kaum daran erinnere, nur das Eine weiß ich noch genau: Einmal, ich war sehr unglücklich und weinte viel, denn Waldemar hatte sich in seine Kollegin verliebt und ich dachte, jetzt hast du drei kleine Kinder und kein Auskommen, sagte meine Freundin: »Du lässt die Dinge zu dicht an dich heran, ich wünsche dir ein dickes Fell!« Und wie um ihren Wunsch zu untermauern, schenkte sie mir einen Fetzen Stoff: »Damit du es nicht vergisst.«

Sie hat es sicher gut gemeint, wie sie es alle gut meinen, wenn sie ihre Ratschläge austeilen wie Hiebe. Und ich habe es nicht vergessen; sogar den Stoff besitze ich noch. Doch jetzt trifft mich ihr Wunsch wie ein Fluch: Ich bin nicht länger dünnhäutig, ich bin hautlos. Ohne jede Grenze verschwimme ich mit allem, was mir zustößt; wann immer ich etwas berühre, blute ich.

Bald muss ich es nicht einmal mehr anfassen dazu. Selbst wenn ich regungslos am Fenster stehe und auf die alte Linde im Garten starre, die ihr sommerliches Kleid abstreift, weil der Winter naht, blute ich, als zögen die Dinge ihre Blicke durch meine Haut, messerscharf: die Kaffeemaschine, die dringend entkalkt werden muss, Waldemars knittrige Hemden auf dem Bügelbrett, der Staub, der sich über Bücher und Möbel legt, und die Kochtöpfe, die, sind sie dreckig, darauf warten, dass ich sie spüle, die sauberen, dass ich sie mit Essen fülle.

Schließlich sehe ich es ein: Hier heilt nichts mehr. Ich löse mich auf.

Als Waldemar zur Arbeit fährt und auch die Kinder fort sind, gehe ich ins Badezimmer. Ich lasse Wasser in die Wanne, bis es beinahe überschwappt, aber heiß muss es sein. Aus der Küchenschublade ziehe ich das Messer, mit dem Waldemar sonntags den Braten zerteilt. Waldemar besteht darauf, dass er ihn zubereitet, denn der Braten muss innen rosig sein, als wäre das Tier eben erst geschlachtet worden, und ich neige dazu, die Dinge zu lange liegen zu lassen. Ich lasse sie schleifen oder sie gleiten mir gänzlich aus den Händen, was in den letzten Tagen häufig geschah, weil meine Hände glitschig geworden sind mit all dem Blut, dann zerkocht das Fleisch und wird zäh, und das kann Waldemar nicht ausstehen.

Waldemar zelebriert es, den Braten vor unseren Augen zu zerlegen, wir dürfen unsere Blicke nicht abwenden. Wir sollen sehen, wie gekonnt er die Gabel einsticht auf der einen Seite, das Messer präzise daneben platziert, wie akkurat er Scheiben abtrennt und einem jeden gemäß seinem Alter zuteilt. Wir sollen begreifen, wie man es macht, wie es geht, wir sollen staunen, wie geschmeidig er das Messer durch die Kruste zieht, als kostete es keinerlei Anstrengung; seine Schnitte könnten kaum glatter sein. Er legt uns die Happen auf die weißen blanken Teller, die die Kinder gedeckt haben, und weil er das Fleisch medium-rare brät, bildet sich sofort eine Pfütze um jedes einzelne Stück, das nun neben dem Brokkoli, den ich zubereitet habe, und den Kartoffeln, die ich ebenfalls kochte, aufragt wie eine Insel im roten Meer.

Nie kann ich es essen, es bleibt mir im Hals stecken, ich würge schon. Aber wieder kommt mir zugute, dass Waldemar zumeist abwesend ist mit seinen Gedanken, selbst beim Essen, vor allem beim Essen, weil er große Stücke darauf hält, dass man jeden Bissen ausgiebig kaut, viele Male, was einer Unterhaltung wenig zuträglich ist. Er stiert vor sich hin und kaut und kaut, und so entgeht ihm, wie ich winzige Bissen von meinem Stück schneide und unter den Tisch gleiten lassen, wo schon der Hund wartet. Seine Schnauze ist warm und feucht und er nimmt mir das Fleisch so zärtlich aus der Hand, als küsste er mich.

Das Wasser ist noch heiß, als ich wieder ins Badezimmer komme. Das ist gut. Ich ziehe meine Kleider aus, meinen Rock, die Bluse, meinen Schlüpfer, die Strümpfe. Ich falte sie ordentlich und schichte sie zu einem schmalen Turm auf den kalten Fliesen vor der Wanne.

Es brennt, als ich einsteige. Aber der Schmerz verebbt schnell, weil er überall pulst.

Man muss den Schnitt tief machen, nicht quer zu den Adern, sondern längs. Und man muss schnell sein, sonst setzt das Zögern ein, und zögern will ich nicht, das habe ich lange genug getan.

Waldemar hat bestens vorgesorgt; er hält das Messer stets geschliffen und scharf. Das Messer gleitet durch meine Haut, als wäre meine Haut der Braten, den er vor unseren Augen zerteilt, und nun strömt das Blut, ungehindert und frei, wie es das schon lange wollte. Die Dinge. Die Sprachen. Die Seelen. Mit dem Blut zerrinnen auch die Wörter, die mich bislang noch festhielten, und auf einmal erinnere ich mich:

»Sie sind wie ein Igel«, hatte der Pfarrer zu mir gesagt, und als er merkte, dass ich nicht verstand, ob seine Worte als Kompliment oder Vorwurf gedacht waren, hinterhergeschoben: »Ich wollte immer schon mal einen Igel streicheln.«

Das machte es nicht besser.

Ich hatte den kleinen rundlichen Mann, der so nahtlos hinter seinem Schreibtisch klemmte, dass ich befürchtete, er würde ohne mein Zutun nicht wieder herauskommen, aufgesucht, weil der Redaktor ihn mir empfohlen hatte. »Dann kannst du dich mal aussprechen!«

Der kleine runde Mann war der Pastor einer zahlenmäßig überschaubaren Gemeinde in einer mittelgroßen Stadt, deren Name mir entfallen ist, aber sie tut auch nichts zur Sache. Schwerwiegender war, dass ich ihn ungeachtet aller Eigenschaften, die er als Mensch sonst aufweisen mochte, umgehend als Respektsperson ansah. Ihm würde ich mich hemmungslos anvertrauen dürfen, da ihn sein Amt zum Stillschweigen verpflichtete. »Und Stillschwiegen ist das, was wir jetzt brauchen«, hatte der Redaktor gesagt.

Ich war neunzehn, das Abitur trug ich frisch in der Tasche. Die Zukunft lag vor mir wie weites Land, das keiner je zuvor betreten hatte, herrlich aufregend und voller Möglichkeiten, nur wusste ich noch nicht, wie ich sie nutzen sollte. In jenem ersten Sommer, der jenem letzten Schultag folgte, sprang Tatjana im Freibad vom Beckenrand und brach sich den Halswirbel. Sie blieb im Rollstuhl sitzen, darauf angewiesen, dass man sie fütterte, ihr Zähne und Po putzte, derweil wir anderen uns in alle Himmelsrichtungen zerstreuten. Thomas ging zum Kartographiestudium nach Rostock, Ludger pilgerte nach Indien und Elisabeth packte ihr Cello ein fürs Konservatorium in Hannover. Ich selbst grübelte lange. Wozu taugte ich schon? Schließlich entsann ich mich, dass ich schon immer gerne geschrieben hatte, eher Belangloses zwar, Tagebuchkritzeleien oder Aufsätze für den Deutschunterricht, für die ich freilich meist eine gute Note erhalten hatte, eine Ermutigung immerhin. Ich beschloss, es mit Journalismus zu versuchen, und da selbst meine Mutter, die sonst an allem etwas auszusetzen fand, mein Vorhaben für durchaus brauchbar hielt, allerdings nur, bis ich heiraten und Kinder kriegen würde, bewarb ich mich, ehe das Studium im Herbst begann, auf ein Praktikum in der Schweiz bei einer kleinen Zeitung, die freilich so klein und unbedeutend war, dass nicht einmal die Einheimischen sie kannten, als ich mit meinem Koffer auf dem Bahnhof der mittelgroßen Stadt am Rand des großen Sees ankam und nach dem Weg fragte.

Mein Gastgeber, bei dem ich mich beworben und der mich angenommen hatte, nannte sich »Redaktor«, was mir einerseits verwunderlich, beinahe märchenhaft, andererseits äußerst gewichtig vorkam wie etwas, von dem ich bislang nicht gewusst hatte, dass es überhaupt existierte, und das mir darum schlagartig erstrebenswert erschien wie ein mögliches Ziel für mein bis dahin zielloses Leben.

Und dabei war es nur das schweizerdeutsche Wort für Redakteur.

Der Redaktor bot an, dass ich bei ihm wohnen könne, seine Frau sei auf unbestimmte Zeit verreist, ein Zimmer stünde leer und sei damit ungenutzt, was angesichts der horrenden Mietpreise in dieser Lage rund um den großen See und nah der pulsierenden, brodelnden Stadt einer Narretei sondergleichen gleichkäme, einem ökonomischen Unfug, wie er sich gewaschen habe. Von mir würde er jedoch keine Miete verlangen, wie er sie verlangen könne, er wisse schließlich selbst, wie es um die Entlohnung einer Praktikantin bestellt sei, dass sie nämlich gen null tendiere, genau genommen gar nicht existiere. Und siehe da, alles traf zu, wie er gesagt hatte, seine Frau war fort, das Zimmer stand leer, hatte ein Bett und einen Schrank, und da es überdies hieß, er besuche sonntags eine Kirche, in der die Leute nicht miteinander schlafen durften, solange sie nicht miteinander verheiratet waren, sagte ich: »Was für ein großzügiges Angebot, ich weiß gar nicht, was ich sagen soll, ich danke Ihnen sehr!«

Und er antwortete umgehend: »Sag du!«

Doch auch ohne die Absicherung durch eine wie auch immer beschaffene Religion mit einem starren Regelwerk, das gleich einem Gesetz außerhalb unserer selbst ein Fangnetz für mein eingeschüchtertes Gemüt bot, wäre mir niemals der Gedanke gekommen, er könne etwas von mir wollen, geschweige denn mit mir schlafen, da ich schon als Kind, unweigerlich aber während der Adoleszenz zu der unumstößlichen Auffassung gelangt war, unabänderlich hässlich und damit alles andere als begehrenswert zu sein.

Vielleicht lag es an der Nase, die mir wie ein Fremdkörper aus dem Gesicht ragte. Oder am Mund, der stets ein wenig schief verrutschte, sobald ich ein Lächeln wagte? Vielleicht war es aber auch dem leicht rötlichen Ton meiner Haut geschuldet, die Flecken in meinem Backfisch-Gesicht, in dem mein Vater jede Unreinheit mit der Frage begrüßte: »Wieso hast du da einen Pickel?«

Mein Vater, der im Austeilen seiner Zuwendung ohnehin schon sparsam war, nannte mich konsequenterweise auch niemals schön, was mich wenig wunderte, weil ich mich ja selbst für hässlich hielt, spätestens aber nachdem er über die Mutter einer Freundin geurteilt hatte, sie sei derart hässlich, dass er sie nicht einmal vergewaltigen wolle, wähnte ich mich in eine Art zuckerwattige Sicherheit gehüllt: Niemals nie nicht würde mich ein Mann anfassen, wie ich überdies schon würde froh sein können, wenn mich überhaupt je einer würde haben wollen, und genauso sagte es auch meine Mutter, sie sagte: »Dann studier' halt, aber nur, bis dich einer nimmt.«

Deshalb also zog ich bei ihm ein.

Andererseits begann das Ganze wirklich harmlos.

Abends verließen wir gemeinsam die Redaktion. In dem kleinen Laden an der Ecke kaufte er Nudeln, Zucchini, Tomaten, eine Packung Pralinen für den Nachtisch und zwei Flaschen Wein, die er, kaum waren wir in seiner Wohnung angekommen, entkorkte und fast alleine trank. Er setzte Wasser auf, wir putzten das Gemüse, schnitten es klein. Und während wir warteten, dass die Nudeln gar und das Gemüse bissfest wurden, lehnte ich am Fenster und sah hinunter in den Hof. Im Hof stand eine einsame Linde, die mir so schrumpelig und verdorrt vorkam, als überlegte sie, das Wachsen einzustellen und wunderte sich selbst darüber, dass sie noch hier stand und wuchs, und doch stand sie unverkennbar dort und wuchs, leise und unbeirrt, in einem dunklen Hinterhof, wo sie kaum je ein Lichtstrahl streifte.

Beim Essen, zu dem der Redaktor Kerzen anzündete, unterhielten wir uns, das heißt, im Wesentlichen redete er. Er erzählte von seiner Arbeit, den umwerfenden Artikeln, die er schon geschrieben habe, den bahnbrechenden, die er sich noch ausdenken würde, und ich lauschte ihm, beinahe andächtig, ergriffen von seiner Sprachgewalt und der Aufmerksamkeit, die er mir, einer unscheinbaren Praktikantin, zuteilwerden ließ. Manchmal streifte er meinen Arm, flüchtig, als wäre es Zufall, wenn er nach der Flasche griff, um sich nachzuschenken, weil er die Flasche neben meinem Teller dicht bei meiner Hand abgestellt hatte. Ich maß dem keinerlei Bedeutung bei, deutete es allenfalls als Leidenschaft für seinen Beruf, der er mit erregten Worten und ausladenden Gesten Nachdruck verlieh, und wenn überhaupt, rührte es mich vielmehr, dass er mich an seiner Begeisterung für sein Metier teilhaben ließ.

Bald fasste er nach meiner Hand und hielt sie fest, während er weiterredete. Wenig später rutschte sein Griff in meine Bluse, und als seine Finger am Reißverschluss meiner Jeans friemelten, war es längst zu spät. Er zog mir die Hose aus und ich ließ es zu, dass er in mich drang, tief, tiefer und hart, und dabei beteuerte, wie schön ich doch sei, so warm, so weich, und sogar »Ich liebe dich!« hauchte und beim zweiten und dritten und vierten Mal, weil diesem ersten Mal noch viele Male folgten: »Wie schön, dass wir uns lieben!« Später sagte er dann: »Du willst es doch auch!«, das war, als er mich zum Pastor schickte, weil er fand, es bekäme mir gut, wenn ich mich einmal austauschen könne mit jemandem, der das ihm Anvertraute auch für sich behielt. So solle es auch bleiben, sagte er, und so ist es auch geblieben. Ich habe niemandem davon erzählt, weder meinen Eltern, als ich wieder zurückkehrte und kurz darauf mein Studium begann, weit entfernt in einer anderen Stadt, noch meiner Freundin, die mir den Fetzen Stoff schenkte, weil ich die Dinge zu dicht an mich heranlasse, und erst recht nicht Waldemar, den ich viele Jahre später heiratete. Waldemar war der erste Mann, mit dem ich nach jenem Sommer, der schon so lange zurückliegt, dass ich ihn vergessen hatte, geschlafen habe. Waldemar ahnt nichts und würde auch nichts davon wissen wollen, selbst wenn ich es ihm jetzt erzählte, denn auch damals floss Blut, weil ich noch jungfräulich war, und Waldemar verabscheut alles, was blutig ist, bis auf den Braten, der immer rosig sein muss.

Das Wasser, in dem ich liege, hat sich verändert. Es hat sich verfärbt. Erst war es rosa, jetzt ist es rot. Und mit dem tiefen dunklen Rot kommt die Angst, weil mit dem Blut auch der Sauerstoff aus meinem Körper weicht und ich schlecht Luft bekomme. Alles wird schwer, meine Lider hängen über den Augenhöhlen wie Gardinen aus Blei. Trotzdem zwinge ich mich, meine Augen offen zu halten und genau hinzusehen, wie uns Waldemar gezwungen hat, genau hinzusehen. Noch immer fließt Blut aus meinen Adern, wenngleich deutlich langsamer, aber noch immer mit einer Zielstrebigkeit, die mich verblüfft, als wüsste es genau, wohin es will, während ich nie wusste, wohin ich wollte, und diese Hartnäckigkeit, die sich nicht beirren lässt, wirkt auf mich so friedvoll, so besänftigend, dass ich mit einem Mal ganz ruhig werde, wo es mich doch immerzu gekribbelt hat am ganzen Körper, dass ich nie schlafen konnte. Nun aber schließe ich meine Augen. Nun schlafe ich endlich ein.

Unterm Eis

Cleo Nox

I

Damals gab es das alles noch nicht. MeToo, Hashtags und das alles. Trotzdem wusste ich sofort, dass etwas nicht stimmte, als meine Schwester an diesem Abend nach Hause kam.

Sie warf ihre Schlittschuhe in die Ecke, wischte sich die Tränen von den Wangen. Mit den nackten Händen, denn ihre Handschuhe, solche, bei denen die Fingerspitzen 'rausguckten, damit man den Nagellack sah, auch im Winter, auch auf dem Eis, die Handschuhe, die sie so sehr liebte, dass Mama sie manchmal noch kurz vorm Essen daran erinnern musste, sie auszuziehen, waren verschwunden.

Na ja, jedenfalls hatte sie sie nicht an. Und sie trug sie weder in der Hand, noch lugten sie aus den Taschen ihrer auffallend verdreckten Jeansweste. Woanders stopfte sie die knallgelben Dinger niemals hin, also wo sollten sie sonst sein, wenn nicht verloren gegangen?

Aber wie?

Sie zitterte. Fragte mich:

»Ha-hast du vielleicht mal 'n Tempo?«

Ich gab ihr eins.

»Un-«, das Atmen fiel ihr schwer. Auch ihre Lider waren schwer, sie konnte mich nicht mal anschauen.

»Un-«, sie versuchte es noch einmal. Noch leiser.

»Und 'ne Kippe?«

Ich legte einen Finger auf meine Lippen und deutete auf ihre Plateaustiefel, damit sie die erst auszog, bevor sie mir in mein Zimmer folgte. Und vor allem, damit sie die Klappe hielt.

Die Tür zum Wohnzimmer, hinter der wie üblich der Fernseher lief, stand einen Spalt offen. Wie auf ein Stichwort fing meine Mutter an zu husten. Eine männliche Tonlage stimmte in ihr Gehuste ein. Zigarettenrauch kribbelte in meiner Nase.

*

Wir haben nie viel miteinander gesprochen, meine Schwester Lydia und ich. Dabei waren wir gerade mal zwei Jahre auseinander, eigentlich hätten wir Freundinnen sein können. Doch nur vom Alter her, charakterlich waren wir wie Feuer und Wasser. Oder wie Feuer und Felsen, denn wo sie glühte, brannte, lauthals jeden Lieblingssong im Radio mitjaulte, egal, ob sie den richtigen Ton traf oder nicht, blieb ich die kühle Beobachterin der familiären Szenen, die sich entweder um sie allein drehten, um ihr zu knalliges Make-up, ihre zu kurzen T-Shirts oder zu langen Wimpern, oder sich zwischen ihr und meiner Mutter abspielten. Die ewig gleichen Dialoge in unserer ganz privaten Soap.

Meistens endeten diese Aufführungen damit, dass eine von beiden (meine Schwester) nach einer letzten, triumphierenden Beleidigung ihre Tür zuknallte und die andere (meine Mutter) mit bebendem Kinn, über dessen Grübchen dekorativ eine einzelne Träne schwebte, auf das Sofa sank, schwach auf das durchgesessene Polster neben sich klopfte, und mich, nachdem ich dort Platz genommen hatte, fragte:

»Bin ich wirklich so schlimm?«

»Ach, Mama ...«, ich hoffte jedes Mal, das würde genügen. Ich hoffte, meine frierende Hand zu drücken, würde sie beruhigen. Oder zumindest ihr schluchzendes Gesicht an meiner Schulter auszuwringen, bis der nächste sauber gebügelte Blusenkragen völlig mascaraverschmiert und durchgeweicht war, wäre Liebesbeweis genug. Manchmal spürte ich noch Stunden später mein Schlüsselbein kaum. Als ob es unter dem Gewicht ihres Kummers sein eigenes verloren, geopfert hätte. Es war trotzdem nie genug:

»Saschenka, schau doch mal nach deiner Schwester«, waren die ersten Worte, die meine Mutter wieder mit klarer Stimme zu mir sagen konnte, wenn sie ein paar Zigaretten später in meinem Zimmer auftauchte. Gefolgt von:

»Und zieh dir mal was anderes an, du siehst ja ganz verhuscht aus.«

Meine Schwester würde mich sowieso aus ihrem Zimmer werfen. Mit irgendeinem Vorwurf:

»Katzbuckelnd!«, »Schleimerin!!«, »Erste Hofzofe, letzte Doof-Zofe!!!«

Das war ich. Und ich wusste es. Aber ich wollte es nicht hören. Nicht aus ihrem frisch und makellos geschminktem Gesicht. Nicht schon wieder. Nicht wieder und wieder.

Neben ihrem hitzigen Temperament erfror ich wie in einer Eissäule.

Meine Mutter stand in der anderen Ecke des Flurs, kniff die Augen zusammen, nicht recht einverstanden mit der Wahl meines Ersatz-Oberteils. Zu bunt, zu dunkel, zu unpassend, eben das Nächstbeste, das ich aus dem Schrank gegriffen hatte. Egal – darauf kam es jetzt nicht an.

Die wenigen Schritte, quer über den Flur, am Badezimmer vorbei, *ging* ich nicht, ich wurde von den Blicken meiner Mutter im Rücken geschoben. Meine Füße krochen in rosa-grauen Pantoffeln, die mit dem traurigen Filz-Pinguin an der Seite, Zentimeter für Zentimeter über den abgetretenen Teppichboden. Meine Hüften stemmten sich innerlich gegen die Bewegung, doch die Blicke meiner Mutter bohrten sich ungeduldig zwischen meine Schultern:

Los doch. Worauf wartest du?!

Aus der anderen Richtung zielte Lydia mit Giftpfeilen nach mir:

Schleimerin! Hirnersatz-Dohle!!!

Als ob ausgerechnet meine Schwester eine Dohle von einem Spatzen unterscheiden könnte.

*

Dieser Abend war anders.

Sie hatte mich um etwas gebeten. Nicht gefordert, sie hatte danach *gefragt*!

Ich war alarmiert. Und was noch verwirrender war: *Eine Zigarette.*

Rauchen war nämlich das einzige Laster, das ich ihr voraushatte.

II

Früher liebte ich Bücher. Nach dem Abi, oder war es nach den paar Semestern an der Uni?, habe ich selbst versucht, zu schreiben.

Zuerst nur, weil mir das Lernen fehlte. Obschon ich mich nie ausreichend konzentrieren konnte, um auch nur eine vernünftige Hausarbeit abzuliefern, interessierten mich doch die Dinge um mich herum. Vor allem die Natur. Bäume, Wasser, Meere. Die Eisberge, sogar das Wetter. Auch andere Kulturen. Eine Zeitlang reiste ich viel. Wenn auch aus weniger kultivierten Beweggründen. Überall hatte ich mein kleines Notizbüchlein dabei. Bildete mir auch ein, gute Ideen zu haben. Nur konnte ich sie nicht umsetzen, keine einzige Geschichte zu Ende schreiben.

Es kam einfach immer etwas dazwischen. Zum Beispiel wollte ich über das schreiben, was Lydia, meiner Schwester, passiert ist. Als sie nach dem Eislauftraining *angefasst* wurde. So nannte man das damals. Von Dennis, dem älteren Bruder ihrer besten Freundin.

Aber kaum hatte ich den ersten Absatz geschrieben, rutschte mir der rote Faden der Geschichte weg. Statt mich auf sie als meine Hauptfigur zu konzentrieren, stiegen immer wieder Bilder meiner eigenen Erinnerungen in mir hoch. Tapetenmuster. Gerüche. Stoffe. Stimmen. Offene Fragen:

Wie hatte ich sie damals trösten können, wo ich doch selbst Nacht für Nacht meine Zimmertür verschlossen halten musste? Jedes Mal Angst hatte, wenn ich unter der Dusche stand, ob er wieder den Vorhang zurückriss, mich auslachte:

»Hab dich nicht so! Du siehst doch gut aus. Musst dich doch nicht verstecken«, sagte er dann. Egal wer »er« war. Die wechselnden Namen der wechselnden Freunde meiner Mutter hätte ich mir nicht merken müssen, die Sprüche waren immer die gleichen. Ihre Blicke zielten immer auf dasselbe. Es lief am Ende immer auf diese eine Sache hinaus und dieses Ende kam immer früher auf mich zu. Bedrohlicher. Ich gewöhnte mich nie daran. Wieso hatte meine Schwester Lydia das Recht, sich wegen dieser einen Sache so aufzuführen? Meinen Trost zu erwarten? Wer tröstete denn mich?

*

So ging es immer. Jedes Mal, wenn ich eine Geschichte schreiben, einer Figur folgen wollte, landete ich am Ende doch wieder bei mir.

Vielleicht hatte meine Mutter recht: Womöglich war ich selbstsüchtig. Unaufmerksam. Launisch. Achtete nicht auf mich. Machte nichts aus mir. Fand keine richtigen Freunde. Blieb nie bei einer Sache. Machte mir alle Chancen selbst kaputt. Hatte keine Ahnung, wie man sein Leben in den Griff bekommt.

*

Lydia vergaß die Sache schließlich. Tröstete sich mit einem neuen Freund und einem Urlaub auf den Malediven darüber hinweg. Ich erinnere mich nicht mehr, was zuerst dran war: der Freund oder die Malediven? Nach dem nächsten Sommer (oder war's der übernächste?) ging sie zum Studieren nach München. Meine Mutter war fix und fertig wegen ihres Abschieds:

»... so fertig! Fix und Fertig! Ach, meine Süße, du verstehst das. Lydia mag ich gar nicht damit belasten. Die muss sich jetzt erst mal auf ihr Studium konzentrieren«, sagte sie, während sie mir Abend für Abend etwas vorheulte. Hinter ihr, im Türrahmen, sah ich die Silhouette von M.

Oder von J. Von K-U. Von B. Von M-K. Von D. Oder N., T. oder G. Von diesen schmalbrüstigen, bierbäuchigen, behaarten, jungenhaften Körpern, die zusammengenommen das Monster bildeten, das uns beide, meine Mutter und mich, Stück für Stück auffraß.

Wie hatte meine Schwester dem entkommen können?

Das habe ich mich oft gefragt.

Vielleicht sollte ich *darüber* schreiben? Aber in nahezu jedem der Kurse, die ich damals besuchte, hieß es:

»Schreibt über das, was ihr kennt!«

Wo war ich stehen geblieben?

Schon wieder schweife ich ab. Macht es überhaupt einen Sinn, dass ich wieder und wieder zu schreiben beginne? Wer soll sich das durchlesen, wer will das denn wissen, wer könnte dieses Puzzleteilchenleben verstehen? Wo ich es nicht einmal selbst verstehe.

*

Ich hätte mir ihre Namen nicht merken müssen. Sie waren austauschbar. Wie ihre Hände, Blicke, Nasen, Münder, Ohren und ihre schütteren Haaransätze. Klebrig, schuppig, trocken, rau. Frisch geduscht oder schlecht rasiert. Billiges Aftershave, teures Parfüm, … wo ist der Unterschied?

Ich hätte mir ihre Namen nicht merken müssen, aber ich kann sie sogar heute noch in der Reihenfolge ihres Auf- und Abtauchens in und aus unserem Leben aufsagen. Sogar nachdem ich jahrelang andere Erfahrungen darüber geschichtet habe. Wie Erde in einen Krater, den ein verglühender Komet mitten in mein Leben gerissen hat. Und über diese Erdschichten fiel monatelang der Regen. Und in einem einzigen Anfall von Kälte ließ ich den See meiner Traurigkeiten zu Eis gefrieren.

Warum nur werde ich das Bild nicht los, dass auf der glatten, ebenen Eisfläche meine Schwester im weißglitzernden Siegerkleidchen lächelnd und lächelnd und lächelnd ihre Pirouetten dreht?

III

Nach der Party zu meinem siebenundzwanzigsten Geburtstag landete ich für zwei Wochen in der Psychiatrie. Ich hatte mich freiwillig einweisen lassen, aber natürlich wollte ich nicht dort sein. Dieser Widerspruch überforderte mich.

Es gab Gruppentherapie, aber ich sagte kein Wort. Nach ein, zwei Versuchen ließen sie mich schweigen. Es gab Frühstückszeiten, ich blieb einfach liegen. Döste mich wieder in den Schlaf. Wir wurden nachdrücklich zur Einhaltung der Nachtruhe verpflichtet, aber nachdem ich tagsüber fast nur schlief, wandelte ich nachts durch die leeren Gänge. Ich war zu einem Geist geworden. Die anderen sahen mich zwar, konnten mich aber nicht erreichen. Die Blicke des Pflegepersonals, die mir anfangs noch professionell-freundlich begegneten, wurden zunehmend ehrlicher. Menschlicher. Am Ende der ersten Woche hatten selbst die Hartnäckigsten ihre Versuche, mich zu ermutigen, eingestellt.

Pfleger wie Patienten begegneten mir distanziert. Es war tatsächlich wie bei einer Geistererscheinung: eine Frage des Glaubens, wer mich sah, mich wahrnehmen konnte – und wer nicht.

Ich hatte Glück. Meine Ärztin konnte mich sehen. Als ich meinen *Rausch ausgespukt* hatte, wie sie es nannte, das muss Mitte der zweiten Woche gewesen sein, setzte sie *pünktlich um neunnull-null!* einen Termin für ein Einzelgespräch fest.

Sie war eine gutaussehende, schlanke Frau Anfang fünfzig, mit dunkelbraunem Haar, das sich in weichen Wellen um ihren Nacken schmiegte. Warum ich mich noch genau daran erinnern kann, dass sie felsgraue Augen hatte, kann ich mir nicht erklären. Vielleicht, weil sie mich die ersten Minuten nach der Begrüßung nur anschaute, bevor sie anfing zu sprechen.

Sie begann mit den üblichen Fragebogenfragen. Name, Alter, Wohnort und Gewicht. Krankheiten? Allergien? Vorbelastungen in der Familie?

Ich antwortete ehrlich, jedoch nur kurz, mechanisch. Sie nickte, schien nichts anderes erwartet zu haben.

Dann erklärte sie mir:

»Sie haben eine hochbelastete Vorgeschichte. Aber egal, welche Probleme das macht oder an welche Grenzen Sie dadurch noch stoßen werden, das Wichtigste für Ihre Genesung ist, sich mit Ihren Beziehungen auseinanderzusetzen. Leben Sie in einer Partnerschaft?«

Das fragte sie nicht mich, sondern den Anamnesebogen, denn sie setzte eine Brille auf und blätterte ein paar Seiten zurück:

»Ach ja, Sie haben sich erst vor drei Monaten getrennt.«

Erst vor drei Monaten?! Für mich war die Sache mit P. längst Geschichte. Das war ja der Grund, warum ich es zu meinem Geburtstag etwas heftiger angegangen bin – ich wollte unbedingt jemand Neuen kennenlernen!

»… sich Zeit lassen, bevor Sie wieder jemand Neuen kennenlernen.«

»Mhm.«

Wieder der Blick. Wieder ihr Schweigen.

»Wissen Sie«, sie nahm die Brille ab, kaute an einem der Bügel, dann verschränkte sie die Arme und legte den Kopf leicht schräg, »Sie können das hier einfach aussitzen oder ernst nehmen. Aber irgendwann müssen Sie begreifen, dass es *Ihr* Leben ist. Dass Sie alles, was Sie tun oder eben nicht tun, in erster Linie und in letzter Instanz für sich selbst tun. Meine Aufgabe ist es lediglich, Ihnen bei dem zu helfen, was Sie für sich tun wollen – *falls* Sie es wollen.«

Ungeduldig rutschte ich auf dem Stuhl hin und her, quetschte dabei meine flachen Hände unter die Oberschenkel.

»Und, ähm, was, was heißt das jetzt?«

Wieder ließ sie sich Zeit mit der Antwort. Umrundete mich von der Stirn bis zu den Füßen, die in ungeputzten teuren Sneakern steckten, und wieder zurück, bis ihr Blick meinem begegnete. Würde sie mich jetzt aufgeben, nach dieser Inspektion?

»Es hat keinen Zweck, …« – ich wusste es! Wie konnte sie …

»… so zu tun, als ob es Sie nicht gäbe, nur weil anwesend zu sein, ein verletzter Mensch unter verletzbaren, manchmal verletzenden Menschen zu sein für Traumapatienten wie Sie nicht nur anstrengend, sondern regelrecht qualvoll sein kann. Sie *sind* hier. Ich kann Sie sehen – und alle anderen sehen Sie auch. Auch wenn Sie es Ihnen schwer machen, indem Sie sich betrinken, berauschen oder mit Ihrer eigenen Kälte andere vor den Kopf stoßen. Ich jedenfalls möchte Sie hier nicht mehr sehen.«

Also doch! Also *doch*!!! Mein Herz raste, die Stuhlfläche unter mir schien nachzugeben. Wo sollte ich hin?! Wenn ich nicht einmal hier, … wenn nicht einmal sie …

»… tweder, Sie machen so weiter, dann machen Sie sich kaputt. Oder Sie fangen an, sich ernst zu nehmen. Dann sind Sie zu klug, um noch mal hierherzukommen. Ich schreibe Ihnen jetzt zwei Adressen auf, für den Anfang. Sollte dort in nächster Zeit kein Therapieplatz für Sie frei sein, lassen Sie sich nicht abwimmeln, sondern sich eine andere Kollegin empfehlen. Bleiben Sie dran.«

Der Rest des Gespräches verschwimmt, bis auf den letzten Rat, mit dem ich, wie mit vielen gut gemeinten Ratschlägen aus jenen Jahren, nicht viel anfangen konnte:

»Beziehungen sind schwierig. Fangen Sie klein an. Grüßen Sie Ihre Nachbarn. Auch die unfreundlichen. Reden Sie mit Ihren Kollegen. Und zwar nicht nur über die Arbeit. Fragen Sie Ihre Freunde und Bekannten, wie es ihnen geht. Und zwar unabhängig davon, wie es *Ihnen* geht. Das fragen Sie bitte am Morgen und am Ende jedes Tages erst einmal nur sich selbst. Finden Sie heraus, was Ihnen guttut. Was Ihnen Freude bereitet – nicht, was Ihnen einfach nur Spaß macht. Und lassen Sie sich Zeit mit einer neuen Partnerschaft.«

An meinem letzten Klinikabend tat ich etwas, das ich schon sehr lange, schon ewig nicht mehr getan hatte: Ich zog mein altes Notizbuch aus der Tasche, schlug die erste noch unbeschriebene Seite auf und skizzierte in wütenden Worten dieses absolut unnötige Kapitel meines sowieso schon deprimierenden Lebens.

*

Am nächsten Morgen war es endlich vorbei. Das Klinikgelände zu verlassen, kam mir seltsam vor. Ich sollte, ich *wollte* erleichtert sein. Doch während meines Aufenthalts war der Sommer endgültig vergangen, Herbst lag in der Luft. Das bedrückte mich, wie jedes Jahr.

Vielleicht schien die Oktobersonne schon golden, wie man es diesem Monat gern nachsagt. Vielleicht war es sogar ein besonders schöner, noch angenehm warmer Tag. Mich fröstelte schon beim kleinsten Windhauch. Statt des leisen Blätterraschelns hörte ich nur die Laubsauger und sah die Tage schon viel kürzer, die Abende für mich noch länger und einsamer werden, als sie für andere waren.

Am nächsten Wochenende lernte ich auf der Party einer Freundin T. kennen. Zu Silvester K., Anfang des Sommers S. und als ich an meinem achtundzwanzigsten Geburtstag schon wieder Single war, beschloss ich, es doch noch einmal mit P. zu versuchen.

Nicht, dass ich ihn seit unserer Trennung vermisst hätte. Er war einfach der Erste, der mich anrief, um mir zu gratulieren.

IV

Beziehungen sind qualvoll. Selbst wenn sie gelingen.

Wie zerstört man eine Liebe, die einfach nicht aufhören will, obwohl sie falsch ist?

Mein Körper ist nutzlos geworden. Fett, schwammig, allem Geliebtwerdenkönnen entformt.

All die einsamen Nächte, in denen ich meiner Gier nach Berührung, nach Erfahrung schutzlos ausgeliefert war, Kartoffelchips wie Liebe, saftige Pizzastücke wie Ekstase in mich hineinschlang, den blutroten, giftigen Wein wie durststillendes Wasser trank, notfalls alles rauchte, was sich zerkrümeln und mit Tabak mischen ließ – wer könnte ich dir sein, nach alledem?

Du bist, du warst, von Anfang an, anders als alle P.'s, T.'s, K.'s und M.'s. Du hast ein Gesicht, eine Stimme. Einen Herzschlag, der meinem gleicht. Du trägst einen Namen.

Und ich? Meine Füße deformiert. Tragen mich nicht mehr. Meine Waden angespannt, müde von nächtlichen Krämpfen. Meine Oberschenkel rissig, mal mussten sie zu viel Gewicht tragen, mal sanken sie nutzlos in sich zusammen. Auf meinem Venushügel kräuselt sich rotbraunes Haar wie Weidenblätterlocken in einer Opferschale. Darüber wölbt sich in unschönen Dellen mein Bauch. Wo sollten deine Hände Halt finden, an meinen amorphen Grenzen?

Ich zeichne meine Umrandungen mit abgestumpften Fingerspitzen nach, die keine klaren Konturen mehr erspüren. Nur Wellen, die Versagen und Hinabgleiten versprechen, in unergründliche Tiefen. Darin versunken jeder noch so kühne Traum.

Wonach solltest du dich sehnen, wo doch alles an mir längst verloren ist?

Und doch war es nicht immer so.

Ich weiß noch, wie es angefangen hat, das mit uns.

Es war ein Tag wie jeder andere. Zumindest am Morgen, denn da wusste ich ja noch nichts von dir.

Wie üblich stand ich beim dritten Weckerklingeln auf, watschelte ins Bad. Zähneputzen, Waschen, Kämmen, Schminken. Brötchen in der einen, Schirm in der anderen Hand rannte ich los. Kurz bevor ich den Bus vielleicht noch knapp erwischt hätte, fiel mir der dusselige Schirm aus der Hand!

»Hoppla!«, hast du gesagt und deine Wangen sind knallrot angelaufen, weil ich darüber kichern musste, weil »Hoppla« schon ein ziemlich dämliches, altbackenes Wort ist und man es ja eigentlich heute nicht mehr sagt. Doch dann schoss auch mir die Röte ins Gesicht, weil dein Lächeln, als ich mich aufgerappelt hatte, direkt vor meinem war. Weil ich in diesem Lächeln die Antwort auf eine Frage fand, die ich mir schon gar nicht mehr stellte. Weil: altbackene Worte hin oder her – über jemanden wie dich zu kichern, hätte ich mir lieber verkniffen, dachte ich.

Wir lernten uns trotzdem kennen.

»Vielleicht gerade deshalb«, hast du später einmal gesagt. Aber ich habe es dir nicht geglaubt. Es ist besser, dachte ich, klüger womöglich, solche Sätze erst einmal nicht zu glauben.

Woher hätte ich denn wissen sollen, dass später dazu keine Zeit mehr bliebe?

Aber was hat das alles mit meiner Schwester zu tun?

Wie bin ich denn jetzt dahin geraten? Habe ich das wirklich … aufgeschrieben?

Wozu? Für wen?

*

Das Schwierige, das wirklich Schwierige an der Liebe ist, dass wir einander alles verzeihen.

Ich habe dir alles verziehen, obwohl ich dich längst nicht immer verstanden habe.

Dass es da schon eine andere Frau in deinem Leben gab, klar, das habe ich verstanden. War ja nicht so schwer, zumindest nicht schwer zu verstehen. Zumindest am Anfang.

Du hast mich zu verstehen versucht, dabei kanntest du nicht einmal die Gründe dafür, dass ich so bin, so war … na ja, wie ich eben bin. Hast es dir vielleicht denken können, dachte ich manchmal, und das hat mich dann noch mehr verunsichert.

Zu den P.'s und T.'s und W.'s konnte ich nicht mehr zurück. Nicht, nachdem ich deinen Namen kannte. Was also wäre die Alternative?

Wir ertragen die Qualen füreinander – endlos. Wozu?

Die Liebe ist ein zerstörerischer Ort.

…

Ich verlasse diesen Ort, den wir heimlich »wir« nannten. Wenn du wiederkommst, werde ich nicht mehr da sein, sondern schon dort.

Aber vorher möchte ich diese eine Geschichte noch beenden.

V

Dieser Abend war anders.

Sie hatte mich nach einer Zigarette gefragt. Nicht gefordert, sie hatte danach *gefragt.*

Ich war alarmiert: Sie hatte mich noch nie um etwas gebeten. Wenn sie es jetzt tat, musste es ihr wirklich schlecht gehen.

Trotzdem: Drehte sich denn nicht schon oft genug alles nur um sie? Und was war mit mir?

Aus dem Wohnzimmer, über den Flur zu uns herüber, drang dramatische Musik. Der Krimi näherte sich dem Ende. Lydia und ich sahen uns an, weil wir wussten, was jetzt gleich kommen würde. Die obligatorische »Gute-Nacht-Runde«. Ob wir beide brav in unseren Zimmern wären? Das Licht gedimmt, die Sachen für den nächsten Schultag bereitgelegt? (Meine Mutter)

Ob wir nicht noch was vergessen hätten? Nein? Wirklich nicht? Gespielt verlegenes Lächeln. Auch nicht, ihm ein Gute-Nacht-Küsschen zu geben? (Der jeweils aktuelle Freund meiner Mutter.)

Doch es passierte nichts dergleichen. Vielleicht waren die beiden einfach zu müde, zu betrunken. Oder hatten genug miteinander zu tun.

Später habe ich manchmal darüber gegrübelt. An jenem Abend haben weder meine Schwester noch ich lange über die Ursache dieses kleinen Glücks im Unglück nachgedacht, wir haben es einfach hingenommen. Nachdem die Badezimmertür viermal auf- und wieder zugegangen war, die Geräusche in den Wasserleitungen sich beruhigten, endlich auch das Husten hinter der geschlossenen Schlafzimmertür abgeklungen war, gingen wir beide unseren schweren Abendgang.

Lydia begann zu weinen, als ich ihr aufhelfen wollte, um mit ihr ins Badezimmer zu gehen. Sie weinte leise, doch ihr Gesicht schrie. Schrie so laut, dass ich es kaum ertragen konnte. Dabei schüttelte sie heftig ihren Kopf. Bis ein Wirbel knackte und dieser neue physische Schmerz ihre Aufmerksamkeit für einen Moment von allen anderen Empfindungen ablenkte. Sie wippte mit dem Kopf ein paarmal nach links und rechts, wohl um nachzuspüren, ob sie sich ernsthaft verletzt hatte. Als das nicht der Fall war, wollte sie schon wieder ihre sich aus dem Zopf lösenden blonden Haare schütteln, doch ich kam ihr zuvor. Ich hielt sie fest umschlungen, stützte mit meiner Hand ihren Hinterkopf und flüsterte ihr lauter Sachen ins Ohr, die sie beruhigen sollten.

»Schsch! Ist ja gut. Ist ja schon gut. Ich bin da. Ich bin doch immer da. Morgen ist es vorbei, Lydi. Morgen ist alles vorbei und vergessen. Schsch! Ist ja schon gut, ist ja gut. Ich komme mit dir ins Bad. Du musst unter die Dusche. Du musst dir die Haare waschen. Wir stecken deine Sachen gleich in die Waschmaschine und morgen früh koche ich alles durch. Du brauchst jetzt nicht mehr weinen, Lydi. Du brauchst jetzt keine Angst mehr haben. Nie wieder. Ich verspreche es dir.«

Die ganze Zeit, während ich sie hielt, sanft wiegte, während ich vorgab, sie beruhigen zu wollen, und eigentlich mein eigenes, rasendes Herz kaum noch in mir halten konnte, roch ich seinen Duft an ihr. Wieso ich diesen Duft erkannte, mochte ich mich nicht fragen. Mochte ich mir nicht beantworten. Etwas aus mir, das tief geschlafen hatte, erwachte, wie eine Knospe erwacht, und verströmte seinen Duft aus dunkler Zärtlichkeit. Hüllte uns beide darin ein und ließ eine gnädige, lange Nacht lang alle Fragen, meine Eifersucht und alle anderen ungezähmten Gefühle verstummen.

Lydia war einfach nur das: meine kleine Schwester. Ich liebte sie. Es war schön, es tat mir geradezu unheimlich gut, diese Gewissheit einmal ohne jede Ablenkung zu fühlen.

Nachdem wir sie geduscht, ihre Haare gewaschen, ihr, wie früher, das handtuchfeuchte Haar für die Nacht zu Zöpfen geflochten hatten, teilten wir uns meine letzte Zigarette.

Ich ließ sie in meinem Bett einschlafen. Und in meinem Arm, den ich aber später vorsichtig wegzog, als endlich ihr Atem gleichmäßig ging, ihre Gesichtszüge sich entspannt hatten.

Ich zögerte, bevor ich ihr einen Kuss auf die Wange hauchte. Lag in diesem Zögern schon das erste Zeichen für die Rückkehr in unsere Normalität? Oder war es nur Rücksichtnahme, damit sie nicht aufwachte. Beides ließ ich gelten. War zum Besten in mir bereit, ohne mich unnötig gegen mein Schlimmstes zu wehren. Zum ersten Mal seit langer Zeit, vielleicht zum ersten Mal überhaupt, fühlte ich mich auf angenehme Weise leer. Von der, die ich geworden war, befreit.

Am nächsten Morgen … aber nein. Das bringe ich nicht über mich. Meine Geschichte soll von Liebe erzählen. Ich lasse sie los. Sie endet hier.

VI

Müde bin ich, als ich endlich den Stift zur Seite lege. Nicht nur wegen der Tabletten, die ich nach und nach in Wasser aufgelöst und mit dem Wein hinuntergespült habe, während ich schrieb.

Jetzt brennen mir doch die Tränen in den Augen. Rinnen wie Regenbäche Wange und Hals hinab. Regen, den du so mochtest.

Aber nur, wenn er sonntagvormittags fällt! Dabei hast du dein halbtrauriges Lachen gelacht.

Selbst jetzt noch fühle ich etwas von dem Glück in mir aufsteigen. Fühle es, ohne erst umständlich danach suchen zu müssen. Ohne Vorwürfe und Enttäuschung zur Seite schieben zu müssen …

Müdigkeit und Nebel. Glück und … auch ich bin traurig. Glücklich und traurig. Und mir ist übel.

Gegen die rebellierenden Magensäfte zwinge ich mir eine Handvoll Chips hinunter. Die hatte ich mir extra zu diesem Zweck bereitgestellt. Hätte nicht erwartet, dass das funktioniert.

Ein letzter Traum. Zusammengekauert sitze ich im Halbdunkel. Es ist eng hier, feucht und muffig. Riecht modrig, aber nicht unangenehm. Wie im Herbst. Unter der Erdoberfläche. Aus einer milchigen Schicht über mir dringt Licht herab. Als ob es nach mir griffe. Erreicht mich jedoch nicht wirklich.

In einer leise sirrenden Bewegung kreist etwas hoch über mir. Etwas Dunkles, ein fliegender, wirbelnder Schatten. Mit jeder seiner Bewegungen wiederholt sich auch ein Geräusch.

Was ist das für ein Geräusch? Panik steigt in mir hoch: Was habe ich getan?! Ich brauche Hilfe!

Hast du noch einen Schlüssel zu meiner Wohnung? Ich weiß es nicht. Kann mich nicht erinnern. Weiß plötzlich überhaupt nichts mehr, als hätte ich meinen Anspruch auf jedes Wissen aufgegeben, indem ich den Tablettensaft schluckte.

Müde. Aber dabei bin ich überhaupt nicht mehr müde! Unendlich schwer. Gleichzeitig fühle ich mich leicht! Schwebe! Schwerelos. Schwebe über mir selbst, denn jetzt sehe ich mich da, ja genau: *Da unten, dieser kleine graue Punkt, das bin ich!* Denke ich, lache ich: Denn irgendwie ist das erheiternd.

Über meinem Kopf, diese milchige Schicht, das ist das Eis. Und der darauf sirrende, sich drehende, nicht zur Ruhe kommende Schatten – das ist Lydia!

Ich winke ihr zu, lächle ihr zu. Lache ihr entgegen:

»Hier oben! Hier oben bin ich, Lydi! Ich bin hier.«

Aber ich bin gar nicht da oben. Und hier unten, dieser graue, kämpfende Punkt – ist gar kein Punkt.

Es ist mein Körper. Der würgt und spuckt. Lydia dreht keine tanzenden Kreise, sie versucht, sich zu mir durchzukämpfen. Wo ist sie jetzt? Ist sie wirklich hier, weiß sie, was ich getan habe?! Woher sollte sie …

Fragen sind jetzt nicht mehr wichtig. Weder Antworten noch Gedanken besitzen da, wo ich bin, noch irgendwelche Macht.

Ich rufe nach ihr, ohne meine Stimme. Kann mich nicht mehr bewegen und recke ihr meine Hand entgegen. Ohne jede Hoffnung vertraue ich darauf, dass es für uns, nein, dass es für mich, für mich!

FÜR! MICH! noch nicht zu spät ist.

Jenseits der Affenbrotbäume

Klaus Brunn

Sie erscheinen im Morgengrauen, steigen wie Engel aus dem Horizont. Erst als sie näher kommen, erkennt er die Soldaten. Schweigend ziehen sie ihn unter den Trümmern seines zerstörten Hauses hervor und betten ihn behutsam hinter eine Steinmauer. Auch wenn er weiß, dass sie sich zuerst um die Toten kümmern müssen, da ihr Gestank den Lebenden den Atem nehmen wird, hat er das Gefühl, abgelegt zu werden.

Er schließt die Augen und denkt an das Meer aus Weizen, das ihnen einst versprochen worden war. Ein wogendes Meer, hatte der Mann gesagt und dabei beschwörend mit dem Zeigefinger auf die Seiten seines Buches gedeutet, hatte von seinem Gott gesprochen und sie glauben gemacht, dieser Gott habe alle Menschen in den Garten Eden gesetzt, um diesen zu bebauen und zu bewahren.

Und am Ende hatte der Mann ihnen versprochen, dass der Weizen schon bald wie Gold in der Sonne glänzen würde. Da war er voller Zuversicht gewesen, auch wenn ihm in einem Traum die Ähren als blutverschmierte Speerspitzen erschienen waren, die dem wütenden Wind getrotzt hatten. Tatsächlich war kurz nach diesem Traum diese donnernde Maschine wie ein zürnender Gott aus dem Himmel gefallen, hatte den trockenen Sand aufgewirbelt und diesen den Umstehenden in die Augen geschleudert.

Alle, auch der Mann mit dem Buch, waren, so als duckten sie sich demütig vor ihrem zürnenden Gott, in die wild um sich schlagende Maschine geklettert, die unter Tosen und Brüllen in den Himmel gestiegen und im Horizont versunken war. In der Nacht darauf waren sie gekommen.

Donnernde Schritte, deren Echo wie das Fauchen einer Horde wilder Tiere geklungen hatte, wurden begleitet vom Prasseln tausender brechender Halme. Unter dem Zischen hin und her schwingender Macheten war die Luft erfüllt vom Singen sausender Klingen. Der aufgewühlte Boden glich im milchigen Mondlicht einem riesigen See, dessen Oberfläche verziert war mit Schlieren aus Blut.

Vom beißenden Wind geplagt schließt er nun die Augen, auch weil der Sand von fauchenden Böen aufgewirbelt wird und seinen Körper bedeckt, als wolle die Erde ihn zu sich holen. Auch die Luft scheint vom Blut gefärbt, ein blutroter Schleier, hinter dem die gewaltige Sonne wie in einem stumm brüllenden Schlund erzittert.

Mühsam zieht er sich hoch und blickt über die Mauer. Im wilden Tanz der züngelnden Flammen huschen die Schemen der Soldaten hin und her. Die Gesichter hinter Tüchern verborgen, ihre glasigen Augen scheinen zu schweben, stapeln sie die leblosen Körper hinter den Baobabs, den Affenbrotbäumen. Er weiß, die Toten müssen verbrannt werden, weil der Wind und die Hyänen sie wieder ausgraben werden. Er winkt dem Soldat, der ihn hinter die Mauer getragen hat, kennt dessen Namen nicht, nennt ihn Abadi, was in seiner Sprache so viel bedeutet wie Tröster. Abadi kommt herüber und legt ihm die Hand auf die heiße Stirn.

Ich hatte einen Traum, sagt er zu Abadi. Doch Abadi antwortet nicht, schweigt und raucht, starrt auf die andere Seite der Mauer, wo der heiße Atem des Feuers schnalzt, und sieht auf ihn herab. »Weißt du«, sagt Abadi, »einst, vor langer Zeit, lebte in meinem mächtigen Land ein Mann, der benutzte die gleichen Worte: *Ich hatte einen Traum.* Und er hatte Visionen.« Visionen, unterbricht er Abadi, seien gut, denkt wieder an das Meer aus wogendem Weizen, und er möchte wissen, was aus dem Mann mit den Visionen geworden sei, und Abadi lacht und das Lachen erinnert an das gemeine Bellen der Hyänen. »Man hat ihn getötet«, sagt Abadi, »man hat den Mann mit seinem Traum und den Visionen erschossen.«

Er sieht Abadi an, will von ihm wissen, ob sie noch andere Überlebende aus seinem Dorf gefunden hätten. Abadi schnippt seine Zigarette über die Mauer, schüttelt den Kopf und geht zurück zu dem von den Toten genährten Feuer.

In seinen Geist schleicht die Dunkelheit, und er weiß, bald wird er ebenfalls hinter den Affenbrotbäumen ruhen. Gegen Mittag, die Sonne frisst das Land und erbricht gleißend weißes Licht, bauen die Soldaten das Zelt auf, packen ihn mit schwieligen Händen und bringen ihn hinein, legen ihn wieder ab. Seine Kraft schwindet und von der Luft erdrückt, die stickig und schwer auf ihm lastet, schläft er davon.

Aber in der Nacht kommt er noch einmal zu sich. Nun ist es windstill. Jemand hat das Zelt geöffnet. Er sieht die Soldaten schweigend beieinanderstehen. Im nun stillen Tanz des Totenfeuers erscheinen ihm ihre Gestalten und ihre vom Schweiß feisten Gesichter wie die Geister derer, die ihn bald holen werden. Jemand löst sich aus der Gruppe, kommt geduckt näher, die Augen aufgerissen, gierig und mit bleckenden Zähnen. Hol mich, denkt er, doch als die Gestalt näher kommt, erkennt er, es ist Abadi. Und Abadi teilt ihm mit, dass sie fort müssten, in ein anderes Land.

Für einen Moment keimt Hoffnung in ihm, Abadi könnte sagen: Komm mit uns, wir nehmen dich mit in das gelobte Land. Doch Abadi sagt, in diesem Land lebe ein Mann und dieser Mann quäle sein Volk. Erstaunt hebt er mit letzter Kraft den Kopf, der nicht mehr sein Kopf zu sein scheint, sondern nur noch eine ausgetrocknete Hülle, und sagt zu Abadi, dass auch hier ein Mann lebt, der sein Volk quält. Abadis Augen werden trübe. Der Mann dort hat etwas, was wir brauchen, sagt Abadi, und er fragt sich, ob das vielleicht ein armes Land ist, aus dem der Soldat kommt, wenn sie etwas aus dem Land dieses anderen Mannes benötigen.

Aber er kann ihn verstehen, denn hier ist nichts mehr, was zu gebrauchen ist. Der Wasserlauf ist zerstört, der Weizen gebrochen, seine Familie, seine Freunde und Jarisa sind in Stücke gehackt. Weizen werden sie im Land Abadis nicht brauchen, wo sie doch alle so stark und kräftig aussehen. Und trotzdem werden auch im Land Abadis Menschen wegen ihrer Träume getötet. In Kürze wird die Sonne das Land wieder verschlingen. Ihre breiige Glut ist die einzige Saat, die in diesem Land gedeiht. Fliegen werden wie glühende Funken durch die Luft tanzen und die Erde wird unbegehbar sein.

Als Abadi zurück ans Feuer gegangen ist, lässt er sich zurückfallen. Sein Kopf ist nun ganz Stein, zieht ihn auf den Grund seiner größer werdenden Finsternis. Bald wird er seinen Kopf nicht mehr heben können und er wird auch nie wieder zum Fluss gehen, um Jarisa beim Kleiderwaschen zuzuschauen. Und als ihm bewusst wird, dass Jarisa ihre Wäsche nie wieder waschen wird, atmet er mit heißen Augen.

Wie ein letzter ihn begleitender Trost denkt er an jenes Land, von dem sein Vater ihm einst erzählt hat: von dem Land, in dem Schnee fällt. Schnee, so hatte sein Vater gesagt, sei schwebendes Wasser und sei so kalt wie die blitzenden Sterne in der klaren Nacht über der Steppe.

Das wird sich gut anfühlen, denkt er, und hinter seiner pochenden Stirn verwandelt sich alles Feuer in Schnee. Er stellt sich dieses Schneeland vor, jenseits der Affenbrotbäume, wo Wasser schwebt und alles mit einem weißen zarten Flaum bedeckt. Erwartungsvoll sinkt seine Hand auf die kühle Erde. Er lächelt. Seine Finger graben sich voran.

Heldenspiel

Mario Tomašegović

Hölle auf Erden. Felder blutgetränkt. Wenn das Schlachten endet. Denke oft an den Tod.

Will nicht sterben.

Worte, die ich niemals nicht aus dem Kopf bekomme. Worte wie Granateneinschläge, die Wunden reißen und durch die Zeit hallen. Ewig und unerbittlich.

Den einzigen Brief meines Cousins nehme ich aus der Schachtel mit den Erinnerungen aus einem anderen Leben. Einmal im Jahr. Die Tinte im Laufe der Zeit verblasst. Die Ecken vergilbt. Am linken unteren Rand ein verwischter Daumenabdruck.

Eukalyptus, Fichte, Zeder, Anis und Vanille, Pitralon-Schwaden hängen in der Luft wie der Duft eines Straußes getrockneter Blätter und Gewürze und Zweige.

Einmal im Jahr traktiere ich mein Gesicht und die Nasen meiner Umgebung mit dem altmodischsten aller altmodischen Rasierwasser. Immer am 13. August. Seit einem halben Leben.

In Ex-Jugoslawien nutzte es nahezu jeder Mann, der etwas und etwas mehr auf sich hielt. Hergestellt in der ehemaligen DDR und Tschechoslowakei eroberte das Aftershave nach dem 2. Weltkrieg im Handstreich Herrensalons und den Luftraum des Ostblocks.

Die Männer meiner weitverzweigten Verwandtschaft benutzten Pitralon familientraditionell von der ersten Rasur bis zur letzten Ölung. Ein Initiationsritus aus grauer Vorzeit.

Mein sechs Jahre älterer Cousin Marijan war in Sachen Bartwuchs ein Frühsprießer. Gerade dreizehn am 13. August geworden, rasierte er sich den ersten Flaum von der Oberlippe und dem markanten Kinn und stolzierte gehüllt in eine Wolke Pitralon wie ein Pfau durch die unasphaltierte, von Schlaglöchern übersäte Pitomačka Straße.

Ich war ein Dreikäsehoch und bewunderte ihn.

Kaum in der Pubertät war Marijan fast so groß wie die gleichaltrige Rosskastanie im Hof meines Onkels und muskulös wie Box-Olympiasieger Mate Pavlov. Mit der pechschwarzen Tolle und dem Ein-Millionen-Dinar-Lächeln sah er aus wie Zagor, der Comic-Held aller Jungen und vieler Mädchen von den Julischen Alpen über das Eiserne Tor bis zur Adriaküste.

Marijan organisierte meine erste Kippe, die Brechreiz verursachte und mich zum Nichtraucher machte. Marijan organisierte meinen ersten Schluck Slibowitz, der Brechreiz verursachte und mich zum Biertrinker machte. Marijan organisierte mein erstes Männermagazin, das für große Augen und lebenslange Lendengedanken sorgte. Er nahm mich mit ins Maksimir Stadion zu meinem ersten Fußballspiel und schmuggelte mich ins Kino Europa: »Eis am Stiel«.

Marijan beschützte mich und die anderen Knirpse vor den bösen Jungs der Kloštarska Straße, mit denen wir seit Rotznasengedenken im Clinch lagen. Marijan war der große Bruder, den ich nie hatte, der Held, der sich tagein, tagaus für die Kleinen und Schwachen einsetzte.

Wir waren 120 rasende Herzschläge pro Minute und ein Seelenfeuer, jeder die ganze Welt des anderen. Ich wollte immer so sein wie er, stark und verwegen, frisch rasiert, nach Pitralon duftend, mit drei Pickeln auf Nase, Stirn und Wange, immer gut gelaunt und lebensfroh und einen Spruch und Witz auf Lager. Marijan vergötterte Jerry Lewis und träumte von einer Karriere als Komiker bei Film und Fernsehen und war ein Lausebengel, dem der Schalk im Nacken saß. Seine Streiche waren legendär und Gesprächsstoff weit über die Grenzen meines kleinkarierten Universums zwischen Pitomačka und Kloštarska hinaus.

An jedem 13. August gedenke ich meines Cousins. Seit 27 Jahren. Nassrasiert und mit ein paar Spritzern Pitralon im Gesicht rufe ich mir den Tag in Erinnerung, an dem ich ihn erschoss.

Nichts und niemand und kein Gott kann einen darauf vorbereiten, einen geliebten Menschen zu verlieren. Und die Vergangenheit ist nicht tot, sie ist nicht einmal vergangen. Und Worte sind nicht verloren, rotieren wie schwarze Löcher ewig durch Raum und Zeit und Alpträume. Der Krieg hat einen langen Atem. Jahrzehnte nach dem letzten Schuss holt er sich noch seine Opfer.

Das Unheil begann mit Kirschen in Nachbars Garten. Am Namenstag des heiligen Petrus. Marijan und ich schlichen in der Morgendämmerung in den Garten des »Generals« Petar Živković. Von Hausnummer 1 bis 123 schlief die ganze Straße den Schlaf der gerechten Schnapsdrosseln. Über eine verrostete sowjetische Feldhaubitze aus dem 2. Weltkrieg, Marke Permski Sawod, kletterten wir auf einen Kirschbaum und naschten von den verbotenen Früchten, bis wir zu platzen drohten und Bauchschmerzen bekamen.

Selbstverständlich erwischte uns der alte Petar, der weder heilig noch fromm war und ohne seine Partisanenuniform keinen Fuß vor die Tür setzte. »In der Uniform hab' ich gegen die Deutschen an der Neretva gekämpft, in der Uniform bin ich in St. Michael unter die Haube gekommen, in der Uniform werd' ich auf dem Mirogoj im Sarg liegen«, posaunte er, wenn wir Kinder ihn wegen der mottenzerfressenen, mit glitzernden Orden und Ehrenzeichen übersäten Jacke aufzogen.

Doch sein letztes Stündlein hatte noch lange nicht geschlagen. Er zog uns wegen einiger Handvoll Süßkirschen die Ohrwascheln lang und versohlte uns den Hintern mit seinem gefürchteten rostbraunen Ledergürtel.

Für die Rammler-Ohren rächten wir uns zur Mittagsruhe.

Unter dem Decknamen »Gewitterfront« setzten wir einen von vorne bis hinten durchdachten Plan Marijans um und spielten dem »General« einen Streich. Während Gott und die Pitomačka-Welt in den Federn lagen, deponierten wir einen mit Hundekot und faulen Eiern prallgefüllten Jutesack vor seiner Haustür und entzündeten ihn mit dem Zippo-Sturmfeuerzeug meines Onkels. Hinter einer Hecke versteckt beobachteten wir, wie die Tür aufflog. Angelockt vom Rauch erschien der Alte in Feinrippunterhemd und -unterhose.

Wild gestikulierend raunte er »Scheiße«, holte mit dem rechten Bein aus und kickte den Sack militärisch korrekt und fußballerisch perfekt in die Höhe. Das Sackerl platzte und die Füllung regnete haarscharf am kahlrasierten Schädel des »Generals« vorbei und klatschte auf seine blankpolierten, beigen Lederhausschuhe.

Unseren Lachanfall konnte man noch jenseits der Save hören.

Die Schuldigen waren ratzfatz ausgemacht und abgeurteilt.

Die Hasenohren nahmen unter den Fingern unserer Väter die Form von Palatschinken an. Obendrein bekamen wir die Höchststrafe für Jungen: Hausarrest. Unbefristet.

Abends veranstaltete die Familie im Hof meines Onkels ein Grillfest. Der Duft von Schweinekoteletts, Bauchspeck, Kalbsleber, Hühnerherzen, Maiskolben und Folienkartoffeln wehte durch das gekippte Fenster ins Kinderzimmer.

Mein Cousin und ich lümmelten vertieft in Partisanen-Comics auf dem Sofa. Geschichten über den vaterländischen Krieg gegen Nazi-Deutschland. Geschichten von Heroen und Feldern der Ehre. Wir tagträumten von Abenteuern in den Schluchten der Neretva und auf dem schneebedeckten Durmitor-Massiv.

Der Anschlag auf den »General« verwandelte sich nach einem halben Dutzend Flaschen Plavac vor den Augen unserer Eltern und Verwandten in einen Lausbubenstreich. Wir wurden kurzerhand begnadigt und ernteten das eine oder andere weinselige Schmunzeln und verschwörerische Augenzwinkern.

Die wiedergewonnene Freiheit nutzten wir für unser Lieblingsspiel Partisanenkrieg. Da ich seit vier Jahren in Deutschland lebte, blondes Haar und blaue Augen habe, musste ich immer und ewig bei jedem Heimatbesuch den Švabo, den bösen Deutschen, spielen und am Ende ins Gras beißen.

Mein Cousin mimte Josip Broz Tito, den Staatschef und Helden aller Helden der heldenhaften Sozialistischen Republik Jugoslawien. Ausgerüstet mit Holzgewehren, Plastikpistolen und Gummihandgranaten kraxelten wir über eine morsche Holzleiter auf das Garagendach. Es war vollgestellt mit rostigen Benzinfässern, meterhoch gestapelten Holzscheiten, ausrangierten Kühlschränken, Liegestühlen, Sonnenschirmen und einer Bauknecht-Waschmaschine.

Ein ehrenhaftes Feld für unser kriegerisches Heldenspiel.

Wir feuerten imaginäre Schüsse ab, warfen Handgranaten und fühlten uns wie todesmutige Soldaten. In der einsetzenden Abenddämmerung verlor mein Cousin mich für einen Wimpernschlag aus den Augen.

Ich nutzte die Gelegenheit. Wie ein Indianer robbte ich gedeckt von dem Unrat über den Betonboden. Drei Schritte von Marijan entfernt sprang ich auf und gab eine Maschinengewehrsalve ab. Meine Kleinjungenstimme ratterte wie ein altersschwacher sowjetischer Altai Traktor.

Marijan erschrak und verlor das Gleichgewicht. Wie auf rohen Eiern tanzte er rückwärts zum Rand des Garagendachs, stolperte über einen Liegestuhl und fiel ohne einen Laut von sich zu geben in die Tiefe.

Totenstille.

Mein Herz raste wie ein Hamster im Laufrad. Ich zitterte und schluckte schwer und schluckte die Angst runter und schrie: »Hilfe, zu Hilfe, ich hab' Marijan erschossen!«

Meine Tante und meine Mutter stürzten herbei. Sie kreischten und brüllten und schrien Zeter und Mordio.

»Oh mein Gott, so viel Blut, so viel Blut«, überschlug sich die Stimme meiner Tante.

Ich torkelte wie ein angeschlagener Boxer zum Rand des Dachs und erkannte nur Schemen. Eine Sirene heulte in meinen Ohren. Eine unsichtbare Kraft versetzte mir einen Hieb in den Magen. Mir wurde schwarz vor Augen und ich ging in die Knie. Von da an sah ich alles nur noch wie in Zeitluppe.

Mein Vater und mein Onkel tauchten auf. Sie zogen Marijan aus einem Strauch Stachelbeeren, der seinen Sturz zusammen mit der Rosskastanie bis auf einige Risswunden und Kratzer an Armen, Beinen und im Gesicht gemildert hatte.

»Er lebt!«, gaben sie Entwarnung.

»Er lebt!«, jubelte ich, kletterte von der Garage und lief Marijan in die Arme. Freudentränen schossen mir in die Augen, und ich drückte mich so fest ich konnte gegen seine starke Brust und spürte seinen ruhigen Herzschlag.

»Alles gut kleiner Held«, sagte er, »diesmal hast du gewonnen.«

Dreizehn Jahre nach dem Garagensturz erhält Marijan seine Einberufung. Jugoslawienkrieg. Er kommt im Hinterland von Zadar an die Front. Mit sechsundzwanzig Jahren. Sechsundvierzig Tage später erreicht mich sein Brief.

Bok, kleiner Held, es ist die Hölle auf Erden. Jeden Tag schlachten wir oder werden geschlachtet. Wir entmenschlichen Menschen, um ihnen das Leben nehmen zu können. Unerträglich. Zerstörerisch. Es geht nur mit Betäubung. Mit Lügen und Selbstlügen und Alkohol und Drogen. Sonst könnte keiner von uns abdrücken. Die Durchhalteparolen des Kommandanten verfangen schon lange nicht mehr. Vaterland, Krieg Gut gegen Böse, Felder der Ehre. Die Felder sind blutgetränkt und auf ihnen gedeiht der Hass nächster Generationen. Ich fühle mich belogen, betrogen und bestohlen. Als hätte mir jemand das Leben geraubt. Ich kann mir nicht vorstellen, wie's weitergehen soll, wenn das Schlachten endet. Ich denke oft an den Tod. Ich will nicht sterben. Ich kann nicht mal mehr weinen. Ansonsten geht's mir bis auf Durchfall, Krätze und Alpträume heldenhaft beschissen. Über deine Karte hab' ich mich sehr gefreut. Hätte nicht gedacht, dass sie ankommt. Die Erinnerung an unseren Anschlag auf Živković hat mir verdammt gutgetan. Unschuldige Zeiten. Ich hoffe, der Wahnsinn ist bald vorüber und ich stehe alles durch und wir futtern eine Portion Kirschen und trinken ein kühles Karlovačko. Dicke Umarmung, Ewig Dein Marijan.

Zweiundneunzig Tage nach Marijans einzigem Brief von der Front an mich erblickt sein Sohn Tomislav das Licht der Welt. Er wiegt dreitausendneunhundert Gramm und ist sechsundfünfzig Zentimeter groß. Einundvierzig Tage nach der Geburt zerfetzen Splitter einer Tretmine Marijans Rückenmark und Genitalien. Siebenmal wird er operiert. Nach fünfundvierzig Tagen wird er aus dem Sanatorium entlassen. Im Rollstuhl, mit der Tapferkeitsmedaille am Revers. Hundertsieben Tage nach der Entlassung findet meine Tante Gisela ihn nach der Sonntagsmesse im Kohlenkeller. Nackt im Rollstuhl. Frisch rasiert. In der Luft der Gestank von Schwefel, Schweiß, Pisse, Alkohol und Pitralon. Eine leere Flasche Slibowitz auf dem Schoß. Eine Makarow auf dem Boden.

Das Mädchen ohne Namen

Herta Dietrich

Die Tiefe hat sie aufgenommen. Die Tiefe, auf deren schrecklichem Boden sie

in Sekundenbruchteilen aufgeprallt ist. Sie muss sofort tot gewesen sein. Ein Aufschrei

des Entsetzens ertönte von unten. Als würde ein Messer den heißen, schläfrigen Sommer-

nachmittag teilen, so scharf und präzise war der Aufschrei. Und sofort wich

die Mattigkeit des Tages und der Menschen einem hellwachen Entsetzen und einer

surrealen Geschäftigkeit. In meiner Erinnerung, auch nach vielen Jahren, gönne ich

ihr einen kurzen Moment der Gnade und stelle mir vor, dass sie die Arme ausgebreitet

hat und im Schwebezustand des Fallens wie eine Flocke, ein Blütenblatt oder ein

Staubkorn war, das der Erde entgegenrieselte, dass sie zumindest für einen Augenblick

so etwas wie Erlösung gefunden hat, bevor sie ein letztes Mal Atem holte, bevor ihr

Herz ein letztes Mal schlug. Aber ich weiß, dass es nicht so war. Sie stand auf, zog ihr

Sommerkleid über den Bikini an, ging an den Rand des Flachdaches und sprang. Plötzlich.

Ohne Vorwarnung. Einfach so. Es geschah so unvermittelt, dass wir sprachlos dasaßen.

Schockiert. Versteinert. Wir saßen da, auf dem Flachdach des Studentenwohnheims,

im Bikini oder oben ohne, halbnackt und jung und ahnungslos, wir saßen da auf unseren

Matten, mit den Wasserflaschen, den Zigaretten und unseren aufgeschlagenen Büchern, in

denen wir gerade gelesen hatten, wir saßen da in diesem summenden, rauschenden Juli-

nachmittag, wie immer, wenn wir etwas freie Zeit hatten und die Sommersonne ungestört

genießen wollten, der Verkehr rauschte in der Ferne, die Sonne brannte erbarmungslos

auf unserer Haut, wie ein angenehmes Feuer, das uns noch schöner machte, unsere Augen

leuchten und unsere Zähne blitzen ließ, wir waren so jung und durchlässig und so ahnungslos.

Denn diesmal gesellte sie sich zu uns. Sie, von der es hieß, dass sie sich mit Männern einlässt

und dafür bezahlt wird. Sie, über die getuschelt wurde, die verdächtigt wurde, Kontakte zur

Staatssicherheit zu haben und eine Informantin zu sein. Sie, die oft nächtelang wegblieb.

Sie, die kaum je im Studentenwohnheim war und fast nie in den Vorlesungen. Flüchtig sahen wir sie, im Bad, vor dem Spiegel beim Schminken. Sie hatte platinblond gefärbte Haare und schwarz umrandete Augen, einen grellroten Mund und auffallend lackierte Fingernägel. Ihr schmächtiger, fast zerbrechlicher Körper steckte in aufreizender Kleidung. Sie stieg zu unbekannten Männern ins Auto und verschwand in eine Welt, die uns fremd war. Wir wussten nicht, warum sie es tat. Eigentlich wollten wir es auch nicht wissen. Es reichte uns, über sie zu reden. Wir redeten nie mit ihr, wir redeten immer nur über sie. Wir zerrissen uns förmlich die Mäuler. Hast du gehört, hast du gesehen, weißt du schon, dass … Es schien ihr nichts auszumachen. Sie war immer in Eile, immer in Bewegung, immer auf dem Sprung, zum nächsten Auto, zum nächsten Mann. Wir dachten, das kann nicht gut gehen. Wir verstanden sie nicht. Und sie erklärte nichts. Warum auch, wir waren nicht ihre Freundinnen. Keine von uns war ihre Freundin. Aber sie faszinierte uns, ihre vermuteten Abgründe fesselten uns. Sie lebte ein gefährliches, geheimnisvolles Leben. Schillernd, hektisch und wortkarg ritzte sie unseren Alltag und war schon wieder verschwunden, bevor wir uns ihr nähern und sie unsere Freundin werden konnte. Ja, der Wunsch muss da gewesen sein,

sie beschäftigte und faszinierte uns. Trotz aller Entrüstung und Überheblichkeit spürten

wir insgeheim auch einen Funken Neid und Bewunderung. Aber darüber sprachen wir nie.

Und dann kam dieser Nachmittag im Juli. Wegen der großen Hitze sind wir so ermattet, dass

jedes Gespräch erstirbt. Man hört nur das Umblättern der Buchseiten und das Klicken

eines Feuerzeugs. Der Teer unter unseren Matten schmilzt fast und ist so heiß, dass wir uns

beinahe verbrennen. Ich lese »Die Wahlverwandtschaften« von Goethe, meine Gedanken

driften manchmal ab und ich lasse meine Blicke über den großen Park schweifen, der unter

der Hitzeglocke zu ersticken scheint, Mara neben mir blättert in einem Gedichtband von

Baudelaire. Julie hat ihr Buch schon längst zur Seite gelegt und döst vor sich hin. Auf den

Balkons der umstehenden Hochhäuser lungern Männer und stieren auf uns herab. Aber

sie sind weit weg und können uns nur undeutlich sehen. Und wenn schon. Es ist Sommer.

Wir sind jung. Wir sind das Leben. Lass sie doch glotzen, sagt Katy übermütig und zieht ihr

Bikini-Oberteil aus. Wir lachen und erwachen etwas aus unserer Hitze-Lethargie. Mara erzählt politische Witze. Das sind die besten. Wir kugeln uns vor Lachen. Julie sagt, alles

Speichellecker, alles Arschkriecher. Wir lachen noch mehr. Es ist so köstlich zu lachen, weil

eigentlich alles zum Weinen ist in diesem Land. Dann hören wir abrupt damit auf. Denn sie

steigt zu uns hoch. Das hat sie noch nie getan. Zuerst sehen wir ihre platinblonde Mähne.

Dann das nicht besonders hübsche Gesicht und die schmalen Schultern, sie hat ein schickes

Kleid an, das ihr sehr gut steht. Dann ist sie oben. Sie setzt sich etwas abseits, rollt ihre Matte

aus, schlüpft aus dem Kleid und reibt sich erst mal mit Sonnencreme ein. Aus ihrer Basttasche

kramt sie einen roten Lippenstift hervor und teure ausländische Zigaretten, sie zündet sich

eine an und zieht ihre Lippen nach, sie blickt in die Ferne, sie legt sich auf die Matte, sie dreht

sich ruhelos darauf herum, sie blättert gedankenverloren in ihrem Buch und klappt es wieder

zu. Wir sind verstummt und sehen zu ihr hinüber. Verstohlen und aus den Augenwinkeln. Wir

geben vor zu lesen, vertiefen uns in unsere Bücher. Keine von uns sagt ein Wort. Wir

sprechen nicht miteinander. Und nicht mit ihr. Kein Wort. Kein einziges. Eine Stille hat sich

eingestellt, ein hartnäckiges Schweigen, das ihr wehgetan haben muss. Sie zündet sich noch eine Zigarette an, raucht hastig, das Schwarz um ihre Augen löst sich auf, vom Schweiß oder von Tränen, das ist nicht zu erkennen. Dann steht sie unvermittelt auf, schlüpft in ihr schönes Kleid, geht an den Rand des Flachdachs. Und springt. Keine von uns hätte es ahnen können. Sie springt. Sie lässt sich nicht fallen. Sie schwebt nicht, wie in meiner Phantasie. Sie ist kein zartes Blütenblatt, das der Erde entgegentanzt und sanft darauf landet. Sie ist Mensch und Fleisch, sie ist ein kompaktes Bild vor unseren Augen, aber dahinter muss ein ganzes Universum von Verzweiflung und Hoffnungslosigkeit sein, das wir nicht sehen und nie gesehen haben. Sie springt, als wäre sie im Bann einer Macht, die sie in die Tiefe zieht. Sie springt schnell und ohne zu zögern. Sie springt, als spränge sie aus dem Leben und aus einer Welt, der sie nun nicht mehr angehören möchte. Wir hören augenblicklich den heftigen Aufprall und sofort den scharfen Aufschrei der Passanten von unten, der uns das bestätigt, was unser Verstand sich weigert zu begreifen. Wir sitzen versteinert da, erschüttert und sprachlos. Mara, Julie, Katy und ich. Fassungslos starren wir auf die Stelle, wo sie aus dem Leben gesprungen ist. Und da ist mir, als sähe ich in der strahlenden Helligkeit dieses

Sommertages eine gähnende Leere wie ein schwarzes, alles verschlingendes Maul, und einen

seltsamen Abgrund, schön und schrecklich zugleich, beängstigend und faszinierend, ein

Abgrund, der uns bisweilen anzieht und in seine Arme schließen will. Kurz nur sehe ich

diesen Abgrund, doch so intensiv, dass ich meine Finger in den weichen Teer unter mir kralle,

um mich irgendwo festzuhalten, denn ich meine schon, mich im Sog dieses Abgrunds zu

befinden, um in seinen dunklen und düsteren Frieden hineinzugleiten. Ich weiß

nicht, ob meine Freundinnen den Abgrund auch gesehen haben, ich habe nie mit ihnen

darüber gesprochen. Denn ich habe diese Bilder und seltsamen Empfindungen in einer

geheimen Schublade meines Herzens abgelegt, um sie aufzubewahren. Versiegelt und

verschlossen sind die Bilder. Genauso wie die Fragen: Hätte ein Wort von uns sie gerettet,

ihr geholfen? Hätte eine freundschaftliche Geste sie davon abgehalten? Hätte mehr Mitgefühl

ihren Tod verhindert? Ich weiß, dass ich keine Schuld an ihrem Tod habe. Aber ich weiß

auch, dass ich mich schuldig fühlte. Ich wurde schlagartig hineingerissen ins Chaos. Etwas

brach auf und offenbarte seinen innersten Kern, den Glutkern der Diktatur, die Zerstörung.

Eingebettet in ein Geflecht von Angst, Lüge, Schrecken, Gewalt und Verrat waren wir

verstrickt in ein Leben, das uns alle beschädigte, manche aber vernichtete. Wir kamen mit

tiefen Narben davon, sie aber nicht. An vielen Gabelungen in ihrem Leben muss alles so

verhängnisvoll entgleist und in eine falsche und fatale Richtung gelaufen sein, dass es

zu der stummen Tragödie dieses Juli- Nachmittags kam. Ich habe so viele Fragen und

weiß keine Antwort. Ich weiß nur: Ich habe ihren Namen vergessen.

Elemente

Cordula Simon

Mein Mund war geschwollen, seit ich mir die Zunge abgebissen hatte. Jevgenij trat zu mir ans Fenster und schlug mir versöhnlich auf die Schulter. Er war nicht aufgewachsen, um kalt zu sein, er war es schon immer gewesen. Oskar miaute, Irina miaute ihm zu seiner Verwirrung zurück. Irina hatte an diesem Abend jene Geschichte erzählt, dass Jevgenij einem Jungen, mit dem sie in Kindertagen gespielt hatten, sie hatten um eine Wiese hinter ihren Häusern gekämpft, einen Vertrag angeboten hatte, der dem Jungen all das schöne Grün eingeräumt hätte, und sie hatte nicht begriffen, dass es eben nur Papier war, das man zerreißen konnte: Sie hätten Frieden mit dem Jungen geschlossen, das war Jevgenijs Plan, und ihn einfach später, zu einem günstigen Zeitpunkt, überfallen, und sie hatte nichts davon wissen wollen, wollte ehrlich siegen, nicht verschlagen sein. In Wahrheit hatte sie sich den Vorschlag gar nicht zu Ende angehört und stur weiter offen Krieg geführt, auf den großen schwarzen Kissen, die als Streitrösser dienten, die sie doch genaugenommen in den Garten gar nicht mitnehmen durften. Jevgenij schlug sich also auf die Seite des Jungen, Irina wurde besiegt, der Junge abgesägt und Jevgenij der Herrscher der Wiese hinter dem Haus. Was war so ein Vertrag schon wert? Jevgenij hatte nur kommentiert, dass ein abgeschlossener Kopf wie ein See ohne Zufluss zu stinken anfängt. Fast hatte es etwas Rührendes, wie er entschieden haben musste, dass er eben so war, angerührt von Kälte, vor der man sich nicht verstecken kann in Bäumen oder auf Kinderspielplätzen sonntags mit Frappé. Mitternacht konnte überall sein, vor dem Verderben zahlte es sich nicht aus wegzulaufen, es war überall. Mittlerweile predigte er am liebsten von seinem Finsterling von Pferd aus, das er Licht der Aufklärung genannt hatte, und mit diesem ritt er am liebsten durch Vorhallen und Marmorsäle alter Rathäuser. Das Pferd schien sich einen Spaß aus dem eigenen Geklapper auf den schönsten Steinen zu machen. Seine Schriften schlugen Flammen, Wortfunken stoben durch die Menge, die Pamphletisten fassten eilig zusammen. Wir waren keine Revolutionäre, wir waren Kinder, die Revolution spielen wollten, auch nach all den Jahren. Das Spiel endete mit Papier: Der Krieg war da, sagte es.

Wir konnten es an uns selbst erleben und an anderen beobachten: Wie der Körper auf ein katastrophales Ereignis reagiert, das die körperliche Sicherheit bedrohte. Der Tag, an dem der Krieg entzündet worden war. Meine Zunge hatte mich nicht bis in mein altes Heim verfolgt, sie war mit allem Ungesagten in dem leeren großen Haus geblieben. Ich schlief tief, als Poema an meine Tür hämmerte, nicht ihr Kopf reagierte, sondern ihr Körper, nicht das vernünftige Selbst, sondern das endokrine System, Hormone und Blutgefäße. Wie eine Maschine, in die man endlos Münzen geworfen hatte, wie mechanisch, so hämmerte sie an meine Tür. Als sei es eine Sache von Leben und Tod, dass ich sogleich öffnete. Sie zog nervös Fratzen, als die Tür aufging, als müsse sie krampfhaft aktiv sein, etwas unternehmen, rennen, schreien, Rumpelstilzchen! Sie wollte meine Pläne und vor allem deren zeitliche Umsetzung wissen und begann dann zu weinen. Dann lachte sie, dass wir uns schon durchschlügen, und man hätte ihre Unterwerfung an Adrenalin und Dopamin für Wahnsinn halten können. Dann warf sie mir vor, so ruhig zu sein, als sei sie ein kopfloses Huhn, das wünschte, dass man mit ihm in die gleiche Richtung läuft. Ich solle doch etwas sagen, warf sie mir vor, und ich deutete auf meinen Mund und sie erinnerte sich. Ich fand meine Lage bereits nicht weiter beschämend, nur ein bisschen weh unten in der Herzgrube. Ein solider Gruß folgte, auch wenn ihr Herz noch springen will wie eine Granate. Sie glühte wie vor Zorn, hübsch war sie in dem Moment.

Kopflose Hühner, dachte ich, sind zum Essen, nicht zum Reden da, so wie mein Mund nur zum Staunen, nicht zum Reden da war. Der Instinkt beherrschte sie. Sie zerrte mich aus meinem Versteck, hinaus in den Frühling mit Nässe und Kellerduft und zurück in das Haus, das ein paar rudimentäre Möbelstücke gewonnen hatte, doch es hallte schrecklich auf den Gängen. Irina zeichnete Oskar, der auf dem Fensterbrett lag, sie schien weder wütend noch ängstlich, sie erzählte im altbekannten Ton, dass sie heute den üblichen Tätigkeiten nachgehen werde, sie hatte für heute zugesagt, eine Friedhofsführung zu geben. Ich stellte es mir anstrengend vor, wenn der Geist so darum kämpfen muss, schlechte Nachrichten abzuhalten. »Alle werden nun Lärm machen und sich dann wieder beruhigen«, sagte sie, es bestünde keine direkte Gefahr für unsere Stadt hier und wer weiß, was die Journalisten alles erfunden hätten, nicht alles konnte wahr sein, in manchen Zeitungen stand gar nichts, sie kannte das ja zur Genüge von ihren Ausstellungen. Es gibt keinen Grund davon auszugehen, dass Preise steigen oder Grenzen geschlossen werden. All das ist weit weg, wir sind sicher. Hinter der Blockade aus Novocain, dachte ich. Ich konnte sehen, dass Poema, für einen Moment vom Rennen, Schreien, Heulen innehaltend, sie für gleichgültig hielt. Emotschka hätte lieber eine Umarmung gehabt und die Trauer geteilt. Jevgenij betrat den Raum hinter ihr und drückte sie schnell, aber verständnisvoll an sich. »Wir müssen etwas tun, zu weinen bringt nun nichts.« Auch das kränkte Emotschka. Sein Blick fiel auf Irinas Zeichnung, er rollte mit den Augen, als sei er wütend auf ihre unsichere Starre. Ich hielt Emotschka an der Hüfte, als sei ich ein starker Mann. Irina würde in ihrer Alltagsflucht ihm später am Tag noch wütend an den Kopf werfen, ein gefährlicher Psychopath zu sein, diese Ängste noch zu züchten. Niemand konnte sich seine eigene Reaktion aussuchen, man muss überleben mit dem, was man hat. In diesen ersten Wochen hatte Jevgenij begonnen mit dem Parfümeur als Fahrer zu arbeiten, der für den Krieg seine Parfümerie verschuldet hatte, der es wünschte zu überleben und dies nicht planlos versuchen wollte. Er verkaufte auch alle Parfums für die Kriegskasse. Containerweise schickten sie aus der Ferne medizinisches Material in unseren Hafen. Eine alte Großmutter in Israel erinnerte sich noch, wo tief in den Katakomben Bunker befestigt worden waren, vier Stock unter der Erde und seither versiegelt. Jevgenij begann genossenschaftlich Häuser zu verwalten, teilte sie jenen zu, deren Wohnungen weiter im Osten bereits zerbombt wurden, und er erhielt eine Aufwandsentschädigung dafür. Zudem brachte jeder Zug mit dem Leben durch die Nacht auf der Rückfahrt Güter für die Stadt, für die Teroborona, denn sie alle brauchten einen Plan. Die Fabrik, die zuvor die Papierhülsen der Papirossy hergestellt hatte, stampfte nun Patronenhülsen. Mich machte der Krieg bescheiden, ich wollte nur meine Träume wieder. Ich war gerne ein Kind meiner Zeit gewesen. Die Zeit, in der man an unheilbaren Frieden glauben durfte. Daran, dass auch der Klügste irgendwann auf den Klügeren hört, der Weiseste auf den Weiseren. Die Besatzer behaupteten, sie seien Befreier, doch befreit wollten wir nicht werden. Der einzig unheilbare Frieden war nun wieder der Tod. Wir witzelten, dass Oskar eine biologische Waffe sei, und man konnte wetten, welche Städte zerbombt würden. Ich wettete gegen uns, der Wetteinsatz half kugelsichere Westen zu bezahlen, oder zumindest das Material dafür, und Emotschka hatte sich langsam beruhigt und saß an der Nähmaschine oder flocht Tarnnetze, während wir täglich das Theater des Krieges, abgebildet von den zwischen Sternen blinkenden Satelliten, beobachteten, als die Kalina ihren Kopf zum Himmel hob. Bald suchte man Männer für gewagte Einsätze bei zu geringem Lohn, bitterer Kälte und langen Monaten der Dunkelheit, ständiger Gefahr, zweifelhafter Wiederkehr für die Ehre und symbolischer Anerkennung im Erfolgsfall. All das, damit zwei kaum trainierte Gruppen einander über Fragen des Lebensstandards und des Glaubens töten konnten, dies dachte ich zumindest, bis man mir meinen Standard mitsamt Leben nehmen wollte, einfach nur, weil ich an diesem geografischen Punkt lebte. Haufenweise Tote würde es geben, die Männer in der Stadt waren alle nervös und knirschten mit den Zähnen, wenn sie die Straßen entlanggingen. Sie würden kämpfen und die Gegner würden dasselbe mit Angst oder Adrenalin in den Venen tun, denn das Auge musste zuerst besiegt werden. Auch manch Statistiker musste besiegt werden durch Papiersoldaten, denn wer wusste denn im Nebel von Koluszki schon so genau, wie viele Menschen einem gegenüberstanden. In den Diskussionen fanden sich stets die Bestien auf der einen und die rechtschaffenen Menschen auf der anderen Seite, Worte, die die Lippen verbrannten, wurden nur von den Bestien benutzt, so konnte man sie erkennen. Seit Kriegsbeginn habe ich zu wenig gegessen. Nachts begegnete mir Irina auf dem Flur als Hexe von Endor, Wahrsageweib, Bauchrednerin und natürlich sagte sie mir, dass ich morgen sterben würde. Dann hatte die Akutphase geendet, die die Psyche ja doch nicht länger als zwei, drei Wochen aushalten konnte, also ein bis zwei Mondphasen, je nachdem, welche man zählte. Die Sicherungen schalteten sich langsam wieder ein und eine unangenehme Erschöpfung folgte, die hormonelle Besessenheit wich aus uns allen. Damit glaubten wir das Schlimmste überstanden, als das Adrenalin nachließ; während am anderen Ende der Welt Menschen noch fragten, wozu Bockspringen gut sei, hatten wir unsere Antwort: Eine Kriegsübung, denn ihr alle werdet über Mülltonnen hüpfen oder euch flach auf die Erde pressen, sobald es knallt, bevor von der Blutarbeit überhaupt zu sehen ist.

Just an jenem Abend ließen die klammen knochigen Finger um Herz und Magen los, dumm kämpfende Tiere, als Irina meine Nekromantin gab. So war mir plötzlich klar, warum ich schließlich gar keinen Hunger mehr hatte, schließlich war ich tot. Das Gesicht fiel mir von den Knochen, ich kehrte es mit dem Besen zu den Staubgeschöpfen unter dem Bett, es rührte sich nicht. Ich war erleichtert darüber und die abendliche Hitze zeigte doch nur, dass ich in die Hölle gekommen war. Die Anwesenheit Irinas überraschte mich nicht, sie war aber nicht tot, sie war nur gekommen, mich zu führen, vermutlich schlief sie gerade.

Irina holte Doktor Weintraub: Ich hätte nur ein Cotard-Syndrom, behauptete Weintraub selbstbewusst, und ich solle mich zusammenreißen, mir nicht zu viel darauf einbilden, ich sei so lange am Leben, bis er das Gegenteil verkündete, kurz: Es sei nur in meinem Kopf. Ich war nun wieder in meinem alten Zimmer bei den beiden untergebracht und neben Bett hatte man mir auch Stuhl und Schreibtisch besorgt. In meiner winzigen Studentenwohnung lebte dafür nun ein Cousin Irinas, der aus dem Osten hierher geflohen war, den sie aber nicht im Haus haben wollte, da er für die Okkupanten war und erst als seine Pforte weggesprengt worden war verstanden hatte, dass im Osten kein Bleiben möglich war, auch wenn man die Zerstörer nicht als Feinde sah. Die Zimmer – ob mit oder ohne Möbel – füllten sich zumindest mit Menschen, die Flurnachbarn lernte man am Geruch auf der Toilette kennen. Irina aß nur noch hartgekochte Eier, trank Chablis und schwarzen Kaffee, ihre Augen waren trüb, ohne ihre Flasche ging sie nirgendwo hin. »Meine schöne Freundin, wirst du sterben?«, hatte einer jener Okkupanten unserer Räume hier gefragt, aber Irina hatte nur gelächelt. Die Komendantskij chas wurde verhängt, wir verließen das Haus also kaum noch und erst recht nicht nachts. Im Streit der Monde schien die Erde langsamer geworden zu sein, als sei sie eine dicke Frau, die zu müde war zu tanzen und stöhnte: »Ach, lasst mich doch hinsetzen!« Die durchschnittliche Körpertemperatur von Menschen schien laut wissenschaftlichen Ergebnissen zu sinken, auch an menschlicher Kälte fehlte es nicht. Knapp zwei Wochen Krieg, aber der Krieg der Bomben und Schrapnelle hatte uns noch nicht vollständig erreicht. Wir haben die Fenster mit Klebeband verstärkt, damit sie uns nicht aufschlitzen würden, im Falle einer Explosion. Das neue Bett hätte mir gewiss Rückenschmerzen bereitet, hätte sich nicht passend zu meinem vorherigen Ableben eine Analgesie eingestellt, wie der Schausteller, der sich verprügeln ließ, sie hatte. Auch mein Geruchssinn war verschwunden, vielleicht war dies nichts Schlechtes, denn es gab nur mehr Nahrung aus der Dose. Ich habe den alten stinkenden Schrank vor mein Fenster geschoben, bis ich es gewohnt war, Angst zu haben, dann kratzten wir auch das Klebeband wieder von den Scheiben. In anderen Städten schlugen Raketen ein, oder die Soldaten schossen auf die Einwohner – nur so zum Spaß. Die, die gegangen sind, warteten vierzig Stunden an der Grenze, nicht wissend, wo duschen, wo leben und wann zurückkehren. Die Häuser der Stadt waren wie ausgestorben, sie fuhren aufs Land zu den Datschen, irgendwohin. Als die Sirenen das erste Mal anklangen, blickte ich vom Balkon, um zu sehen, wo die Raketen einschlugen. Einige liefen zum Strand, um nach den Kriegsschiffen Ausschau zu halten. Trotz der beständig mehr werdenden Menschen im Haus, die offenbar Irina eingeladen hatte und nicht Jevgenij, war die kühle Stille, die nun selbst ein Echo zu haben schien, stets vorhanden, so lange, bis aus ihr offener Streit zwischen den beiden entstand. Sie bewarfen einander mit Phrasen der Revolution und Gegenrevolution, als sei gar kein echter Krieg da.

Den ganzen übrigen Tag lag das Haus still. Ich schlich umher, doch außer Oskar gelegentlich auf der Treppe traf ich niemanden an. Als ich spätnachts an meinem Schreibtisch saß, um meine Gedanken zu ordnen, bevor ich mich ins Bett begeben konnte, nach meinem neusten Notizbuch griff, nahm ich im Dunkeln Jevgenijs spöttische Stimme wahr: »Wie werden wir wohl die Ereignisse des heutigen Tages einordnen?« Er saß auf dem Stuhl neben meinem Bett wie ein düsterer Nachtkönig und machte eine verächtliche Handbewegung mit einem meiner älteren Tagebücher. Er erhob sich und kam auf mich zu, ich hatte fast vergessen, wie groß er war, und seine Locken streiften die Dachschräge. Oskar kickte mein Gesicht unter dem Bett hervor, ich schob es langsam wieder zurück. Jevgenij griff die Flasche Brandwein, die vor mir auf dem Tisch stand, und das Glas daneben. Ich hatte ihn vor Wochen mit nach oben genommen, um die Schlaflosigkeit zu vertreiben, als ich noch nicht wusste, dass ich tot war, dann schlief ich wieder von selbst. Er öffnete die Flasche, ließ den Korken zu Boden fallen, er würde ihn nicht mehr brauchen. Dann schnaubte er und marschierte los, zum anderen Ende des Hauses, wo er hinter Irinas Schlafzimmertür verschwand. Ein kalter Luftzug drückte sich durch das Fenster und ich wurde das Gefühl nicht los, dass er, sobald er in Irinas Zimmer ankam, wie ein warmer tropischer Hauch sein würde. Beide jedenfalls nahmen mir in dieser Nacht den Schlaf. Ich hatte eine Geräuschkulisse erwartet, die ähnlich peinlich berührend war, doch es war viel schlimmer: Sie lachten! Sie sprachen miteinander, nicht flüsternd, aber doch zu leise, als dass ich sie hätte verstehen können, dann lachten sie wieder und manchmal war es still, kurz, und ich glaubte, es hätte ein Ende gefunden, doch dann lachten sie erneut, als hätten sie nicht den Branntwein, nach dem ich mich gerade sehnte, sondern Freude selbst getrunken. Ich war nicht alleine damit, mich in dieser Nacht zu quälen: Irgendwann stimmte Oskars gleichermaßen gequältes wie quälendes Gejammer in das Spiel von Lachen und Flüstern ein, als könne er sie mit den großen Ohren nicht durch die Tür hören. Bis er endlich an meiner Tür kratzte, auf mein Bett sprang und ruhig einschlief.

Nur manchmal drehte er sich und trat mich dabei mit den Hinterpfoten in die Seite.

Am nächsten Morgen saßen Irina und Jevgenij frisch und friedlich am Frühstückstisch und lasen unterschiedliche Teile der Zeitung. Ich ließ mich auf einen Sessel fallen, goss mir Kaffee ein und hielt meinen Blick auf dem satten Schwarz. Oskar hopste auf den Stuhl neben Irina, als wolle er nun Mensch sein, und begann mit ihr zu zetern, als sei es seine Pflicht, sie auszuschimpfen für die unrechtmäßig geschlossene Schlafzimmertür letzte Nacht. Er rief mir zwar die vorwurfsvollen Töne des letzten Morgens in Erinnerung, Irina ließ sich jedoch in ihrer Lektüre nicht stören und Oskar gab sein Unterfangen, Irina zu belehren, auf, als Jevgenij begann, ihn mit dünn geschnittenem Schinken zu füttern. Nach drei Häppchen trollte er sich. Fast hätte man glauben können, alles sei wie früher, trotz des Gefühls, als wetzten Kätzchen ihre Krallen an meinem Herzen. Man musste sich, da hatte Weintraub recht, zusammenreißen, denn Angst tötet den Verstand. So wenig hält ein Haus wie dieses nun auch wieder nicht aus, man sollte nur wirklich nicht draußen in der Sonne sein. Die Luftschutzbunker beachteten wir kaum noch, da innerhalb von drei Minuten niemand dorthin gerannt wäre, und man hatte keine Sekunde zu verlieren, Poema! Man musste die Schuhe anziehen, alles Nötige mitnehmen, die Treppe hinunter, Poema! Ins Tierheim in drei Minuten? Ins Kloster? Eher zuhause an die Innenwände gepresst oder im Keller verkrochen. Wir sind immer noch zu nah an den Fenstern. Mindestens zwei Wände sollten zwischen dem eigenen Körper und dem nächsten Fenster sein. Man sollte Bargeld haben, zumindest vorübergehend. Die Kurse flogen nur so davon. Wir gehen nicht bei tagelanger Wartezeit vor Grenzposten, sondern blieben dabei, erst mal zu trinken, feiern eine weitere Nacht, am Leben zu sein, denn die Fluchtkolonnen lagen nackt und hilflos unter den suchenden Augen der Bomber. Ohne die Nachrichten könnte man manchmal fast glauben, dass dieser Krieg gar nicht wirklich sei. Jemand aus dem Moldavanka muss vier Blockposten passieren, schrieb er, aber in Arkadien hatten wir keinen einzigen. Vielleicht würde uns niemand erstürmen wollen, vielleicht liegen wir schlecht im Gelände. Die Kinder dürfen nicht mehr mit Kreide auf die Straßen malen, auch keine Sonnen und Monde, Saboteurkinder haben die Leute um sie gerufen mit angespannten Gesichtern wie im Kampf. Als sei Abertausenden von Gezeiten zuvor eine Tür zugefallen im Menschen. Die Sonne steckte bereits ermüdet, rot und bis zur Hüfte im trockenen Boden, der lieber Regen als Blut trinken wollte. Oder Likör, reif und sanft.

Ich musste den Wänden entkommen, obwohl ich natürlich wusste, dass mein Körper oben tot im Bett lag, ich durfte nur Weintraub nichts davon erzählen. Ich hielt eine Tasse Kaffee in der Hand, wollte mich auf den steinernen Bänken des Friedhofs niederlassen, da heulten und jammerten die Sirenen los wie die Geister des letzten Jahrhunderts und es war gewiss nicht Samstagmittag. Wir alle hatten nun eine neue, fremde Art, wie wir in den Himmel blickten. Das Kompensieren der Angst, dadurch den Abwasch zu erledigen oder die Angst mit Ohrstöpsel einfach auszublenden, anstatt ständig panisch zu zittern und um vier Uhr morgens bei Eiseskälte Jacken und Schuhe anzuziehen, um im unsicheren Licht des Mondes zu einem Bombenkeller zu rennen – irgendwann gibt man die Angst auf. Die Sirenen ertönten nun zigfach dieser Tage, und wir begannen fast normal den Geschäften nachzugehen, ohne zitternde Knie oder schwitzende Handflächen. Als es nach Mai roch, putzten alle ihre Fenster, auch wenn die Sirenen nicht pausierten, denn niemand hatte den Frühling abgesagt. Wir dachten vermutlich alle wehmütig daran zurück, als die Straßen nachts uns gehörten, kurz, wir hatten zwei Augenblicke zwischen Seuche und Krieg noch genießen können, überrascht, was da kam. Die Städte hatten nur noch eine Regel: nicht zu sterben, und nichts war verheerender als ein

Regelbruch. Irgendwo verdiente Jevgenij wohl daran, dass die Welt zerstört wurde. Ich kehrte täglich von meinen Ausflügen zum Friedhof zurück und immer war Irinas leuchtendes Gesicht im Fenster, bis ich eines Abends ihrer Stimme folgte. Ich wusste nicht, was sie gesagt hatte, war aber sicher, sie hatte mich gerufen. Sie ließ ihr Buch sinken und ich fragte mich, so wie wir ohnehin lebten, ob ich eines Tages in ihrem Grab liegen dürfte, so wie die Künstler oft bei jemandem – u kogo – lagen, wie man so schön sagte, denn wer konnte sich schon ein Grab leisten und erst recht nun, da Krieg war. Da hatte man, als ein Grab aufgelassen wurde, zuletzt vier Köpfe in einem Sarg gefunden, denn Särge waren knapp, eine Mutter mit drei Kindern, in Teilen durch die Bomben vom letzten Krieg. Mozhno u tebya, hätte ich gerne gefragt und versprochen, kein Wort zu sagen, aber ich hielt das Versprechen ja bereits jetzt. Sie sagte nichts, lächelte, hielt mir einen Teller mit Vkusnyashki hin. Der nächste Tag war das Fernstmögliche, das man sich vorstellen konnte. Die nächste Stunde musste erst überlebt werden.

Maschinenstürmer, die den Moloch Maschine befreien wollten, sabotierten ihre Panzer, die Hunde heulten ihr Leid zu den Monden hoch, und nur die neue Pest streichelte ihr räudiges Fell, dennoch kehrten wir zurück, von jenem kurzen Unterfangen, das wir erst noch Flucht genannt hatten. Mag es dem Weltenangsttraum geschuldet sein, denn wer ertrug schon die unendliche Weite, wenn man die umarmenden Fassaden kannte? Mag es dem blutig rot leuchtenden Mond an den Wassern anzulasten sein, wer wusste schon, warum wer was glaubte tun zu müssen? Die Geschichte der Menschheit ist schließlich durchzogen mit Widersprüchen und längst nicht so klar, wie die Sehnsucht manches Historikers es sich wünschen würde.

Ich hörte den Dämon im Kopf, er hörte sich fast an wie Jevgenij: »Ja, du karthago mich auch Mal, seit drei Tagen fahren keine

Züge mehr, Funktraktoren wurden zurückgerufen, Schiffe in der Tiefe der See bekreuzigt, die Blumen sind gefallen und die Götter aus den Schreinen gestohlen.« Man war schrecklich höflich zu Irina in ihrer Trauer und Nettigkeiten flogen ihr zu, sie summte sich selbst Melodien vor, Lieder, die sie lange vor der Tragödie gelernt hatte. Die Feuerwerke auf den Fischerbooten im Nebel erschreckten uns alle fast zu Tode.

Die Hitze erreichte ihren Höhepunkt. Man spähte am Giebel vorbei in den Himmel, ob da nicht etwa eine Naturkatastrophe im Anzug war. Nicht mal ein Gewitter. An den Kiosken baumelten die vergilbten Morgenzeitungen wie riesige Artischocken aus welkenden Nachrichten, sobald die Hitze wiederkehrte. Insekten purzelten aus der Bibel in die Zeitungen und dann von den weit entfernten Regionen der Zeitungen auf unsere Felder. Die Kornknappheit begann, nun, nicht für uns, doch für viele. Die Bäcker buken unser täglich Brot und verlangten manche Seele dafür. Im ewigen Eis, das halt nicht ewig ist, aber man beharrte, es sei ja weit weg, hatte man neue ausgestorbene Tiere gefunden. Es gab ein Leben nach dem Aussterben. In der Geschichte des Erdenballs hatten ewige Eise einen ähnlichen Ewigkeitsanspruch wie ewige Reiche. War das Schnee? Asche vielleicht. Das Wetter war der Gestank brennender Reifen. Erst wickelte man sich die Tücher vor Mund und Nase wegen der Seuche, dann wegen der Ascheflocken. Der Wind toste und warf die Schilder in den Straßen um, nur mein Herz brach immer noch lauter. Das Wort Feind war verboten. Gedruckte Worte ohne Bedeutung außerhalb dieser Gesellschaft und alle vergangenen Verträge waren nur mehr Papier, das man zerreißen konnte. Seit Kriegsbeginn habe ich zu wenig gegessen und alles, was nun geschah, lag bereits in Frau Gesterns Händen. Seit drei Tagen kamen keine Züge mehr. Die Elemente, damit meinte man uns, schrieb die Journaille, führten sich auf, als müsse etwas Großes kommen. »Revolutionär« musste man nun nicht mehr dazu notieren, alle wussten Bescheid. Die Schreibenden in ihrer kollektiven Wahnvorstellung, zu Größerem bestimmt zu sein. Wenn man nur lange genug zuhörte, könnte man es fast glauben, obwohl das Weltall vollgestopft ist mit Masse und Leere gleichermaßen. Der Krieg sagte einem, dass man noch lebte.

Das allabendliche Licht konnte von den brennenden Fabriken und Militärbasen herrühren, vom glimmenden Rauch oder brennendem Laub. Unter diesen Umständen begannen wir das Ziel von Jevgenijs Rede zu erfüllen, da wir nun erst begriffen, was sie bedeuten sollte: Man würde dem Gegner einen Sieg geben, den er nicht so schnell vergessen würde, dem heutigen Zaren, der seine Truppen als humanitäre Hilfe bezeichnet, von chemischen Waffen in unserer Stadt spricht, in den Laboren von Weintraub und anderen, der sagt, dass gar kein Krieg zu uns gekommen sei, nur Befreier, um uns von dem Bösen zu erlösen. Ätherartig, flüchtig, so waren all seine Worte, auch sein: »Das haben wir nie behauptet.« Angenehm riechend? Ätherhaltig und betäubend.

Das Wetter verkroch sich so schnell in einer Höhle, wie es zuletzt stets vorgesprungen war, so konnten wir in Frieden arbeiten, während wieder mein Hirn pumpte und ich mir selbst, Seite an Seite mit meiner Zunge, die keinen einzigen unruhigen Hopser tat, ansah, was mein untoter Körper alles erledigen konnte. Man solle sie aufstellen, aufhängen, ausbluten, sie zucken sehen, verlangte Emotschka. Dass sie zappelnd tanzten, dafür sollte man die Promenade nutzen, all die feindlichen Flaggen hier. Man solle sie häuten, ihnen die Genicke brechen, die Füße abhacken für das, was sie getan haben, als sie durch die Rasputitsa wateten, unsere Traktoren ihre Panzer stahlen. Doch Jevgenij wollte dem Diktator zeigen, dass seine Flaggen ebenso wenig wert waren wie vertragliches Papier. Man konnte sie einfach zerreißen, denn sie waren eine Täuschung, wie die große Treppe zum Hafen oder der gespiegelte Merkurtempel. Jevgenij dirigierte die

Zukunft in diesem Moment, den Willen des Himmels, wenn man so möchte. Er bestellte gegnerische Fahnen, gab Lektionen, wie man sich zu verhalten habe, führe er an einem in der Menge vorbei, lachen, winken, Wimpel schwenken. Die Zeitungen begannen plötzlich, wie auf sein Anraten hin, mit nervöser Beharrlichkeit verlorene Schlachten herbeizuschreiben und ungeahnte Erklärungen dafür, von denen der Zar niemals gehört haben mag, aber einem propagandistischen Sieg musste man nicht ins Maul schauen, denn man hätte ihn gefeiert, ganz gleich, wie die Schlacht ausgegangen war, die Bestätigung der Gegenpropaganda zu erhalten war ein weiterer Grund zum Feiern. Es war bereits nach Mitternacht und Fackeln schnitten einen Weg durch die Straßen. Fallende Fackeln aus dem Nachthimmel, viele verglommen bereits auf dem Weg, erschöpft von der Größe des Weltalls, das nicht aufhört, größer zu werden, das stets expandierte, eine ewigliche Explosion, und manchmal bespuckte es uns arme Molekülzusammensetzungen, während die Lichtlein sich abnutzen und schrumpfen, und Jevgenij hatte vermutlich noch nie auf die Horoskopschreiber gehört. Blass und geistgleich, auch weil es an einer adäquaten royalen Robe mangelte, so sah Jevgenij leider aus wie immer und hatte fast etwas von einem Schuljungen in den Kleidern, in denen er sich gefangen nehmen lassen würde, denn darauf hatte der Diktator bestanden. Fast als sei eine Theaterfigur gerade auf der Bühne erschienen. Eine plötzliche Liebe zum Neuen erweckte auch hier die Menschen: Man schrieb die Chroniken eines gescheiterten dritten Weltkrieges in einer separaten Spaßstadt, die Graffitikünstler versuchten sich an originären Zumutungen der bejubelten Flagge – all die brotlosen Künstler, deren Kunst morgen uns alle ernähren wird, wenn wir wieder unsere Ruhe haben.

Der Diktator fuhr in der Limousine vorbei, die Menschen tanzten. Die Menge jubelte und er würde nicht erfahren, dass man, sobald er der Stadt den Rücken kehrte, seinen Sieg wieder wegräumte, in die Mülltonnen warf und die feindlichen Soldaten hinterrücks überfiel. Ein potemkinscher Sieg für eine potemkinsche Armee. Leichen wurden gefunden, mit drei oder mehr Messern im Rücken, und die fahrbaren Krematoriumsöfen hatten sie glücklicherweise selbst mitgebracht. Der Diktator selbst war in seinen Bunker zurückgekehrt, und man hatte diesen von außen versiegelt, so war er sowohl tot als auch lebendig, ein Diktator im Sinne Dr. Schrödingers. Jevgenij wurde daraufhin als Zauberkünstler verhaftet, da auch die andere Kriegsseite seine Methoden fürchtete, doch vor dem so genannten Illusionistenprozess war er aus seiner Zelle verschwunden. Oskar okkupierte mein Zimmer. Der Krieg war zu Ende, wir träumten einander zu, die Hunde suchten die Minen. Ob die Revolution Ursache oder Folge der Niederlage war, darüber wurden die Historikerkommissionen sich niemals einig. Ob das Auseinanderreißen des Kontinentes, das bald folgen würde, auf dies zurückzuführen war, muss jedoch angezweifelt werden. Der Kampf hatte ohnehin kein Ergebnis gebracht, nur einen Platz unter der Erde, zumindest mir, andere mochten sogar ein freies Land haben, auch wenn Weintraub darauf bestand, dass ich alt würde und sich das bis zur Verwesung fortsetzen würde. Die Monate des Diktators waren ohnedies gezählt, wie jene, die man einem Mastschwein gibt. Abends regnete es Spinnen, bis der Regen sie zusammenkrümelte mit den Lichtkrümeln auf dem Trottoir und Krähen umherhopsten, um sie aufzupicken gemeinsam mit den Hammerkopffledermäusen, die immer öfter bis in die Stadt flogen, gerade wenn der Mond bedrohlich nahe kam. Sie sahen aus wie die Wasserspeier unserer Damen, wirkten den steinernen Kollegen wie aus dem Gesicht geschnitten und saßen zur Tarnung gerne neben ihnen. Der Mond drängte sich an uns und Irina jammerte über ihre Überlebensschuld ein ganzes Meer an Erinnerungen hoch, als wolle sie sie konservieren. Die Wände kämen auf uns zu, sagte sie, als sie die fremden Flaggen von den Fenstersimsen rupfte und in Säcke stopfte. Aber ihre Worte würden die Wände nicht zum Einsturz bringen. Ach, wäre ich nur nicht tot, wir lachten. Selbst wenn Weintraub sagte: Nichts, keine Zunge und keine toten Organe, kein Rasputin-Firlefanz. Ich wankte durch die Straßen und wunderte mich, dass ich rauchen mochte, denn als ich noch lebte, konnte ich es nicht ausstehen. Ich wankte dahin, nur eine letzte, bevor ich gehe, dachte ich und lachte in mich hinein, war ich doch schon fort.

Im Bunker

Elke Heinemann

Wer Wirklichkeit und Einbildung noch zu scheiden vermag, ist seiner geistigen Kräfte sicher.

Elias Canetti

Du bist für mich gestorben, hatte sie gesagt, wenn sie wütend auf mich war, betrunken oder aus anderen Gründen außer sich, einmal ging sie mit einem Messer auf mich los, als ließe sich wie im Märchen Gesagtes in Geschehen verwandeln, die Mutter sticht nach mir, heftig, trifft die Luft, ich weiche aus, tänzelnd, gleitend, fliehend wie ein Trugbild ihrer Fantasie, vielleicht ist es nur ein böser Traum, *A dagger of the mind, a false creation, /Proceeding from the heat-oppressed brain?*, fragt Macbeth, und doch gibt es in seinem wie in meinem Text ein Messer zum Anfassen mit scharfer Klinge. *Du bist für mich gestorben.* Und stirbt selbst mit siebzig Jahren und einer zusätzlichen Woche in komatösem Zustand, wie unentschieden zwischen Leben und Tod, angehängt an technisches Gerät, das irgendwann für immer aussetzt. Nachts aber ist sie eine lebendige Tote, in Filzpantoffeln wankt sie über Perserteppichimitat, durch eine Rotweinlache von der Größe eines Gartenteichs, die Frisur gelöst, das Gesicht gerötet, die Bluse aus dem Rock gerutscht, vor der rustikalen Wohnzimmerschrankwand bleibt sie stehen, sie schwankt, öffnet die Bar, die Flaschen mit Obstlern aus diversen Früchten, buntschillernden Likören, Weinbrand, Sherry, Rum in sanftem Braun und Gold, auf dem gefliesten Eichentisch sind die zu den Getränken passenden Gläser zu sehen, voll, halbvoll, leer. *Du bist für mich gestorben!* Sie heult erneut auf, greint, sticht wieder in die Luft, es ist wie in einem Märchen, die Mutter lebt, ich bin gestorben, aber am Ende der Nacht weiß ich, es ist umgekehrt und alles andere nur ein böser Traum.

Wenn ich eine allwissende Erzählerin wäre oder Gott, könnte ich die Mutter auferstehen lassen oder vortäuschen, sie wäre tot und lebendig zugleich wie etwa jene Katze – nur, um es in ein Bild zu fassen –, die der Physiker Erwin Schrödinger 1935, im Geburtsjahr der Mutter, erfunden hat, um sie mit einer gefährlichen Maschinerie in eine fiktive Stahlkammer zu sperren, wo sie nach quantenmechanischer Gleichung tot ist und lebendig zugleich, bis jemand ein eindeutiges, ein messbares Ergebnis erzwingt, Gott spielt, ins Innere der Kammer sieht, die wie ein Bunker auf mich wirkt, wie ein Luftschutzbunker des Zweiten Weltkriegs, in dem ich mit der Mutter hocken könnte, wäre er in einer anderen Welt, aber in dieser Welt ist die Mutter, die in einem Luftschutzbunker des Zweiten Weltkriegs hockt, noch keine Mutter, kein Kind, das in ihr hockte wie in einem Bunker, sie selbst ist noch ein Kind, das kleine Mutterkind, das mit steinernem Gesichtchen in dem Bunker hockt, in den ich, wäre ich eine allwissende Erzählerin oder Gott, nicht Schrödingers Apparatur platzierte, die die erfundene Katze töten mag oder nicht, kein Geiger'sches Zählrohr mit radioaktiver Substanz, die zerfallen mag oder nicht, kein Relais, das zum Zeitpunkt des Zerfalls ein Hämmerchen in Bewegung setzte, welches das Kölbchen mit der Blausäure zerschlüge, die das Kätzchen vergiftete, sondern eine Bombe der Royal Air Force, die explodieren mag oder nicht, und falls ich sie explodieren ließe, dann so, als gälte es, den Urknall zu übertreffen, die Menschen werden hin- und hergeworfen wie in einer Berg- und Talbahn, jeder schreit, keiner lacht, man ist ja nicht auf einem Volksfest, es ist, als würde die Erde aus dem Weltall gerissen, egal, ob Gott zusieht oder nicht, egal, ob irgendjemand bereit ist für Himmel oder Hölle, im Fegefeuer sind sie alle, *Und vergib uns unsere Schuld, wie auch wir vergeben unsern Schuldigern* – ich muss jetzt nur noch entscheiden, ob das Mutterkind die Explosion überleben darf oder nicht.

Warum sollte ich die Geschichte der Mutter erzählen? Weil ihre Geschichte eine von vielen Geschichten ist, die einander ähneln? Weil sich ihre Geschichte als Fallbeispiel der Geschichte darstellen ließe? Ich muss mich einfühlen, denke ich, ich muss die Gefühle der Menschen wiedergeben, auch die Gefühle der kleinen Mutter; aber wie gibt man Gefühle wieder, die niemand fühlt, auch nicht das Mutterkind, weil sie es töten könnten?

Ich könnte die Mutter im Bunker überleben lassen, in dem andere Menschen sterben, die Spuren des Bombeneinschlags könnten mehr als dreißig Jahre später immer noch zu sehen sein, es ist, als läge das Gebäude unter einer Felslawine, Kabel, Rohre und Stahlträger ragen aus den zerborstenen Betonkuben, vor denen ich, das halbwüchsige Kind der Mutter, stehen und mir vorstellen könnte, dass hier in jener fernen Zeit, in der die Mutter Nötigstes für die Schule und Notwendigstes fürs Überleben lernt, eine Bombe explodiert. Es ist, als könnte ich im Inneren des Bunkers Menschen ausmachen, Kinder, die selbstvergessen an Stofftieren saugen, Mütter, die zögerlich Brote verteilen, Alte, die über ihren Stock gebeugt ins Leere starren, Kriegsversehrte mit Verbänden an Kopf, Armen, Beinen, die wie irre vor sich hin flüstern, *Vater unser, der du bist im Himmel ... gebenedeit seist du unter den Weibern ... Gelobt seist du Ewiger, unser Gott und Gott unser Vater, Gott Abrahams, Gott Isaaks und Gott Jakobs, großer starker und furchtbarer Gott*, sagt niemand, niemand weiß, ob Gott seinen Blick in das Innere des Bunkers lenkt, ob Gott seine schützende Hand über die Menschen im Bunker hält, ob Gott hier ist oder an einem anderen Ort, und falls ja, *wo, um Himmels Willen!*, schreit eine Alte, und da explodiert die Bombe, so, als gälte es, den Urknall zu übertreffen, Menschen brennen ab wie Fackeln, werden quer durch den Raum geschleudert, in einer Blutlache von der Größe eines Gartenteichs bleiben sie liegen, reglos, verrenkt, zerrissen. *Denn dein ist das Reich und die Kraft und die Herrlichkeit in Ewigkeit.*

Der Tag folgt auf die Nacht, als wäre nichts geschehen, ein Tag wie alle anderen Tage, Sirenen heulen, Voralarm, Vollalarm, Entwarnung. Es war einmal, könnte ich schreiben, als schriebe ich ein Märchen, oder: Es geschah aber in einer dieser schweren und schwer beschreibbaren Nächte, nicht lange nach dem 18. Februar 1943, denn auf den Tag genau achtzehn Jahre vor meiner Geburt ruft Joseph Goebbels im Berliner Sportpalast den *Totalen Krieg* aus, *Nun, Volk, steh auf, und Sturm, brich los!*, und am 5. März 1943 startet die Royal Air Force die *Battle of the Ruhr* mit einem Angriff auf Essen, *Waffenschmiede des Deutschen Reichs*, Stadt meiner Geburt, Heimat der kleinen Mutter, die noch keine Mutter ist.

Kein schöner Land in dieser Zeit
als hier das uns´re weit und breit
wo wir uns finden
wohl unter Linden
zur Abendzeit
wo wir uns finden
wohl unter Linden
zur Abendzeit

Ich könnte, um nicht einfach von der Mutter zu erzählen, die als historische Person unbedeutend sein mag und als private Person nur mich interessieren dürfte, einen Luftangriff auf Essen beschreiben, es geschah aber, könnte ich schreiben, in einer dieser schweren und schwer beschreibbaren Nächte, die gleichwohl oft beschrieben worden sind, in Romanen beispielsweise, die kaum glaubwürdiger wirken als Zeitzeugenberichte in der National-Zeitung Ausgabe A Groß-Essen. Ich könnte die Geschichte der Mutter in der Geschichte der Zeit aufgehen lassen, die mir, der Nachgeborenen, fast unbeschreiblich erscheint, es ist, als hätte es das Mutterkind nie gegeben, ein schmales Mädchen, Helmfrisur mit schiefem Pony, Schürzenkleidchen und kratziger Strumpfhose, es sieht den Fotografen ängstlich an, nichts Ungewöhnliches ist an dem Kind, ein Kind wie andere Kinder auf anderen Fotos, vielleicht wurde das Foto vertauscht mit einem anderen Foto oder das Kind mit einem anderen Kind, austauschbar ist es in jedem Fall, so mag es sich empfunden haben, denn im Krieg, sagt man, ist ein Menschenleben so wenig wert wie das Schwarze unter dem Fingernagel. *Du bist für mich gestorben,* sagt die Mutter der Mutter, meine Großmutter, zu ihrem Kind, wenn sie wütend ist oder aus anderen Gründen außer sich, Mutter ist sie gegen ihren Willen geworden, mehrfach überdies, vergeblich sind die heißen Sitzbäder, schwanger ist schwanger, ihr mächtiger Leib schwillt immer wieder an, Kinder fallen aus ihr heraus wie Katzen, eins nach dem anderen, sieben Stück, davon zwei auf einen Streich, im Bunker krallen sich ein paar von ihnen an ihr fest, rotznasig, verheult, mit eingenässten Hosen, Augen, die zugekniffen, Finger, die verkrampft, Münder, die aufgerissen ... *Mutter!* Sie müsste so viele Arme und Augen haben wie eine Spinne, sie zählt die Kinder immer wieder durch, ruft sie bei ihren Namen, *Karl, Rudolf, Helga, Gerda, Lisette!* Wenn niemand antwortet, ruft sie: *Lebst du noch?*

Come what come may, /Time and the hour runs through the roughest day, sagt Macbeth. Wenn ich die Mutter überleben ließe, könnte ich ihre Geschichte erzählen, die eine ist von vielen Überlebensgeschichten, kein Zeitzeugenbericht, unglaubwürdig wie die Zeitzeugenberichte in der National-Zeitung Ausgabe A Groß-Essen, weil es anmaßend wäre zu behaupten, es könnte mitgeteilt werden, was wirklich geschehen ist, niemand kann es wissen, auch nicht eine allwissende Erzählerin, für die Wirklichkeit eine von zahllosen Möglichkeiten ist.

Ich könnte ungefähre Zahlen nennen, beispielsweise, dass am Abend des 5. März 1943 mehr als 440 Halifaxes, Lancasters, Wellingtons, Stirlings und Mosquitos, gestaffelt in einer Höhe zwischen 4000 und 7000 Metern, Kurs aufs Ruhrgebiet nehmen und dann auf Essen, dass aus rund 360 Flugzeugen, von denen 14 nie und annähernd 40 schwer von Abwehrjägern und Flakbatterien getroffen nach Ost- und Mittelengland zurückkehren werden, ab ungefähr 21 Uhr fast 900 Sprengbomben und mindestens 140.000 Stabbrandbomben auf Stahlwerke, Hochöfen, Zechen, Kokereien, Arbeitersiedlungen und innerstädtische Gebäude fallen, großkalibrige Brandbomben zur Zielmarkierung, im Volksmund *Christbäume* genannt, Luftminen, unter deren Druck Dächer und Mauern einstürzen, Phosphorbomben, die in aufgebrochenen, wie Setzkästen wirkenden Häusern Brände auslösen, während Splitterbomben Straßen und Wasserleitungen aufsprengen. Himmelwärts strebende Heißluftsäulen treiben lodernde Orkane und finstere Staubstürme vor sich her, es ist ein onomatopoetisch unübersetzbares Inferno, Szenario eines Katastrophenfilms sollte man glauben, nur, dass diese Nacht angeblich Wirklichkeit ist, an die kaum jemand glauben kann, es ist wie in einem bösen Traum, in dem das Mutterkind eingeschlossen ist wie in einem Bunker, es gibt kein Morgen, kein Erwachen und auch kein Entkommen, ungefähr 1100 Tonnen Sprengmaterial explodieren in der Stadt, die Vibrationen spürt man noch in der Tiefe der Luftschutzkeller und Stollen, und in dem Bunker, in dem das Mutterkind hockt, spürt man sie auch, das Licht der Deckenlampen schwächelt, flackert, erlischt, Befehle fliegen wie Hacken durch den Raum: *Ohren zu, sonst platzt das Trommelfell! Mund auf, sonst platzt die Lunge!* Das Mutterkind sitzt da mit offenem Mund, Hände über den Ohren, stumm ist es, wie ausgeschnitten aus Munchs *Schrei*. Vielleicht ist das Ganze doch ein Märchen, wer weiß, wer es erfunden hat, ich war's nicht, Gott darf es nicht gewesen sein, nein, Adolf Hitler ist es gewesen, *Das deutsche Volk ist es nicht wert, zu überleben,* wird er 1945 sagen und damit auch das Mutterkind meinen, und falls es überleben sollte, dann ohne Wert und ohne Würde, *du bist für mich gestorben,* hatte die Mutter der Mutter zu ihrem Kind gesagt, und wie in einem Märchen könnte sich Gesagtes in Geschehen verwandeln oder in einen bösen Traum, in dem jeder Schritt vielleicht der letzte ist, es ist wie nach einem Fliegerangriff, man drängt zur Bunkertür, stolpert, fällt, betet, aber Gebete werden gerade nicht erhört, weder von Gott noch von einer allwissenden Erzählerin, die doch wissen, was im Bunker vor sich geht, sie können das Mutterkind in der Dunkelheit ausmachen und alle anderen Kinder, die Frauen, Alten, Kranken, *schnell, schnell, hinaus, hinaus,* draußen bleiben alle steh..., können nicht versteh..., nicht glaub..., andere rücken auf, *weiter, weiter,* geblendet vom Flammenmeer, husten, röcheln, *langsam, langsam,* wie in Zeitlupe gehen die, die noch gehen können, über die phosphorheiße Straße, als wäre es ein Hochseilakt, andere rennen wie aufgezogen hin und her, eine Frau bleibt zurück, *dreh dich nicht um!,* wird angerempelt, zu Boden gedrückt, mitgeschleift, *komm, komm,* sie stolpern, klettern, kriechen über Fensterrahmen, Küchenschränke, Bettgestelle, jammern, ächzen, stammeln, *rasch, rasch, nach Hause,* vorbei an Trümmerhaufen, an zerfetzten Leichen, aber *der Tod ist in allen,* die diese Nacht überleben, *du bist für mich gestorben,* schreiend erst und dann für immer schweigend, weil *nicht sein kann, was nicht sein darf.*

Wir leben noch! Deutsche Volksschrift, Kreide auf rußschwarzer Wand, Schwarzweißfotos mit gezacktem Rand zeigen die Graffiti. Die National-Zeitung Ausgabe A Groß-Essen nennt im Unterschied zu mir keine Zahlen, schreibt nicht über rund 3000 zerstörte Häuser, nicht über etwa 50.000 Obdachlose, sondern über *Improvisationsvermögen, wirklichkeitsnahen Sinn, Entscheidungsfrische, Herz und gesunden Menschenverstand* der Überlebenden nach dem *grausamen Terror der britischen Mordbrenner gegen Frauen und Kinder* – wie sind sie doch *feige, brutal, verdammungswürdig!* Angemerkt wird nicht, dass die Luftwaffe wenige Jahre zuvor London bombardiert hat, Southampton, Birmingham, Liverpool, Clydebank, Bristol, Swindon, Plymouth, Cardiff, Manchester, Sheffield, Swansea, Portsmouth, Avonmouth und Coventry, angemerkt wird nicht, dass *coventrieren* im NS-Jargon die Zerstörung einer Stadt bedeutet.

It will have blood; they say, blood will have blood, sagt Macbeth, und in der Tora steht *so sollst du geben Leben für Leben, Auge für Auge, Zahn für Zahn, Hand für Hand, Fuß für Fuß, Brandmal für Brandmal, Wunde für Wunde, Strieme für Strieme.* Im Juli 1943, am Ende der *Battle of the Ruhr*, die man mit der Schlacht von Stalingrad vergleicht, obwohl hier nicht Soldaten gegen Soldaten kämpften, sondern Soldaten gegen Frauen, Kinder, Alte, Kranke, muss Alfried Krupp von Bohlen und Halbach die Produktion von Geschützen, Munition, Panzer-, Flugzeug- und Kriegsschiffsteilen in seinen Werken einstellen, die schon im März fast 200 Mal getroffen worden sind, von britischen Bombern in der Nacht, von amerikanischen Bombern am Tag. Ein Flugzeug höre ich in der Ferne, vielleicht ein Airbus, voll besetzt mit Urlaubern, wölkchenweiße Spur auf samtblauem Sommerhimmel, rasch schließe ich das Fenster über dem Schreibtisch, auf dem Notizen mit Zahlen liegen, die nur geschätzt sind und nichts aussagen über die Toten einer dieser schweren und schwer beschreibbaren Nächte – *tragisches Geschick*, schreibt die National-Zeitung Ausgabe A Groß-Essen, und *Gottes Rat.*

Im April 1945, kurz nach dem zehnten Geburtstag der Mutter, der nicht gefeiert wird, weil es im Bunker keine Geburtstagsfeiern gibt, wird die Stadt, wenn man sie noch so nennen will, denn übrig ist nur ein qualmender Geröllhaufen mit Millionen Kubikmetern Schutt, instabilen Hausgerippen, Kratern, Bombentrichtern, von amerikanischen Truppen besetzt; kein Mitglied der jüdischen Gemeinde ist hier, kaum die Hälfte der Vorkriegsbevölkerung, weniger als 300.000 von vormals mehr als 650.000 Menschen zählt man, unter ihnen ist die Mutter, die mir von dem Bombeneinschlag im Bunker erzählt haben mag oder nicht, vielleicht hat sie die Geschichte erfunden, denke ich, oder vielleicht habe ich sie erfunden wie ein Märchen oder einen bösen Traum, dazu mich selbst, die Mutter, ihr Leitmotiv, *du bist für mich gestorben,* vielleicht ist meine Erinnerung die Erinnerung an einen Spielfilm, der ohne ein Beweisstück auskommt, ohne ein Foto des Bunkers, wie ich es beispielsweise kürzlich bei einem Besuch in Essen gemacht habe, eine Aufnahme, die das sanierte Gebäude zeigt, das nun ein Mehrfamilienhaus ist mit Gewerberäumen im Erdgeschoß, auf den Balkonen der Wohnungen mit den meterdicken Mauern schwingen weinrote Geranien im Wind, es ist, als wäre niemals Krieg gewesen, *und warum nicht*, könnte man sagen, denn auch im Krieg gibt es nicht nur den Ausnahmezustand, *du bist für mich gestorben* will man nicht immer wieder hören, man tauscht *einen Kommunionsanzug gegen einen Wringer*, sucht per Zeitungsanzeige *verlorene Schlüssel* oder *die Bekanntschaft eines gebildeten, charaktervollen Herrn, evtl. spätere Heirat, Witwer mit Kind angenehm*, das erste Rendezvous in der *Lichtburg*, dem wichtigsten deutschen Kino, in dem es sowohl Toiletten gibt als auch Luftschutzräume, so dass ich mich wieder frage, ob ich tatsächlich eine Bombe in den Bunker einschlagen lassen soll, in dem die Mutter hockt, wobei sie überleben könnte oder eben nicht – *du bist für mich gestorben!,* würde ich vielleicht rufen, spöttisch, lachend!

Im Spiel ist der Tod irreal, die Darsteller erheben sich, beginnen von vorn, als wäre nichts geschehen, *Applaus!* Und so könnte ich so tun, als ob das Mutterkind im Bunker glaubte, es stünde auf einer Bühne, es könnte, sollte es beispielsweise von einer Bombe zerrissen werden, auferstehen, weiterspielen, als wäre nichts gewesen, ein fantasiebegabtes Mädchen, das sich ablenken will von dem Drama *Battle of the Ruhr*, in dem es gegen seinen

Willen mitspielen muss, obwohl es gar nicht Englisch spricht. Ich könnte etwas Heiteres für das Mutterkind auswählen von Molière, Destouches, Marivaux, Komödien, in denen es *einen fiktiven Charakter* gibt, eine Figur, die seinen Vornamen trägt, Lisette, französische Kurzform des hebräischen Namens Elisabeth, Lisette, das *witzige, kluge, verständige Dienstmädchen* nach Vorbild der *närrisch-neckischen Dienerin Columbina aus der Commedia dell'arte* – Applaus!

Das Mutterkind verbeugt sich tief auf der Bühne seiner Fantasie, obwohl es Molières, Destouches' und Marivaux' Lisette gar nicht kennt, erst 20 Jahre später, wenn es selbst ein Kind hat, wenn es Mutter ist, wird es die Komödien mit Lisette im Essener Grillo-Theater sehen; und doch will ich, dass das Mutterkind in dieser Nacht, die ich auf den 5. März 1943 datieren könnte, auf seiner inneren Bühne steht, um Bunker und Bombenkrieg zu vergessen und die Lisette zu geben, frei nach seiner eigenen Fantasie, nicht Molières, Destouches' oder Marivaux' Lisette muss es sein, das Mutterkind darf sich selbst spielen, so gut es eben geht, und es geht sehr gut, Beweis ist der Applaus, der Vorhang hebt sich immer wieder, man ruft laut *Lisette!*, trommelt mit den Füßen, jubelt, klatscht, pfeift, Ovationen hört das Mutterkind von der Lautstärke eines Sommergewitters, das nach langer schwüler Hitze ausbricht, während zeitgleich das in der Essener Stadtmitte gelegene, von dem Industriellen Friedrich Grillo gestiftete Theater in Flammen aufgeht und im Bunker eine Bombe der Royal Air Force explodiert, so, als gälte es, den Urknall zu übertreffen, Geschrei vermehrt den Lärm, auch die Mutter der Mutter, meine Großmutter, könnte etwas rufen, *Lisette!*, ruft sie. Und: *Lebst du noch?*

Es gibt Fragen, die sich nicht oder nur schwer beantworten lassen. Welche Antwort könnte meine Großmutter erwarten, die vielleicht schon bei Voralarm rasch fünf von sieben Kindern – der Jüngste starb nach der Geburt, der Älteste versucht, an irgendeiner der vielen Fronten dieses Kriegs zu überleben – aus den Etagenbetten gezerrt und mit Decken, Mänteln, Taschen beladen hat, um sich dann selbst die Winterjacke übers Nachthemd zu werfen, nach Schlüssel, Wasserflasche, Brotbeutel zu greifen und das ziegelrote Reihenhaus zu verlassen, *schnell, schnell,* mit den Kleinen hinüber zum Bunker? *Lisette!,* ruft meine Großmutter wieder und wieder, aber Lisette steht auf einer Bühne und verbeugt sich tief, die Augen sind geschlossen, sie hört den Beifall, er rauscht wie die Blätter der Bäume, die in der Nähe des Bunkers stehen, aber an den Bunker will das Mutterkind nicht denken, es kann gar nicht an den Bunker denken, es muss vielmehr an die vielen Menschen denken, die applaudieren und *Lisette!* rufen, Lisette wird der Mutter sagen, dass es viele Menschen gibt, die sie lieben, weil sie so gut die Rolle der Lisette spielen kann, die hübsch ist, gescheit und geschickt, Typ braves deutsches Mädel, das nach Schulschluss nicht nur Hausaufgaben macht, sondern auch Hausarbeiten, Geschirr spült, aufräumt, fegt, wischt, die kleinen Brüder füttert, seine Mutter tut nichts davon gern, sie hat es gern, wenn Lisette es tut, besser, sie lernt früh, welche Aufgaben sie ein Leben lang verrichten muss, es sei denn, sie kann ein *witziges, kluges, verständiges Dienstmädchen* einstellen oder selbst gebären. *Lisette!* Lisette hört den Beifall ihres Publikums, er rauscht wie der Kanal, in dem die Kinder heimlich schwimmen, es ist gefährlich und somit verboten, sie werfen sich ins Wasser, tauchen unter schwer beladenen Schleppkähnen her, Lisette liegt im Gras am Ufer und träumt davon, mitzumachen, obwohl sie noch gar nicht schwimmen kann, sie würde sofort ertrinken, sollte sie in den Kanal springen. *Lebst du noch?* Edith, die beste Freundin, ist neben ihr, die anderen gellen im Wasser.

Wenn Lisette die Augen im Bunker öffnete, würde sie die anderen vielleicht wie zappelnde Schatten wahrnehmen, schemenhaft, unscharf konturiert im dichten dunklen Rauch, manche bis zur Taille verschüttet, alle mit grauem Staub bedeckt, laute Stimmen sind zu hören, eine Stimme ist lauter als alle anderen, *Lisette!* Sie kann die Augen nicht öffnen, sie kann nicht sehen, was um sie herum geschieht, sie muss in sich hineinsehen, da ist die Bühne, sie verbeugt sich und hört dabei die Stimme der Mutter, die Mutter ist eine von vielen, die ihren Namen rufen, *Lisette!*, die Mutter ist eine von vielen, die sie lieben, weil sie hübsch, gescheit und geschickt ist und nach Schulschluss nicht nur Hausaufgaben macht, sondern auch Hausarbeiten, *Applaus!* Da wird sie von harter Hand gepackt, *Augen auf!, wird's bald, ich zähl' bis drei, eins, zwei,* sie kann nicht anders, sie muss, will gehorchen, blickt bei zwei in das Gesicht der Mutter, die zählt die Kinder immer wieder durch, ruft sie bei ihren Namen, *Karl!* Karl ruft: *Mutter! Rudolf!* Rudolf ruft: *Mutter! Helga!* Helga ruft: *Mutter! Gerda!* Gerda ruft: *Mutter! Lisette!* Lisette ruft: *Edith!* Denn da, auf dem Betonboden des Bunkers, liegt Edith, die beste Freundin, sie hat nur noch einen Arm, nicht zwei Arme wie das Mutterkind, nein, dort, wo Ediths zweiter Arm sein sollte, wo er noch vor kurzem gewesen sein muss, klafft ein Loch, Edith schreit, es ist ein schreiendes Weinen, neben Edith liegt Ediths Mutter mit verdrehten Gliedern und blauem Gesicht, eingefasst in eine dunkle Blutlache, groß wie ein Gartenteich, kaum dass sich das Bild für eines der interaktiven war-games eignete, die das Mutterkind nicht kennen kann, weil es sie noch nicht gibt, denn in der Zeit, in der die Mutter ein Kind ist, ist der Krieg real und nicht computergeneriert. Das Mutterkind steht da, es ruft *Edith!*, während Edith vor ihm liegt und stirbt, *Lisette!*, sie muss mich hören, denke ich, ich rufe ihren Namen, *Lisette!*, rufe ich, *schließ die Augen, kurz, und jetzt öffne sie wieder, sieh, hör, sprich, es wird von dir verlangt, sag endlich: Ich lebe noch!*

Wer könnte schwören, dass es sich so zugetragen hat, wenn nicht eine allwissende Erzählerin, die Erinnerung durch Erfindung austauschen, unglaubliches durch mögliches Geschehen ersetzen mag, um glaubwürdig zu wirken. Und so darf das Mutterkind überleben, obwohl die Bombe direkt neben ihm explodiert, *es ist ein Wunder*, sage ich, das Mutterkind hat keine Schramme, der Bunker aber wirkt, als läge er unter einer Felslawine, Kabel, Rohre und Stahlträger ragen aus zerborstenen Betonkuben, das Ganze mag an eine Ansicht des *Führerhauptquartiers Wolfsschanze* denken lassen, das Adolf Hitler im November 1944 vor seiner Flucht aus Ostpreußen sprengen ließ, rund acht Tonnen Dynamit für einen einzigen der fast 50 Stahlbetonbunker, ungefähr 55.000 Minen fand man zwischen 1945 und 1955 in der Anlage, die heute eine Touristenattraktion ist, fast 200.000 Besucher pro Jahr, auch ich war dort auf einer Reise durch Masuren, wo die Mutter mal Ferien vom Bombenkrieg machte, zusammen mit den Geschwistern besuchte sie die Großmutter, sie hat im Alter ein paar Anekdoten aus dieser Zeit notiert, beispielsweise wie sie ein Kätzchen befreite, das im Keller hockte *wie in einem Bunker*, oder wie sie mit den anderen an einem frühen Wintermorgen, *es war fast noch Nacht*, zu einem zugefrorenen See fuhr, wo es frischen Fisch geben sollte, der Fischer schlägt ein Loch ins Eis, auf dem die alte Frau mit ihren Enkeln steht, ein Bild, an das sich das Mutterkind im Bunker erinnern mag, während es das Loch betrachtet, das dort ist, wo Ediths Arm sein müsste, ein Loch wie das Loch im See, auf dem die anderen das Mutterkind zurücklassen, seine Großmutter, meine Urgroßmutter, hat die Enkel vor der Heimfahrt gerufen, aber gezählt hat sie sie nicht, endlich bemerkt jemand das Mädchen auf dem Eis, es ist allein, weint, *wie heißt du denn?* Der fremde Name ist ein Makel, weil er oft falsch ausgesprochen, falsch geschrieben wird – Lieschen, Liese, Lieselotte –, und nun steht das Mutterkind mit dem fremden Namen vor den fremden Menschen auf dem Eis, mit einem Sprung möchte es abheben von der spiegelglatten Fläche, es will laut schreien und bleibt doch stumm, die Angst drückt auf seine Brust, als wäre sie ein hässliches Gespenst, alles ist starr und steif, wie tot. *Noch am selben Abend,* wird die Mutter ein halbes

Jahrhundert später schreiben, *brachte man mich mit dem Pferdeschlitten zu meiner Familie zurück. Alle Aufregung und Ängste waren vergessen. Und es wurden, in meiner Erinnerung, besonders schöne Weihnachten.*

Das Bild des Mädchens auf dem Eis wird in meiner Vorstellung verdrängt durch ein anderes Bild, denn jetzt verlässt das Mutterkind den Bunker, es läuft über Straßen, die nicht mit spiegelndem Eis bedeckt sind, sondern mit glühendem Phosphor. Bis Kriegsende zählt man über 270 Luftangriffe auf Essen, fast 37.000 Tonnen Sprengstoff sind gefallen, wer überlebt, füllt ein Formular aus, wer keine Wohnung mehr hat, ein zweites. *Wir leben noch!* Schwarzweißfotos mit gezacktem Rand sind der Beweis! Flakhelfer mit hellem Bartflaum, Brotverkäufer in sauberen weißen Kitteln, breithüftige Frauen, die auf Feuerstellen im Freien für alle Suppe kochen, Stereotypen ihrer Zeit, anders können sie sich nicht geben, sie tun wie befohlen, lachen in die Kamera, als wäre der Krieg ein lustiges Gesellschaftsspiel, eben eines jener computergenerierten war-games, die es doch noch gar nicht gibt. *Wir waren arm,* wird die Mutter viele Jahre später sagen, *aber wir waren glücklich.* Denn Glück ist, wenn man sagen kann, ich lebe noch.

The sleeping and the dead / Are but as pictures, sagt Lady Macbeth zu ihrem Mann, und kurz darauf redet sie nur noch mit sich selbst wie mit einem hässlichen Gespenst. Nur eine allwissende Erzählerin könnte behaupten, dass sich die Ereignisse so und so zugetragen haben und nicht anders, Zeugen wurden nicht gefunden, die Mutter hat keine Einzelheiten genannt, im Archiv der Stadt Essen weiß man nicht, ob in dem Bunker, von dem hier die Rede ist, eine Bombe der Royal Air Force explodiert ist, ob Adolf Hitler befohlen hatte, diesen Bunker zu sprengen wie alle Bunker des *Führerhauptquartiers Wolfsschanze*, oder ob in einer der schweren und schwer beschreibbaren Nächte dieses Kriegs plötzlich etwas die Decke des Bunkers durchschlug, zu Boden fiel, liegen blieb, sichtbar für alle, ganz still wird es in dem hohen kalten Raum, die Menschen fassen sich an den Händen, nach einem Moment des Schreckens, der wie die Leere zwischen zwei Atemzügen wirkt, verlassen sie leise und schnell wie auf Zehenspitzen den Bunker, die Mütter, die Kranken, die Alten, die Kinder hören die britischen Bomber in der Ferne, Halifaxes, Lancasters, Wellingtons, Stirlings und Mosquitos fliegen zurück nach Ost- und Mittelengland. Auf allen Straßen brennende Gebäudeteile, rauchende Trümmer, zersplitterte Scheiben, Wasser strömt aus geplatzten Rohren, eine Frau beugt sich weinend über etwas, das ihr Kind gewesen sein könnte, ein Haus bricht etagenweise ein, während seine Bewohner, bleich wie Geister, aus dem Luftschutzkeller steigen, wie sieht es bei uns zu Hause aus, fragen sich die, die aus dem Bunker kommen und überall Gebäude sehen, die wie angesengte Architekturmodelle wirken, weil Dächer und Brandschutzmauern fehlen, man muss nicht Gott sein, keine allwissende Erzählerin, um hineinsehen zu können, es ist, als wäre das Innere nach außen gewendet worden, und so mögen sich die Menschen fühlen in dieser schweren und schwer beschreibbaren Nacht, wie tot sind sie und wie lebendig zugleich, unter ihnen ist das Mutterkind, vergleichbar nur mit Schrödingers Katze, obwohl es davon abgesehen kaum Ähnlichkeiten geben mag zwischen seinen Erlebnissen im Bunker und den Ereignissen in der fiktiven Stahlkammer des Physikers Erwin Schrödinger.

Held

Martin Ahrends

Wir waren uns nur noch selten begegnet und hatten uns wohl beide mit der Fremdheit abgefunden, die zwischen uns gekommen war. Bis ich von seinem Unfall hörte. Auch zu meiner ersten Visite ging ich nicht aus Neigung, sondern aus Pflichtgefühl. Man hatte mich gewarnt, ich würde ihn ganz verändert finden. Ich hatte mich gewappnet mit einer spöttischen Distanz, als ich ihn nach seinem Sturz zum ersten Mal besuchte an diesem Ende der Welt. Im ehemaligen Jagdschloss des Ministers für Staatssicherheit Erich Mielke. Irgendwie passte das für mich zusammen: Vaters Karriere als Genosse Künstler, wie er sich von der Staatspartei fördern und gängeln ließ – und dieses patjomkinsche Dorf Wolletz in der Uckermark, das auch die Bewohner dereinst nur mit einer Sondergenehmigung betreten durften. Da ist er ja am rechten Ort, dachte ich höhnisch, bei seinen alten Genossen zu Gast, nur leider sind sie inzwischen in die ewigen Jagdgründe eingegangen und können ihm nicht mehr helfen. Das Dorf liegt am Rande eines jener tiefklaren Eiszeitseen, die diese waldreiche Gegend prägen, die Landschaft ist märchenhaft schön. Auf meinem Fußweg am See entlang und hinauf zur neuen Reha-Klinik, die man an die einstige Jagdresidenz angeschlossen hat, empfinde ich wieder den alten Neid: Wie gut es ihm immer ging, wie gut es ihm auch heute noch geht, weil er bis zuletzt zur Fahne gehalten hat und erst aus der Partei ausgetreten ist, als ihm das keine Vorteile mehr brachte ... Ich versuche mich zu fassen, mich auf etwas vorzubereiten, das ich noch nicht erlebt habe: Darauf, meinen Vater zu finden als einen Fremden, ihn also nicht mehr zu finden. Sondern nur noch einen Teil von ihm oder jemand anderen, ein Zerrbild, ich weiß es nicht.

Ich finde ihn beim Mittagessen. Da sitzt er in seinem vornehmen schwarzen Mantel, abgemagert und schärfer gezeichnet das alte Gesicht, er erkennt mich, nennt mich beim Vornamen meines Bruders, ich setze mich, versuche zu lächeln, er versucht es auch, und von nun an lassen wir das Grimassenschneiden. Ich erkenne ihn an den Gesten der Deutungshoheit, die immer zu unseren Begegnungen gehörten, diese großen fahrlässig unbestimmten Gesten bürgerlicher Weltläufigkeit, mit der Rechten den Speiseraum ermessend, als gehörte er ihm allein. Auf eine solche Geste folgte immer eine sehr subjektive Schilderung der allgemeinen und besonderen Lage. Aber er sagt nichts. Nur die Gesten folgen, eine nach der anderen: Der erhobene Zeigefinger, hinter den er sich duckte, um eine absolut unwiderlegliche Erkenntnis zu verkünden, dann der Winkel aus Daumen und Zeigefinger, den er in den Raum stößt, das Zeichen besonderer Leistung oder Qualität: Exzellent! Eine Anerkennung, die er in erhabener Haltung vergibt. Aber an wen? Er sagt kein Wort, von den Interjektionen abgesehen, die ihm offenbar Mühe genug bereiten, dem Ach und Och, die er sich abpresst, als wären sie der Eingang zu langer, erlösender Rede. Die Gesten sind noch die alten, auch wenn sie etwas grob und fahrig geworden sind, doch sie bleiben leer, sie meinen nur noch sich selbst. Ich sehe ihn interessiert an, ich nicke, als verstünde ich, was er meint. Aber ich weiß nicht, ob ich ihm damit helfe, ob ich ihn auch nur erreiche. Nach wenigen Minuten sinke ich schweißnass auf meinen Sitz zurück: Unternehmen Kommunikation misslungen. Wir sehen uns an. Ich sehe seine Augen, die mal höhnisch, mal traurig waren, mal kindlich vergnügt. Jetzt sind sie leer. Wo ist mein Vater geblieben, frage ich mich. Und wer sitzt mir da gegenüber?

Ich bin dankbar, als das Essen aufgetragen wird. Nun hat er zu tun. Wie ein ausgehungertes Kind stößt er gleich mit der Gabel auf die Kartoffeln, den Blumenkohl, das Fleisch ein, führt riesige Bissen zum Mund, die da nicht unterzubringen sind. Ehe ich zugreifen kann, ist der Mantel bekleckert, was den alten Mann mir gegenüber nicht hindert, weiter gierig und unter Zuhilfenahme der Hände sich einzuverleiben, was der Teller bietet. Ich sitze beschämt und verwirrt vor dem geblümten Wachstuch des Speisesaales einer neurologischen Rehabilitationsklinik, um mich herum die anderen Verwirrten und ihre beschämten Angehörigen, mir gegenüber mein alter Vater, der sich offenbar nicht im Griff hat. Was soll ich tun, was soll ich sagen, wie viel versteht er? »Vater«, sage ich und sehe ihn fragend an. Auch er sieht mich fragend an. Sieht er mich an? Oder durch mich hindurch?

Nun versucht er, mit dem Löffel das Fleisch kleinzukriegen. Gibt es auf mit einem Ausdruck tiefsten Bedauerns. Jetzt sucht er vergeblich, mit der Gabel den Blumenkohlstrunk zu zerlegen, spießt ihn zuletzt auf und will ihn abknabbern. Ich kann das nicht ansehen, bitte ihn, behilflich sein zu dürfen, er nickt, und ich schneide ihm mundgerechte Bissen. Worüber er keineswegs verstimmt ist. Es tut seiner Würde offenbar keinen Abbruch, wenn ich ihn so behandle, wie es mir mein plötzlich erwachter Vaterinstinkt eingibt: nämlich wie eines meiner Kinder. Eines der kleineren, die noch nicht richtig essen können. Ich frage die Schwester, ob ich ein Lätzchen haben könne, sie gibt es mir mit dem Bemerken, dass er in diesen Dingen sehr eigensinnig sei, und macht ein heikles Gesicht. Ich trete hinter meinen Vater und lege ihm das Lätzchen um. Und staune noch, was ich da tue. Und welch seltsames Vergnügen es mir bereitet. Er beugt den Kopf vor wie ein braves Kind. Er sperrt sich nicht, offenbar traut er mir. Zum ersten Mal sehe ich diesen verletzlichen Nacken, den nur Liebende zu sehen bekommen. Oder Scharfrichter.

Ich bin sehr erleichtert, dass sich aus der anfänglichen Hilflosigkeit doch eine Möglichkeit eröffnet hat, miteinander umzugehen. Eine zwischen Vater und Sohn nicht ganz abwegige Möglichkeit des Umgangs. Nur die Rollen sind vertauscht. Als das Dessert überstanden, der Mantel, der Mund und die Hände gereinigt sind, lehne ich mich wieder zurück, wobei mein Jackenärmel die Armbanduhr freigibt. Er sieht sie, starrt lange darauf, ich sage ihm die Zeit an. Dann bewegt er die Lippen, formt einen Zischlaut, ein langes »Sch«, dem ein »ö« folgt. Er zieht die Stirn hoch, gibt sich redlich Mühe: »Schöne Uhr«, bringt er schließlich hervor und nickt anerkennend. Oh Wunder: Er hat gesprochen und ich habe es verstanden! »Du kannst sie haben«, sage ich und nehme sie ab, »bitte, ich schenke sie dir.« Er nimmt sie und freut sich wie ein Konfirmand. Streichelt seine Schädelnarbe, streichelt seine neue Uhr, mein armer Vater, nein, keine Karikatur. Ein trauriges Kind schon eher.

Nun machen wir einen Gang zum Kaffeeautomaten, es ist mühsam für uns beide, weil ich noch nicht gelernt habe, ihn zu führen, weil ich mich noch nicht getraue, ihn einfach fest bei der Hand zu nehmen. Soweit ich mich erinnere, haben wir das nie getan: uns so bei der Hand nehmen. Das wäre viel zu viel Nähe gewesen, schrecklich peinliche Nähe. Doch irgendwann auf diesem langen Flur zwischen Physiotherapie und Cafeteria wird es mir zu bunt mit dem untergehakten Gewackel, ich nehme einfach seine Hand, die Linke, die fürs Griffbrett, die er immer gehütet hat. Nie hat er mir diese Hand gegeben, für derlei war sie immer zu schade. Darin steckten all die tausend Übestunden, seine verübte Kindheit. Aber jetzt kann ich sie nehmen. Und siehe da, er gewinnt sofort Sicherheit, und mehr, er drückt meine Hand, als gefiele es ihm so viel besser, er wendet den Kopf, und jetzt lächelt er wirklich. Mit seinen geübten Fingern tastet er meine Hand ab, spielt Musik hinein in meine Rechte, nie vorher hat jemand so meine Hand gehalten.

Was ist das für ein Gefühl, das ich jetzt so genieße, wenn ich ihn in der Vorhalle behutsam in einen Ledersessel platziere, wenn ich ihm einen Kaffee und eine Zeitung besorge und am Tresen seine Post für ihn hole – was ist das für eine seltsame Mischung aus Hilfsbereitschaft und Machtgelüste. Ich gebe mir darüber keine Rechenschaft, aber ich wundere mich doch, wie gut es tut, meinen alten Herren wie ein Kind zu behandeln. Ihm also nicht behilflich zu sein aus der gewohnten respektvollen Entfernung, sondern ihm wirklich nahezutreten. Ihm seinen Kaffee umzurühren, ihm beim Aufnehmen und Abstellen des Bechers zu helfen, beim Zusammenlegen der Zeitung, beim Öffnen der Briefe, ihm vorzulesen, was seine Jugendliebe Rosemarie ihm aus dem fernen Amerika schreibt. Die beiden hatten sich über fünfzig Jahre aus den Augen verloren und erst kürzlich wiedergefunden. »Ich liebe dich und werde dich ewig lieben«, lese ich von der Karte ab. Nun verzieht er das Gesicht, wie ich es nie bei ihm gesehen hab, nun weint er, wie nur ein Kind weinen kann, schluchzt hemmungslos in den Klangdunst der vornehmen Eingangshalle, lässt sich von mir, der ich vor ihm knie, umarmen und trösten. Dann blickt er auf ins Leere und ist bei Rosemarie, die er in Jugendjahren kennenlernte, es sind flüchtige Bilder, die vorüberziehen, als ich ihm Rosemaries Liebeserklärung vorgelesen habe, sein lädiertes Hirn produziert poetische Kurzschlüsse. Er reiht kaum verständliche Sprachbrocken aneinander und schwärmt mit großen Gesten von einer heute Siebzigjährigen, von ihrem unermesslichen Reichtum und ihrer Villa an der Küste, er ist ganz sicher, dass er sein viertes Leben mit ihr in Baltimore beginnen wird, sobald man ihn aus diesem Gefängnis entlässt. Er sieht mich an und will wissen, wann es so weit ist, wann er endlich raus kann zu seinem Auto, das er irrtümlich vor der gesicherten Tür auf dem Parkplatz wähnt. Blickt wieder auf, hebt die Hand und malt einen weichen Bogen in die Luft, das »C« der »Chesterfield«, einer Nachkriegs-Zigarettenschachtel, die er nahe seiner Jugenderinnerung gefunden haben muss, etwas samtweich Wärmendes. Seine Hand hebt sich wie langsam aufsteigender Rauch. Seine eleganten, kräftigen Geigerhände dirigieren wage herum und beschwören andere Zeiten. Ich kenne diese Zeiten nur vom Hörensagen, eigentlich nur von diesen Gesten her, von seiner Großheit, mit der er faszinieren konnte und einschüchtern, und die nun komisch übersteht. Die waren aus anderem Holz, die Männer seiner Generation.

»Chesterfield«, bringt er noch einmal mühsam hervor. Darf er denn rauchen? Warum nicht, entscheide ich für ihn und ziehe eine Schachtel aus dem Automaten. Als ich zurückkomme, hat er sich in den »Spiegel« versenkt, als lese er. Aber er liest nicht, und als er mich bemerkt, zeigt er mir ein ganzseitiges in Öl gemaltes Portrait von Adolf Hitler auf dem Titelblatt, dann diverse Hitler-Fotos auf den Innenseiten, zeigt sie mir, als müsste ich verstehen, was sie ihm bedeuten. Er sieht mich an. Ich sehe ihn an. »Das war ein Kerl«, sagt er schließlich und setzt jedes Wort so behutsam, wie er seine Schritte setzt, »das war ein richtiger Kerl«. Mein alter Vater bläst die Backen auf, macht eine Faust und stößt sie in die Luft. Ich sehe mich erschrocken um: Wie gut, dass ihm nicht der Hitlergruß eingefallen ist.

Aus seinen Kindertagen hat sich offenbar etwas in ihm erhalten, das sich lang verbergen musste – und konnte. Nun kommt es herausgepoltert in seiner Einfalt. So ungebrochen, wie es sich in ihm verkapselt hat, als es plötzlich nicht mehr gedacht und gesagt werden durfte. Da war er 16 und Flakhelfer. Er hat mir kaum davon erzählt. Mit seinem Treppensturz auf einem Berliner S-Bahnhof ist die Verkapselung gesprungen. Inkontinent ist er in einem allgemeineren Sinne. Und ich frage mich, was wohl bei mir gegebenenfalls zum Vorschein käme. Könnte es sein, dass ich meinem Sohn jenes Pionierlied vorsänge, das ich als Zehnjähriger allein vorm Fahnenappell singen durfte? Meine DDR hat mir Zeit genug gegeben, mich relativ gefahrlos von ihr abzunabeln, mein Pionierlied von der Feld-Wald-und-Wiesen-Heimat wird immer ironisch in mir herumscheppern. Mein Vater hatte diese Zeit nicht. Ihm wurde der Boden, in den er eben eingewurzelt war, unter den Füßen weggezogen. Sein Hitler-Ölbild hat unbefleckt die Nachkriegsjahre überdauert. Nun steht es plötzlich wie ein Golem in ihm auf.

Er habe jetzt die intellektuellen Fähigkeiten eines Fünfjährigen, sagt mir der zuständige Neurologe ganz ungerührt. Und dass die Heilungschancen zweifelhaft seien. In zehn Tagen müssen sie ihn entlassen, das verlangt die Krankenkasse in diesem eher hoffnungslosen Fall, bis dahin muss eine Entscheidung über seinen Verbleib und die Vormundschaft getroffen werden. Ob ich denn bereit wäre, die Vormundschaft zu übernehmen. Ich verstehe nur Bahnhof. Wie bitte? Er wird nicht wieder gesund und heil, er bleibt ein Pflegefall, für den ein Angehöriger sich sehr viel Zeit nehmen oder einen Pflegeplatz finden muss? Und wenn die Dinge so stehen, warum erzählt er mir das? Offenbar hält er mich für zuständig. Und, oh Himmel, ich bin es wirklich! Ich bin jetzt zuständig für den Herrn Professor, der seine Lage noch lange nicht eingesehen hat, der noch so gern unterrichten würde in seiner neu bezogenen Dresdener Dachwohnung und in seinem neuen Cabrio an die Ostsee fahren und mit seinem guten alten Kreuzer nach Bornholm segeln. Für meinen feschen Vater, der sein fesches Leben bis zu seinem Sturz ganz gut ohne mich leben konnte.

Ich verlasse die noble Klinik mit unbekannten und gemischten Gefühlen. Was da auf mich zukommt, ist eine riesige Verantwortung und wahrscheinlich eine Menge Arbeit, das jedenfalls hat mir die Sozialarbeiterin angekündigt. Ich fahre durch die herbstliche uckermärkische Seenlandschaft, doch statt sie zu genießen, gehe ich mit mir zu Rate. Wie war denn das gelaufen in den letzten Jahren? War er nicht bis über beide Ohren verschuldet? Hatte er nicht zuletzt mit einer seiner Studentinnen zusammengelebt und ein Kind mit ihr, einen selbstgezeugten Enkel sozusagen? Nicht nur sie, auch die Banker hatte er mit seinem Charme herumgekriegt. Hatte die Wohnung und den Saab auf Pump gekauft. Ich muss mich schleunigst darum kümmern. Aber wie? Bin ich dafür der Richtige? Doch wer sollte es sonst tun? Er hatte seine familiären Bindungen nie besonders gepflegt. – Als meine abfälligen Sätze enden, kommt darunter ein Jauchzen zum Vorschein, ein Stolz, eine kindliche Freude, dass er nun ganz mir gegeben sein wird und immer Zeit für mich haben. Ich brauche mich nur neben ihn zu setzen und meine Hand auf seinen Rücken zu legen. Mein Vater ist erreichbar jetzt.

Der Entlassungstermin ist nahegerückt, ich muss handeln, sonst »verbringt« man ihn in die Wohnung, wo er zuletzt allein lebte, und überlässt ihn dort – bis zur Feststellung einer Pflegestufe – so mehr oder weniger sich selbst. In den nächsten Tagen habe ich viel zu lernen. Zwischen meinen hastigen Visiten in Wolletz begebe ich mich zur Schuldnerberatung und lerne etwas über Erlassschreiben, Mindestrückbehalte und eidesstattliche Erklärungen ... Und klappere die Seniorenresidenzen ab. Dabei habe ich immer ein schlechtes Gewissen, denn eigentlich sollte ich ihn nicht abschieben, müsste ihn bei uns aufnehmen, müsste mich damit in der Familie durchsetzen und jedem einzelnen Familienmitglied ein Stück dieser Arbeit aufhalsen. Ich glaube sogar, dass es zuletzt uns allen guttun würde, aber ich lasse mich von meinen Horror-Szenarien abschrecken: von den Bildern eines inkontinenten, verwirrten Diabetikers, der im ganzen Haus seine Spuren hinterlässt, wenn er Tag und Nacht unterwegs ist auf der Suche nach Zuckerzeug oder einem Klo oder nach seiner Vergangenheit und seiner geliebten Geige. In Wahrheit gibt es nur den einen Grund: Ich hab ihn nicht lieb genug, meinen berühmten Vater.

Zeit genug kostet er mich ohnehin, das Amtsgericht hat mich zu seinem »Betreuer« eingesetzt, früher sagte man »Vormund«.

Ich darf ihn ungestraft bevormunden. Als ich darüber nachdenke, werden mir meine Gefühle bewusst, da ist eine Rechnung offen zwischen uns, die aus meinen Kindertagen stammt. Ich kann mich an keine Einzelheiten erinnern. Aber dass es etwas Ungeklärtes zwischen uns gibt, wird mir immer deutlicher daran, wie ich mit ihm umspringe, wie ich es genieße, mit ihm umzuspringen. Ich tu ihm kein Leid an, bin aber auch nicht eben zartfühlend. Und wenn ich ihn so ruckzuck mit dem Rollstuhl in die Cafeteria kutschiere und aus der Cafeteria über die hohe Schwelle in den Park und hopplihopp den steilen Parkweg hinab zum See, wird langsam, aber sicher etwas heil zwischen uns. Wenn wir dann angekommen sind, unten auf dem Steg, tut er mir schon wieder leid. Als Kind, jetzt erinnere ich mich, hatte ich den Wunsch, ihn irgendwo hinunterzustoßen. Ich stehe hinter ihm auf dem Steg, er sitzt vor mir im Rollstuhl. Nein, runterstoßen will ich ihn nicht mehr, damit bin ich durch, seit kurzem erst. Erst jetzt.

Vaters schöne Hände halten sich am Rollstuhl fest. Mit seinen Faustknöcheln hat er meinen Schädel malträtiert, bis ich schrie. Keine Strafe, nur ein Spiel. Jetzt weiß ich es wieder: Wir hatten unsere Jungsspiele miteinander – verstecken, fangen, kämpfen, unterkriegen. Er hat nie aufgehört, wenn er gewonnen hatte. Er hat mich in den Schwitzkasten genommen und meinen Schädel so lange mit den Knöcheln seiner Faust bearbeitet, bis ich heulte. Dann hat er mich fallen lassen und verhöhnt. Seine Freude daran, mich zu peinigen und zu verhöhnen, hatte ich vergessen, wenn er wieder Zeit für mich hatte. Doch von Mal zu Mal wuchs in mir der Vorsatz, ihn irgendwann zu töten. – Da sitzt er in seinem Rollstuhl auf dem Steg, das Kinn der schrägen Sonne zugereckt, als habe er ihr zu gebieten. Der zarte Gewaltmensch. Auch in mir ist eine alte Kapsel aufgesprungen. Und ein verletztes Kind will Rache nehmen.

Aber mit dem Gedanken ist es schon getan. Wir sind so reflektiert, wir Nachkriegskinder. Das Wenige, was ich aus seiner

Kindheit weiß, macht seine Eigenart verständlich. Da gab es die Pferdepeitsche, die er seiner Mutter bringen musste, wenn er sein Quantum nicht geübt hatte. Damit hat sie ihn, wie er es beschrieb: inbrünstig verdroschen. Auf eine Art, die doppelt grausam wirkte, weil sie dabei Lust empfand. Erzählt hat er von seinem Besuch beim Psychiater. Da war er Musikstudent und wurde von dem brennenden Wunsch verfolgt, seine Mutter zu würgen. Der Arzt riet ihm, sich endlich eine Frau zu nehmen und ihm »Vollzug« zu melden, was er auch tat. Ich erinnere mich an sein Frauenbild und an sein Musizieren, das nie heiter und frohgestimmt war; stets hat er gekämpft gegen sein Instrument oder sich darauf ausgeweint. Da sitzt er vor mir im späten Licht, das Kinn noch immer vorgereckt, die Anspruchs-, die Herrschergebärde. Ich könnte ihn jetzt noch eine Stunde herumkutschieren und ihm die frische Herbstluft gönnen. Gefärbtes Laub. Den See. Ich hätte Zeit. Doch ich schiebe ihn wieder bergauf in sein nobles Reha-Klinik-Zimmerchen, sage »Tschüss«, reiche die Hand. Bestürzt sieht er mich an: »Will mitkommen«, sagt er mühsam. »Geht nicht«, entgegne ich, wende mich ab und ziehe die Tür ins Schloss. Danach geht es mir nicht besser, aber ich beschließe: Nun sind wir quitt.

»Du siehst aus wie ein Held«, bringt mein Vater mühsam hervor, er leidet an Demenz, und was er sagt, ist nicht ganz ernst zu nehmen. Doch nach diesem Satz sehe ich ihn erstaunt an. Sein Blick kommt aus der Kinderwelt, in die er immer weiter entrückt, er schmunzelt wie ein Schuljunge und schlägt mir mit der zittrigen alten Hand aufs Knie. Da muss ich lachen. So was Albernes: ein Held. Aber mein Lachen erhebt sich nicht über eine Albernheit, es kommt woanders her, es steigt in heißen Wellen in mir auf aus einem Seelenwinkel, den ich gar nicht kannte. Niemand außer ihm, der nicht mehr ganz bei Trost ist, hätte mir so etwas Tröstliches sagen und diese Eruptionen von kindlich heller Freude auslösen können, indem er mich einen Helden nennt. Ich suche in mir nach dem Sarkasmus, der sonst ganz oben auf liegt, um meinem Lachen den Klang zu geben, den ich kenne. Und überlasse mich dem größeren Gefühl, das mich durchwellt und immer wieder aufgluckst wie ein Kinderlachen, wie eine Erinnerung an mich selbst. Ein Held – das Wort ist uns Nachkriegskindern verdächtig geworden, aber was er damit meint, ist offenbar in mir vorhanden.

Wie kommt er nur darauf, mich einen Helden zu nennen? Wir sitzen wie stets im kleinen Pavillon über der Havel, er im Rollstuhl, ich auf der Holzbank. Ich erzähle, wenn wir so beisammen sind, immer alles Mögliche aus meinem Berufs- und Familienalltag, plaudere heraus, was mir grad auf dem Herzen liegt, ohne damit zu rechnen, dass er versteht oder nur zuhört. So schaffe ich für uns eine vertraute Geräuschkulisse vor der unheimlichen Stille, die uns umgeben würde, wenn wir nur so beieinandersäßen und schwiegen. Wir hatten uns so viel zu sagen früher. Unser Schweigen war beredt und gewichtig, war gefüllt mit Ungesagtem, mit Unsagbarem vielleicht, nie aber mit diesem Nichts, aus dem unser Schweigen nun gemacht ist, seit wir nicht mehr miteinander reden können. Seit ich lernen musste, ihn in einfachen Sätzen anzusprechen, die vor allem seine aktuelle Bequemlichkeit betreffen: ob er gut sitze, ob ich den Kaffee umrühren solle, ob er rauchen wolle. Unser Schweigen erzählt von dem Verlust unseres Gesprächs, weshalb ich es mit meiner Plauderei auffülle in der Hoffnung, ein paar darin enthaltene Stichwörter, Namen vor allem, könnten eine gute Erinnerung in ihm anstoßen. Aber wenn ich im Reden bin, münden meine Weißt-du-noch-Sätze von der guten alten Zeit immer wieder in das, was mir auf der Seele liegt, und was ich vielleicht nur hier und nur ihm erzählen kann, der nicht nachfragt, der mich nicht erschrecken lässt vor dem, was ich erzähle, der da nur paffend in die Weite blickt und mit den nachgemachten Zähnen schackert.

Was hab ich da grad erzählt, dass er mich plötzlich einen Helden nennt? Von meiner alkoholkranken Frau hab ich gesprochen, von ihren Untergangsexzessen. Davon, wie ich sie letzte Nacht sturzbetrunken im Flur gefunden und ins Bett getragen hab, später das Laken gewaschen, die Matratze gelüftet, nachdem sie selig lächelnd unter sich gelassen hatte. Davon, wie ich sie hasse. Dass ich sie ebenso wenig rauswerfen wie mit den Kindern allein lassen kann. Hab wohl auch davon erzählt, dass sie sich am nächsten Morgen an nichts mehr erinnert und mir ein Gefühl von wütender Ohnmacht hinterlässt, wenn sie zu ihrem gut bezahlten Job entschwebt ist und mich, den Hausmann, mit dem Staubsauger allein gelassen hat. Kein Stoff für ein Heldenstück.

Ich hatte sie am Potsdamer Havelstrand kennen gelernt, wo ich immerhin noch als Rettungsschwimmer arbeiten durfte, nachdem man mich aus dem Elitestudium expediert hatte. Ihre Opfergeschichte passte so wunderbar zu meiner eigenen Lage, dass ich sie mir immer wieder erzählen ließ. Und dabei überhörte, dass es auch eine Tätergeschichte war. Sie hatte sich mit einem Stasimajor eingelassen, der ihr ein Telefon und einen Trabant besorgte und sie in die Interhotelbars ausführte. Sie hatte das für Liebe gehalten, bis er sie als IM anwerben und zur Leipziger Messe speziellen Westbesuchern ins Hotelbett legen wollte. Da riss sie aus und floh in meine trostreichen Arme, ich durfte der Held sein, der dieses arme Mädchen vor der Stasikrake rettet. Wieder glaubte sie, geliebt zu werden. Seither leben wir im Unglück, das mit meiner heldischen Ambition seinen Anfang nahm. Widerstand wollte ich leisten gegen die böse Staatsgewalt und dieser armen verfolgten Nächsten helfen, deren Schicksal mir vor die Füße gefallen war. Ich hatte damals die deutliche Ahnung, alles falsch zu machen. Mein falsches Leben im Falschen: Ich fand mich für sie zuständig, wo für uns politisch Ausgesonderte sonst niemand zuständig war. Und wer seinen Nächsten einmal vor dem Untergang gerettet hat, der bleibt sein Lebtag für ihn verantwortlich. Oder nicht? – Unser Unglück ist inzwischen manifest in gegenseitiger Verachtung, in Depression und Trunksucht. Wir haben nach allem Anschein gesunde Kinder, ein eigenes Haus, das jedem genug Platz lässt. Von außen betrachtet scheint alles in Ordnung, und doch ist alles ganz verkehrt. Wir schweigen davon, so gut es geht. Doch dies Schweigen hat einen Sog, worin auch das meiste dessen verschwindet, was wir uns ohne Gefahr mitteilen könnten. Nur wenn ich bei meinem Vater bin, kann ich von der Verkehrung reden.

Auf dieser Insel, in diesem Altenwohnstift ist für mich alles in Ordnung. Weil die Alten nicht mehr in der Lage sind, andere zu täuschen über ihre wahre Situation. Sie sind gebrechlich und nichts hilft ihnen, ihre Gebrechlichkeit zu verbergen, sobald sie auch nur das Allereinfachste tun, etwas sagen, etwas essen, ein paar Schritte gehen. Sie können sich nicht mehr verstellen. Vielleicht ist es das, was ich an dieser Altenheim-Atmosphäre so mag. Vielleicht bin ich deshalb hier, kutschiere ihn durch den Park zum See, in den kleinen Pavillon, wo ich ihm einen Kaffee ausgebe und ein paar Zigaretten, die er immer noch mit der alten Grazie raucht, die er immer noch so inbrünstig genießen kann. Hier in diesem Pavillon am See kann ich davon erzählen, wie es ist, wenn man nach mancherlei Ausbruchversuchen keine Chance mehr sieht, je wieder freizukommen aus dem selbstgebauten Gefängnis. Aus dem Schuldturm. Mein Vater hört zu und hört nicht zu, genau das rechte Gegenüber, um so etwas loszuwerden.

Hier kann ich beichten, wie es ist, neben der kranken zehnjährigen Tochter am Bett zu sitzen und die sturzbetrunkene Mama kommt dazu und will sich von der hochfiebrigen Kleinen trösten lassen, sich zu ihr legen, und die Kleine sieht mich hilfesuchend an. In mir toben Wut und Verzweiflung, doch ich bleibe sitzen, wo ich gerade sitze, anstatt einzugreifen und die widerspenstige Mama hinauszuschaffen. Wir sehen uns an, die Tochter und ich, sie aufrecht im Bett, während die Mama mit ihr zu schmusen versucht. »Leg dich doch hin«, lallt die Mutter. Das ist mein Stichwort, ich erhebe mich. »Du solltest dich jetzt auch hinlegen«, bringe ich wutkehlig hervor, woraufhin die Gattin mich bemerkt, mich verbal beunflatet und sich dann wirklich schwankend entfernt. Die Szene ist vorübergegangen, ohne zu eskalieren, ohne dem kranken Kind einen bleibenden Eindruck von elterlichem Hass und körperlichem Kräftemessen zu hinterlassen. Ich habe mich sehr beherrschen müssen und wieder an Selbstbestimmung geopfert. – Das Selbstopfer: War es das, was er meinte, mein alter, dementer, nur noch Bruchstücke auffassender Vater, als er mich einen Helden nannte?

Jetzt bemerke ich, dass der Vater stinkt. Meine nächste Heldentat werde ich an ihm verüben, wenn ich ihm da oben in seinem behindertengerechten Badezimmer eine neue Windel anlege.

Rimbauds Hose

Martina Kieninger

»... eigentlich habe er sich – als Sprecher für das Gremium des Naturkundemuseums – gar nicht dazu äußern wollen, es sei auch die Aufregung nicht wert, vielleicht nur auf die verschluckte Aussprache des Nachnamens »Rembold« zurückzuführen, nicht auszuschließen, dass sich damals unten im Keller der Kellerumgebung Rembold ungeschickt zerdehnt habe zu »Rambo« oder »Rembo«, in akustische Nähe geraten sei zu etwas, das Deutschsprachigen zum Namen »Rimbaud« aus der Nasale fährt, es müsse sich um ein Verständigungsproblem gehandelt haben, das den alten Rembold zur Anwesenheit im Naturkundemuseum getrieben hat, nämlich zu dieser Lesung oder Performance oder was auch immer das hätte geben sollen, wenn es denn fertig geworden wäre, eine künstlerische Intervention, die mit dem Begriff »Rimbaulds Hose oder die Alchemistische Lesung zu Saarbrücken« rumspielt und schon vor Auftauchen des alten Rembold für Unbehagen gesorgt hat, rauchende Schwefelsäure, Vitriolöl hätte zur Anwendung kommen und Dinge hinwegraffen sollen, hieß es, man wusste nicht, sollte man vorher den Katastrophenschutz informieren, der Vortragssaal sei schließlich mit einem historischen Holzfußboden belegt, der Raum habe keinen Abzug, nicht Feuertür noch Filter, so der Entsorgungsbeauftragte für Problemabfälle, dessen Meinung er eingeholt habe, vorher, der Saal stelle mitnichten die geeignete Laborumgebung für Lesungen unter Potz Blitz Dampf und Schwefel dar, wie gesagt habe man ohnehin nicht so recht gewusst, was diese frischernannte Naturschreiberin eigentlich vorhatte in diesem Raum anlässlich der Preisverleihung, was sie überhaupt bezwecken wollte mit Alchemie und Hose. Auf die Hose und einige Überlegungen zum Begriff Hose werde er gleich noch zurückkommen, wolle nur noch einmal betonen, er selber habe in der Ausschusssitzung gegen die alchemistische Lesung gestimmt und halte die Ernennung dieser abstrakten Chemiefrau zur Preisträgerin für Naturschreib überhaupt für einen Fehler.

Festzuhalten wäre außerdem: Man habe schließlich nicht nur kein Aufenthaltsstipendium zum Naturzerstörbeschreib vergeben wollen, man habe auch keinen Abstraktpreis ausgeschrieben für Texte, die umständlich darauf rauslaufen, welche Endproduke auf welchen Reaktionswegen in die Landschaftswasser steigen und den Boden in Richtung Zerstörchlorier durchtränken, Neonikotinoide auf jahrelangen Wasserwegen durch die Nähr-Fress-Kette von Benzolaldehyden und Kresolen, kein Grund für Zeilen wie waagrecht aufgehängte Rotweinkotze, doch die Chemiefrau spricht in die Bildschirmnacht der Ortsbestimmung, redet wie Stangen und Klammern in Richtung der Nacht – wenn Radio zur Hinrichtzeit Klassik spricht ins Nachtlichtrot, so murmeln es die Wortüberlegungen der Chemiefrau, beschwören Chemie-Inhalte und die Nacht in Formeln wie e e e a Nitriernitratphosphat und so fort. Als sei dies alles, was es zum Thema Natur zu berichten gebe, die formelfromme Chemiefrau aber ist zur Poetisierbarkeit der Natur nicht gewillt, spricht in der Sprache der Adhäsion IUPAC-zäh wie lange Carbonkettennamen, murmelt Begriffe wie Marcov und Zufall, als gebe es da einen himmlischen Würfelwerfer hinter dem Vorhang der Himmlischen, der eine uns unbekannte Anzahl an Würfeln wirft und diese sind ungleich gewichtet, ungleich die Verteilung des Wahrscheinlichen im Spiel eines betrügenden Spielers pro Wurf, doch wie hoch die Wahrscheinlichkeit ist, wir wissen es nicht, nichts wissen wir über die mitunter wechselnde Wahrscheinlichkeit, denn der himmlische Würfelwerfer entscheidet sich hinter dem Vorhang für einen der Würfel, wirft und nennt ein Ergebnis, ob er die Wahrheit sagt, wissen wir nicht, wir wissen auch nicht, ob er denn würfelt und ob er hinter dem Vorhang den vorigen Würfel wirft, ob er einen der anderen wirft, und was wir erfahren, ist nichts als die Zahl, die der Würfelwerfer uns zuruft, doch nicht erfahren wir, welchen der Würfel der Würfelwerfer zu welchem Zeitpunkt zur Hand hat und dieses Wissen entspräche dem nicht unmittelbar zu beobachtenden Zustand, in dem sich Würfel und Werfer befinden, was uns nur aussagt, dass gegeben unmittelbare Ursachen die heimliche Variable unabhängig von ihren Nichtwirkungen wird – Nebel.

Sei das nicht poetisch genug? Sie schreibe schließlich nicht in der Vergangenheitsform, sie schreibe von Gegenwartsnatur, einer Natur maule maule quappenkaule, weil der Rest sowieso zum Kuscheltier verkommen sei, zu Tamagotschi oder scheibenweise in Tiefkühltruhen liege, außer man schaffe sich Natur in Hundeform an, um sie an einer Leine festmachen zu können …«

Verzeichnis der Autorinnen und Autoren

Martin Ahrends, 1951 in Berlin geboren, Studien der Musik, Philosophie, Theaterregie, Redakteur der Wochenzeitung »DIE ZEIT«, seit 1992 freier Autor. Erzählungen, Essays, Romane u. a. bei Kiepenheuer & Witsch (Köln), im Aufbau Verlag (Berlin) und bei Wallstein (Göttingen). Mitglied des P.E.N.

Céline Bernadet, 1968 in Paris geboren, studierte dort Übersetzung und Terminologie. 2018 gewann ihre Erzählung »Das Taschentuch« den ersten Preis im Bad Godesberger Literaturwettbewerb. 2020 wurde sie mit ihrer Erzählung »Gregors zweiter Satz« Finalistin im Literaturwettbewerb »Wortrandale«.

Klaus Brunn, 1961 in Darmstadt geboren, arbeitet seit zwanzig Jahren als freier Autor und schreibt hauptsächlich Prosa. 2004–2006 Teilnehmer der Textwerkstatt von Kurt Drawert im Literaturhaus in Darmstadt. 2008 erschien der Roman »Blindgänger – ein Familienidyll« im Wiesenburg-Verlag. 2015 »Aus der Stille« im Odenwald Verlag. Veröffentlichungen in diversen Anthologien.

Herta Dietrich, 1966 in Rumänien geboren, hat dort Germanistik studiert und lebt seit 1990 in Bad Windsheim. Sie schreibt Gedichte und Kurzgeschichten. Sie hat eine erwachsene Tochter.

Martina Frey, Seelsorgerin mit Schwerpunkt Senioren, Geflüchtete und Kinder. Seit 2016 freundschaftliches Miteinander mit Faisal, Hauptperson ihrer Kurzgeschichte, der als Übersetzer, Möbelschlepper und fröhlich-fleißiger Motivator bei der Integration von Flüchtlingen half. »Ich habe ihm von dem Wettbewerb erzählt. Er hat mir die Aliasnamen für sich und seine Familie genannt. Um ihn dort und hoffentlich irgendwann auch wieder hier zu schützen, gebe auch ich mich nicht zu erkennen und habe meinen Namen verändert.«

Elke Heinemann, Berliner Schriftstellerin und Publizistin, schreibt Romane, Lyrik, Kurzprosa, Essays, Monografien, Hörspiele und Radio-Features, dazu Kolumnen, Rezensionen und Reportagen. Sie gehört dem PEN-Zentrum Deutschland an, war Jurorin diverser Literaturwettbewerbe und wurde selbst vielfach ausgezeichnet, zuletzt unter anderem mit dem Literaturpreis Ruhr 2018 für ihr Gesamtwerk, mit einem Stipendium der VG WORT 2021 und mit dem Venedig-Stipendium der BKM 2022. Mehr: www.elke-heinemann.de

Martina Kieninger, Chemikerin/Schriftstellerin, Literaturpreise: Teilnahme an den TDDL in Klagenfurt (auf der shortlist), Literaturstipendium des Landes Baden-Württemberg, Villa Aurora Stipendium, Nature Writing Preis.

Cornelia Manikowsky, 1961 geboren, schreibt für Erwachsene und Kinder. Zuletzt: »Kleine Dinge« (Kurzprosa), Verlagsgesell. Stiftung Hist. Museen Hamburg 2021, sowie »und an die Liebe denke ich«, Ed. Hammer+Veilchen, Niederstetten 2017. Cornelia Manikowsky erhielt mehrere Preise und Stipendien. www.manikowsky.de

Natalie von Marschalck, geboren 1976, wuchs in einem niedersächsischen Dorf auf. Seit 1999 lebt sie in Hamburg und hat hier Sozialwissenschaften und Deutsche Sprache und Literatur studiert. Sie arbeitet als Lehrerin für Deutsch und Politik, Gesellschaft und Wirtschaft an einem Hamburger Gymnasium und berät Schüler/innen bei Problemen. Nebenbei schreibt sie. Mit ihrem Mann und zwei Söhnen lebt sie im Hamburger Westen. Aufgrund ihrer beruflichen Tätigkeit hat sie bisher meist unter einem Pseudonym veröffentlicht.

Daniel Mylow, 1964 in Stuttgart geboren, Aufenthalte in Düsseldorf, Hannover, Berlin, Krefeld. Studium in Bonn und Marburg. Ausbildung in Kassel. Oberstufenlehrer in Hof und Wernstein, Marburg, Mainz, seit 2018 an der Freien Waldorfschule in Überlingen/Bodensee. Poesiepädagoge und Dozent für Literatur. Letzte Publikation: *Rotes Moor* (Poetischer Thriller), Cocon Verlag Hanau 2017. *Greisenkind* (Roman) net Verlag Chemnitz 2020. *Wenn du mir folgst ...* (Poetischer Thriller), EinBuch Literaturverlag Leipzig 2022. Zahlreiche Publikationen von Lyrik und Kurzprosa in Anthologien und Literaturzeitschriften. Diverse Auszeichnungen, zuletzt 2021 Lore Perls Literaturpreis (Verleihung 2022) und Bonner Literaturpreis. Kempener Literaturpreis 2017, Preis der Sparkassenstiftung Groß Gerau 2017, Merck-Stipendiat der Stadt Darmstadt 2018.

Cleo Nox, aufgewachsen in Berlin, lebt in Hamburg. Autodidaktisch und experimentell ins Schreiben gefunden. Gedichte, lyrische Prosa, Kurzgeschichten. Veröffentlichungen in Anthologien und gelegentlich auf Lesebühnen unterwegs. Aktuell schreibt sie an einem Roman und bildet sich poesiepädagogisch weiter.

Dagmar Petrick, 1970 geboren, hat bisher sechs Bücher veröffentlicht, darunter einige Romane für junge Leute, sowie zahlreiche Kurzgeschichten, u.a. fürs Radio. Sie ist Mitglied im PEN-Zentrum Deutschland, Leiterin verschiedener Schreibwerkstätten und Lehrbeauftragte für kreatives Schreiben mit Kindern mit besonderem Förderbedarf an der PH Ludwigsburg.

Björn Potulski, 1976 in München geboren, studierte Theaterwissenschaft, Neuere deutsche Literatur und Politikwissenschaft. Er hat als Regisseur und Autor eine Reihe freier Theaterproduktionen in Europa und den USA realisiert. Sein erster, bisher noch unveröffentlichter Roman trägt den Titel *Buch der Namen*.

Sarah Roguschke, 1987 im Ruhrgebiet geboren, Weltenbummlerin, die sich in den USA, auf Bali, in Marokko, Japan oder in Mexiko mit Inspiration aufgeladen hat. Seit 2020 bei einer Literaturagentur unter Vertrag, im Juli 2022 erscheint ein Text im Zeitlichkeiten-Magazin, Gewinnerin des Hauptpreises für Prosa beim Hildesheimer Literaturwettbewerb 2022.

Cordula Simon, 27.3.1986 in Graz geboren, bis 2011 Studium der deutschen und russischen Philologie sowie Gender Studies in Graz und Odessa. Mitarbeiterin der Jugend-Literatur-Werkstatt Graz. Bestatterin. Mitglied des ACIPSS mit Schwerpunkt auf Mediale Literarizität. Diverse Preise und Stipendien.

Mario Tomašegović, 1970 in Zagreb geboren, wuchs in München in zwei Welten auf, studierte an der LMU und arbeitet als Journalist. Erfahrungen im Jugoslawischen Bürgerkrieg inspirierten ihn zum Schreiben und prägten sein Welt- und Menschenbild. Er gewann diverse Literaturpreise für seine Kurzgeschichten und Erzählungen, zuletzt Hanns-Seidel-Stiftung-Literaturpreis 2019. Zahlreiche Veröffentlichungen von Kurzgeschichten, zuletzt 2011 »Darwins Alptraum«, 2015 »Lieber Gott mach mich stumm«, 2019 »Keine Feigen für Nasreddin« in der Anthologie zum SCIVIAS-Literaturpreis »Was glaubst du, wer du bist.«

Sina Vogt, geboren 1966, Köln, Autorin, Moderatorin, Journalistin, Supervisorin. Was ihr im Leben begegnet, beschreibt sie in Reportagen und verdichtet es in Geschichten. Sie studierte Theater, Film & Fernsehen (MA 1995) sowie Coaching & Supervision (MA 2010). www.sinavogt.eu.

Christine Zureich, in Suffern (NY), geboren, lebt heute in Konstanz. 2018 debütierte sie mit »Garten, Baby!« bei Ullstein, Berlin. Ihr Manuskript »Ellens Song« war u. a. 2019 nominiert für den Oldenburger Kinder- und Jugendbuchpreis. 2022 waren ihre Lyrikobjekte im Literaturhaus Thurgau (CH) in einer Solo-Schau zu sehen.

Mitglieder der Jury

Carolin Callies, geboren 1980 in Mannheim, ist Lyrikerin und selbständige Literaturvermittlerin. Bislang drei Gedichtbände: »fünf sinne & nur ein besteckkasten« (2015), »schatullen & bredouillen« (2019), »teilchenzoo« (2023). Jüngste Auszeichnungen: Gerlinger Lyrikpreis 2020, Werkstipendium des Deutschen Literaturfonds 2021. Als Literaturvermittlerin organisiert sie u.a. die Ladenburger Literaturtage, die Bühne »Die Unabhängigen« für die Kurt Wolff Stiftung und sie moderiert den Podcast »Kapriolen« für das Literaturhaus Stuttgart.

Paul-Henri Campbell, geboren 1982 in Boston, Massachusetts, ist ein deutsch-amerikanischer Schriftsteller. Er schreibt Lyrik und Prosa sowohl in englischer als auch deutscher Sprache. Er studierte Klassische Philologie (Altgriechisch) und Katholische Theologie an der National University of Ireland und der Goethe-Universität in Frankfurt am Main. Zuletzt erschienen »nach den narkosen | after anesthesia.« Gedichte (2017) »innere organe.« Gedichte.

Dr. Friederike Lanz, geboren 1977, hat Germanistik, Romanistik und Kunstgeschichte in Mainz und Bologna studiert. Arbeitete viele Jahre als Journalistin im Hörfunk und in der Öffentlichkeitsarbeit. Nebenberuflich Weiterbildung in München zur Drehbuchautorin. Seit 2022 ist sie Studienleiterin für kulturelle Bildung bei der Katholischen Erwachsenenbildung im Bistum Limburg. Sie lebt mit ihrer Familie im Westerwald.

Robert Prosser, geboren 1983 in Alpbach in Tirol, Studium der Komparatistik und Kultur- und Sozialanthropologie, Autor und Performancekünstler. Für seine Romane hat er zahlreiche Auszeichnungen erhalten, u. a. Reinhard-Priessnitz-Preis 2014. Mit »Phantome« (2017) stand er auf der Longlist zum Deutschen Buchpreis. Der Roman »Verschwinden in Lawinen« erschien 2023. Robert Prosser lebt in Alpbach und in Wien.

Dr. Lisa Straßberger, geboren 1965 in München, studierte Vergleichende Literaturwissenschaft, Geschichte und Theologie in München, Berlin, New York und Frankfurt am Main, zunächst Journalistin bei Süddeutscher Zeitung und Deutschlandradio Kultur, seit 2007 Studienleiterin für Literatur an der Katholischen Akademie Rabanus Maurus im Haus am Dom in Frankfurt. Lebt mit ihrer Familie am Taunus.